MEURTRE AU THÉÂTRE DE PICCADILLY

LES ENQUÊTES DE CLEOPATRA FOX, TOME 2

C.J. ARCHER

Traduction par
VALENTIN TRANSLATION

CJARCHER.COM

MENTIONS LÉGALE

CHAPITRE 1

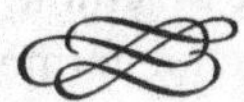

LONDRES, JANVIER 1900

— C'était fabuleux ! s'exclama Flossy.

Elle applaudit avec enthousiasme tandis que les lumières de la salle de l'Hippodrome se rallumaient.

— Je ne sais pas quel numéro j'ai préféré.

Floyd cligna des yeux dans cette soudaine clarté.

— Moi, j'ai aimé les acrobates.

— Bien sûr, répondit Flossy. Les filles ne portaient guère plus que leurs dessous.

Elle saisit soudain le coude de sa mère et désigna du menton deux femmes qui tentaient d'attirer leur attention.

— Oh, regarde, voilà Susannah et sa mère.

Tante Lilian avait déjà repéré leurs amies et commençait à se déplacer.

— Nous devons leur parler. Venez. Que tout le monde me suive, maintenant. Essayez de ne pas vous faire écraser.

Flossy lâcha le bras de sa mère.

— Tu vas à contre-courant, se plaignit-elle. Nous ne les rejoindrons jamais.

— Balivernes. Nous pouvons y arriver.

Flossy en appela à son père. Oncle Ronald semblait partager l'avis de sa fille selon lequel c'était sans espoir. La foule était tout simplement trop dense et tous se dirigeaient dans une seule direction : vers la sortie.

— Nous les verrons dans le foyer, ma chère, dit-il à sa femme.

Tante Lilian le congédia d'un geste et se jeta dans le flot de spectateurs, remontant l'allée.

— Pardon, pardon, répétait-elle en se frayant un chemin vers ses amies, trois rangs plus bas.

— Je ne vais pas par là, déclara Floyd. On se retrouve tous dans le foyer.

Flossy et moi le suivîmes, mais oncle Ronald attendit dans notre rangée que le courant ramène sa femme jusqu'à lui.

Si Flossy ne m'avait pas tenue fermement par la main, je l'aurais perdue, mais nous parvînmes saines et sauves jusqu'au foyer avec Floyd. Il nous ordonna de ne pas bouger pendant qu'il allait chercher nos manteaux au vestiaire, et nous guettâmes l'arrivée de leurs parents. Si une partie du public partit aussitôt, beaucoup restèrent pour bavarder avec leurs amis, et le foyer devint rapidement bondé.

Maintenant que nous avions un moment pour souffler, Flossy voulut discuter à nouveau du spectacle.

— Je crois que mon numéro préféré, c'était celui des ours polaires glissant de la scène dans l'eau. Et toi, Cleo, c'était lequel ?

Il était difficile de choisir un seul numéro dans le programme de la soirée – imprimé sur de la soie, rien de moins. Je n'avais jamais rien vu de tel que la représentation de ce soir. Flossy était peut-être l'une des personnes les plus exaltées que je connusse, mais ce soir, je me sentais tout aussi euphorique après avoir vu la soirée d'ouverture de la toute nouvelle salle de Londres. En vérité, la qualifier de simple spectacle ne lui rendait pas justice. C'était un événement extraordinaire. Une vaste zone devant la scène avait été laissée vide, sans sièges pour les spectateurs. Les artistes avaient pleinement exploité l'arène et la scène. Comme dans tout cirque, il y avait eu des contorsionnistes, des acrobates et des numéros de funambules, ainsi que des chiens, des poneys et des lions dressés.

Mais la seconde partie du spectacle avait été encore plus palpitante. Le sol de l'arène s'était abaissé et avait été inondé d'eau jaillie de buses de cuivre. Une représentation théâtrale s'était déroulée sur ce lac avec davantage d'animaux de cirque, des chants, des danses, des numéros comiques et des nageurs dans des costumes moulants. Des fontaines vivement éclairées avaient projeté de l'eau en rythme avec la musique. Des bateliers avaient transporté les acteurs d'un côté à l'autre, et les avaient même poussés délibérément à l'eau, au grand amusement du public.

La production tout entière avait été merveilleuse, et la salle flambant neuve elle-même était tout aussi spectaculaire. J'avais pris l'habitude de voir le luxe partout à l'Hôtel Mayfair, mais l'opulence de la salle de l'Hippodrome était encore plus saisissante. Les ornements dorés et le plafond rouge, bleu et or n'auraient pas déparé dans un palais.

— Je ne peux pas choisir, dis-je à Flossy. J'ai tout apprécié. Merci de m'avoir invitée.

— Tu ne pouvais tout de même pas manquer ça ! Tu fais partie de la famille. Nous avons eu une chance incroyable d'obtenir cinq billets. C'est dommage qu'ils n'aient pas été pour les meilleures places, mais Floyd a dit que M. Hobart avait fait de son mieux.

Si le directeur de l'Hôtel Mayfair n'avait pu obtenir de billets aux premières loges, je doutais que quiconque ait pu y parvenir. Selon le personnel, M. Hobart pouvait procurer aux clients et aux Bainbridge tout ce qu'ils désiraient.

Tante Lilian et oncle Ronald nous retrouvèrent, suivis d'un groupe d'amis qu'ils avaient rencontrés en chemin. Nous autres dames attendîmes pendant que les messieurs allaient chercher les manteaux, échangeant nos impressions sur la soirée grandiose qui venait de s'achever. Je reconnus certains membres du groupe pour les avoir vus au bal du Nouvel An, et ils affirmèrent se souvenir de moi. Heureusement, aucun ne savait ce que j'avais fait cette nuit-là ni le danger auquel j'avais été exposée lorsqu'un meurtrier s'était démasqué au douzième coup de minuit. S'ils l'apprenaient jamais, ils ne me regarderaient probablement plus jamais de la même façon. Il valait mieux qu'ils l'ignorent, et tante Lilian était, elle aussi, maintenue dans l'ignorance.

J'étais contente que ma tante ne sache rien. Elle aurait été horrifiée d'apprendre que j'avais été en danger, et plus horrifiée encore de découvrir que je m'étais salie les mains en enquêtant sur un meurtre. Les femmes Bainbridge n'étaient pas censées faire autre chose qu'être belles et tenir compagnie aux clients.

J'avais souvent protesté que je n'étais pas une Bainbridge, mais une Fox, mais mes protestations étaient restées lettre morte. En vérité, je ne voulais pas insister et mettre à l'épreuve la bienveillance de ma tante et de mon oncle. Ils avaient mis de côté de vieilles rancœurs familiales et m'avaient offert un foyer après la mort de ma grand-mère, alors que je n'avais plus personne au monde. Je leur en serai toujours reconnaissante.

Tante Lilian était dans l'une de ses humeurs énergiques ce soir-là. Elle était aussi excitée que Flossy et tout aussi bavarde. Son humeur semblait osciller entre l'euphorie et de profonds abattements. Dans ses moments de déprime, elle demeurait dans sa chambre et ne recevait aucun visiteur. Elle souffrait aussi de terribles maux de tête. Le seul remède efficace était le nouveau médicament prescrit par son médecin.

Les hommes revinrent et distribuèrent capes et autres accessoires d'hiver à ces dames. La foule s'était éclaircie, et l'on respirait un peu mieux dans le foyer, mais nous ne restâmes que le temps qu'oncle Ronald invite ses amis à revenir à l'hôtel prendre un verre.

J'observai tante Lilian avec attention, craignant qu'elle ne commence à se fatiguer, mais elle semblait enthousiaste à l'idée de jouer les hôtesses pour une soirée tardive. Vêtue de velours bleu marine, ornée de dentelle crème, elle était au sommet de son élégance. Lorsqu'elle était heureuse et en bonne santé, elle me rappelait ma mère. Mes souvenirs d'elle dataient d'une douzaine d'années, et c'était un sentiment doux-amer que de retrouver sa ressemblance chez sa sœur. Certains me prenaient pour sa fille, et non pour Flossy, car j'avais hérité de l'apparence de ma mère et, selon certains, de son caractère.

Bien que je n'aie connu ma mère que dans mon enfance et que je n'aie rencontré tante Lilian que récemment, dans des moments comme celui-ci, où elle tenait salon, je savais qu'elle avait dû être la plus vive des deux. Ma mère avait un caractère plus posé. Pas sérieuse, mais pas du genre à aimer être le centre de l'attention, bien qu'elle ait eu beaucoup d'esprit.

Nous sortîmes dans l'air froid de la nuit et repérâmes la voiture de l'Hôtel Mayfair dans la longue file d'équipages qui attendaient de récupérer leurs passagers. Nous montâmes tous les cinq à l'intérieur et prîmes le chemin du retour. Flossy et tante Lilian parlèrent du spectacle, tandis qu'oncle Ronald, Floyd et moi-même ne jugeâmes pas nécessaire d'intervenir. Oncle Ronald et Floyd fixaient chacun une fenêtre différente, apparemment distraits par les lumières.

Il y avait en effet tant de lumières qu'on se serait cru en plein jour. Tous les réverbères étaient allumés, bien sûr, mais la lumière jaillissait aussi des fenêtres des théâtres et des salles de concert. De puissants éclairages illuminaient les enseignes publicitaires, et une rivière de lanternes d'équipages s'étendait aussi loin que portait mon regard. L'obscurité qui enveloppait le Théâtre de Piccadilly paraissait d'autant plus déplacée : une dent manquante dans un sourire éclatant.

— Il n'y avait pas de spectacle ce soir au théâtre ? demandai-je.

Floyd parut reconnaissant d'avoir quelque chose à dire tandis que sa sœur et sa mère poursuivaient leur bavardage animé, sans avoir entendu ma question.

— *Cat and Mouse* était censé être joué.

Il scruta le théâtre obscur par-dessus mon épaule.

— Comme c'est étrange qu'il ne soit pas à l'affiche. Je crois qu'il a beaucoup de succès.

Il se renfonça dans son siège tandis que le théâtre disparaissait de notre vue.

— Je demanderai à Rumford. Il le saura.

— Lord Rumford ? Est-ce un amateur de théâtre ?

Lord Rumford était un client séjournant à l'hôtel. Bien que je ne connaisse pas tous les clients par leur nom, je m'efforçais de retenir les plus importants et de me faire connaître d'eux.

Le sourire de Floyd eut l'air malicieux dans la pénombre de l'habitacle.

— On peut dire ça.

— Floyd ! aboya son père.

Ce qui prouvait qu'il nous écoutait, finalement.

Le ton cassant fit taire tante Lilian et Flossy, et personne ne parla durant le reste du court trajet.

La voiture nous déposa devant la porte d'entrée de l'hôtel. Le portier de nuit nous salua selon l'ordre d'importance, en commençant par oncle Ronald et en terminant par moi. Les lustres du foyer resplendissaient, et un petit nombre de clients le traversaient en direction de l'ascenseur ou des escaliers après une soirée passée dans l'un des théâtres de Londres.

Le nouvel assistant-directeur dit quelque chose à l'homme avec qui il parlait et s'approcha de nous. M. Hirst n'était ni aussi séduisant ni aussi jeune que Harry Armitage, l'homme qu'il avait remplacé, mais il était tout aussi charmant. Selon le directeur, M. Hobart, il apprenait vite et s'était déjà habitué aux usages du Mayfair après dix jours. Ayant travaillé comme assistant-directeur dans un autre hôtel de luxe londonien, il connaissait bien le poste et ses exigences. Nul doute que M. Hobart et oncle Ronald l'avaient choisi précisément pour cette raison, afin de garantir une transition aussi fluide que possible. L'hôtel n'étant qu'à moitié plein, c'était le meilleur moment pour embaucher de nouveaux employés et les former, m'avait expliqué Floyd. Ainsi, il n'y aurait aucun accroc lorsque le printemps amènerait le beau monde en ville pour l'ouverture du Parlement et les nombreux divertissements qu'apportait la saison mondaine.

— Bonsoir, sir Ronald, lady Bainbridge, dit M. Hirst.

— Qui est cet homme à qui vous parliez ? demanda oncle Ronald en plissant les yeux vers l'autre homme.

Il nous tournait maintenant le dos tandis qu'il se dirigeait rapidement vers l'escalier, mais j'avais entrevu son profil au nez crochu avant qu'il ne se détourne.

— Un client, dit M. Hirst tandis que l'homme disparaissait dans les escaliers.

— Qui ?

— M. Clitheroe.

Le froncement de sourcils d'oncle Ronald se dissipa.

— Il ne lui ressemblait pas.

Tante Lilian tapota le bras de son mari.

— Votre vue n'est plus ce qu'elle était, mon cher.

M. Hirst fit signe au portier de nuit de nous aider avec nos manteaux.

— Comment était le spectacle ? demanda M. Hirst tandis que nous les tendions au portier.

— Merveilleux, dit tante Lilian dans un souffle. Tout simplement magnifique.

— Les places de parterre vous ont-elles convenu ?

— Convenables, oui, grommela presque oncle Ronald. Les premières loges auraient été mieux.

M. Hirst eut l'air désolé.

— Je suis sûr que M. Hobart a fait de son mieux et serait navré d'apprendre que vous avez été déçu.

Je fronçai les sourcils. Il déformait les paroles de l'oncle Ronald. Ce n'était pas que l'oncle Ronald se fût précipité à la défense de M. Hobart. Il devait encore nourrir une certaine rancœur envers le directeur de l'hôtel, à cause de ce qu'il considérait comme une trahison : avoir engagé son neveu, M. Armitage, des années plus tôt, tout en sachant que celui-ci avait été voleur dans son enfance. C'était par ma faute que mon oncle avait découvert la vérité, et c'était encore par ma faute que M. Armitage avait ensuite perdu sa place. J'avais encore le cœur serré chaque fois que j'y pensais.

— Nous n'avons pas du tout été déçues, dis-je, obligée d'intervenir. Les places étaient idéales. Nous étions tout près de la piste, mais pas trop.

M. Hirst inclina la tête en signe d'assentiment. Oncle Ronald et les autres ne semblaient pas m'avoir entendue. Ils souhaitaient la bienvenue à leurs amis à l'hôtel.

Une fois les manteaux emportés et les tenues de soirée de nouveau visibles, oncle Ronald suggéra que les gentlemen gagnent la salle de billard, tandis que les dames iraient profiter du confort du petit salon. Les deux salons se trouvaient dans l'aile gauche de l'hôtel, mais le plus grand était réservé au thé de l'après-midi, tandis que le plus petit se prêtait à des réunions plus intimes.

— Une fois que nous serons installés, vous pourrez vous retirer, dit oncle Ronald à M. Hirst.

— Merci, monsieur. Et bonne nuit, dit ce dernier en s'inclinant.

M. Hirst vivait à l'hôtel, comme les autres membres célibataires du personnel supérieur. Le seul marié parmi eux était M. Hobart, qui logeait à l'extérieur avec sa femme. Le reste du personnel logeait dans une résidence voisine. Si le portier de nuit et un personnel réduit restaient de service pendant la nuit, y compris en cuisine, la plupart prenaient leur poste avant l'aube.

Les hommes gagnèrent le fumoir et la salle de billard, dans une ambiance bruyante et joyeuse, tandis que tante Lilian conduisait les dames au petit salon, agitant son programme pour nous faire avancer.

— Mon programme ! m'écriai-je en m'arrêtant. Je l'ai laissé dans la poche de mon manteau.

— Il y sera encore demain matin, Cleo, dit Flossy.

— Je veux le relire.

— Tu es terriblement provinciale, sourit-elle.

Je m'abstins de lui rappeler que je venais de Cambridge, non de la campagne. Cela n'aurait eu aucune importance pour Flossy. Tout ce qui se trouvait hors de Londres était *provincial* à ses yeux, et donc affreusement ennuyeux. Seule Londres, avec ses divertissements sans fin, pouvait satisfaire sa joie de vivre.

Tante Lilian nous rejoignit et demanda à Flossy d'aller chercher sa bouteille de tonique sur sa coiffeuse. Flossy hésita.

— Tout de suite ! lança tante Lilian sèchement.

Flossy baissa la tête et s'éloigna à la hâte.

Je retournai à la consigne, qui faisait aussi office de vestiaire, et fouillai les poches de mon manteau jusqu'à ce que je retrouve le programme. Je retraversais le foyer lorsque l'homme au nez en bec qui avait parlé à M. Hirst émergea de l'escalier près de l'ascenseur.

Il parcourut les lieux du regard, m'aperçut, puis hésita. Je lui souris, et il porta la main au bord de son chapeau melon en guise de salut avant de se diriger vers la porte d'entrée.

Sur un coup de tête, je l'appelai :

— Monsieur Clitheroe ?

Il continua d'avancer.

Il échangea un regard avec le portier de nuit qui ne lui ouvrit pas la porte comme il aurait dû le faire pour un client qui quittait l'hôtel.

Je rejoignis ma tante, ma cousine et leurs invités dans le petit salon, mais n'eus guère envie de me mêler à la conversation. M. Clitheroe me laissait songeuse. Ce n'était pas seulement qu'il n'avait pas réagi quand j'avais prononcé son nom, ni son allure furtive ; il y avait aussi ses vêtements. Il portait un costume bien coupé qui n'avait rien de déplacé pendant la journée, mais qui n'avait pas sa place le soir dans un hôtel de luxe. Tous les clients masculins étaient vêtus d'habits à queue-de-pie, de nœuds papillon, de chemises blanches empesées à col cassé, de gilets échancrés et de hauts-de-forme de soie, mais M. Clitheroe portait un veston de jour et un gilet fermé avec une simple cravate. Un client du genre de ceux que le Mayfair attirait ne quitterait pas l'hôtel le soir dans son costume de jour.

Ce qui signifiait que l'homme au nez en bec n'était pas du tout un client.

***

— Avez-vous vu les journaux ce matin ?

Harmony se tenait sur le seuil reliant ma chambre au salon, un journal plié à la main.

Je m'assis en clignant des yeux pour chasser le sommeil.

— Quelle heure est-il ?

— 8 h.

— Je t'avais demandé de me réveiller à 9 h aujourd'hui.

— Vraiment ? Je ne m'en souviens pas.

Je me rallongeai et remontai les couvertures jusqu'au menton.

— Reviens plus tard. La soirée s'est terminée tard, et je suis fatiguée.

— Votre petit déjeuner va refroidir.

Mon estomac gargouilla. Je repoussai les couvertures et pris le peignoir plié sur le dossier de la chaise.

— Je suppose que tu veux tout savoir sur le spectacle ?

— Oh oui, comment était-ce ?

Harmony me précéda dans le salon et déposa le journal sur le couvercle plat du plateau, là où je ne pouvais manquer de le voir. Elle entreprit de tapoter les coussins du canapé jusqu'à ce que je l'invite à me rejoindre pour une tasse de café.

Elle mit fin à sa parodie de rangement et s'assit sur l'autre chaise à la petite table du petit déjeuner. C'était un petit rituel que nous répétions chaque matin. Elle venait me réveiller, généralement à 8 h, et s'asseyait avec moi pendant que je prenais mon petit déjeuner, savourant une tasse de café. Elle aurait dû ranger ma suite, et pour autant que la gouvernante le sache, c'était précisément ce qu'elle faisait, mais je gardais moi-même les pièces en ordre. Après le petit déjeuner, Harmony restait souvent pour me coiffer. Cette routine matinale nous avait donné le temps de devenir amies, autant qu'une dame et sa femme de chambre pouvaient l'être. Le plus souvent, nous nous parlions d'égale à égale. Harmony avait vite compris que je ne prenais pas de grands airs et n'étais pas habituée à une vie oisive et luxueuse comme ma tante et ma cousine, et j'avais réalisé qu'elle était intelligente et avide de connaissances. J'avais pris l'habitude d'emprunter des livres à la bibliothèque de l'hôtel et de les lui donner à lire pendant son temps libre. Non qu'elle eût beaucoup de temps libre.

Je lui tendis le programme du spectacle d'ouverture de l'Hippodrome et décrivis quelques-uns des numéros spectaculaires. Bien qu'elle exprime toutes les exclamations d'usage, je savais qu'elle n'était pas particulièrement intéressée. J'abrégeai mon récit et me tournai vers mon plateau de petit déjeuner et le journal qu'elle voulait que je lise.

Je n'eus même pas besoin de tourner la page pour savoir ce qui avait piqué son intérêt. C'était là, en première page, en caractères gras : « UNE ACTRICE FAIT UNE CHUTE MORTELLE AU THÉÂTRE DE PICCADILLY ».

— Comme c'est tragique, dis-je en lisant l'article. Voilà sans doute pourquoi le théâtre était plongé dans l'obscurité hier soir. Il est écrit ici que la représentation a été annulée à la suite de sa mort dans l'après-midi.

Harmony se rapprocha de moi.

— Ils parlent de suicide.

Selon l'article, Miss Pearl Westwood s'était jetée depuis la corbeille du deuxième balcon. Son corps avait été découvert par le personnel du théâtre qui préparait la représentation du soir.

— La pauvre femme.

Je repliai le journal et le posai à côté de la cafetière et des tasses.

— Pauvre Lord Rumford.

— Pourquoi ?

Elle me lança un regard étrange.

— C'était sa maîtresse. Vous ne le saviez pas ?

Je la fixai, consciente que ma bouche s'était ouverte.

— Lord Rumford, le client qui séjourne actuellement ici à l'hôtel ? *Ce* Lord Rumford ?

— Lui-même.

Harmony s'assit sur l'autre chaise et versa du café dans les deux tasses. Elle m'en tendit une, une lueur malicieuse dans le regard.

— Si seulement Miss Bainbridge pouvait vous voir maintenant. Elle vous prendrait pour une provinciale pour ne pas avoir réalisé que les gentlemen entretiennent des maîtresses.

Je refermai la bouche et attaquai mon petit déjeuner composé d'un œuf à la coque et de pain grillé.

— Je suis simplement un peu surprise. J'ai rencontré Lord Rumford. Il semble gentil. Il m'a même dit que son épouse se trouvait à la campagne car elle n'aimait plus le rythme effréné de Londres.

Lord Rumford devait avoir la soixantaine, tandis que l'article de journal affirmait que Miss Westwood n'avait que vingt-six ans.

— Comme il est commode que Lady Rumford préfère le manoir campagnard, dit Harmony.

Elle afficha une moue ironique et expliqua :

— Cela laisse à milord la liberté de voir sa maîtresse lorsqu'il est à Londres. Ce qui lui arrive souvent.

— Elle ne venait tout de même pas ici à l'hôtel ?

— Si, parfois.

Je ne savais pas pourquoi cela me choquait. Je savais que les messieurs qui séjournaient ici entretenaient des maîtresses, et je savais qu'ils les amenaient parfois ici. Un comte étranger avait même fait séjourner sa maîtresse avec lui dans sa suite comme si elle était sa femme, tandis que sa véritable épouse était chez elle en Russie. Mais il venait du continent, et on faisait les choses différemment là-bas. Je ne m'étais pas attendue à ce qu'un lord anglais exhibe ouvertement sa maîtresse à l'hôtel où il séjournait lorsqu'il était en ville.

Harmony parcourut à nouveau l'article du journal.

— Je me demande pourquoi elle a fini ainsi ? Elle semblait avoir tout ce qu'elle pouvait désirer. La célébrité, l'argent, des admirateurs épris et un amant tout aussi épris.

— Ce ne sont guère des choses qui rendent quelqu'un épanoui et heureux, dis-je. Et comment sais-tu que Lord Rumford l'adorait ? Peut-être était-il sur le point de mettre fin à leur relation et elle s'est jetée par-dessus le balcon dans un moment de désespoir.

Harmony secoua la tête, détachant l'une des boucles sombres de cheveux qu'elle avait glissée derrière son oreille. Elle tomba devant son visage et elle la replaça, bien que je sache qu'elle ne tiendrait pas. Cette mèche rebelle n'obéissait jamais longtemps.

— Peter m'a dit qu'il était très bouleversé.

— Comment Peter le sait-il ?

— Il a vu M. Hobart s'affairer dans tous les sens avec un visage très grave ce matin. Il organisait des fleurs, des avis pour le journal, et envoyait de petites attentions dans la chambre de Lord Rumford pour lui montrer que l'hôtel se soucie de lui.

— C'est très gentil de sa part.

Le directeur faisait toujours passer les clients en premier, et c'était typique de M. Hobart d'être si prévenant envers l'un d'eux ; il semblait toujours savoir ce dont ils avaient besoin, même avant qu'ils ne le réclament. C'était le signe d'un excellent directeur d'hôtel, d'après Floyd.

— Je pense que vous devriez enquêter, annonça soudain Harmony.

Je m'étouffai avec ma dernière bouchée de pain grillé. Je toussai dans ma serviette, les yeux larmoyants. Lorsque je me remis enfin, je levai les yeux vers ceux d'Harmony. Elle était sérieuse.

— De quoi parles-tu ? Qu'y a-t-il à enquêter ?

— Peut-être que ce n'est pas un suicide.

Elle haussa les épaules.

— Le journal ne dit pas pourquoi Miss Westwood s'est jetée du balcon des premières loges.

— Probablement parce qu'ils ne savent pas ce qui l'a poussée à un acte aussi désespéré, ou qu'ils ont choisi de protéger sa vie privée.

Harmony eut un petit rire sec.

— Aucun journaliste ne va s'inquiéter de sa vie privée. C'est une vedette. Le public veut tout savoir sur sa vie, et particulièrement sur sa mort. Le premier journal à le découvrir et à le révéler vendra des milliers d'exemplaires de plus que ses rivaux.

— Alors tu penses qu'elle a été assassinée ?

Devant le hochement de tête d'Harmony, je secouai la tête.

— Si c'est le cas, la police trouvera le meurtrier.

— Peut-être.

Elle sirota son café avec un tel air d'attente que je sus qu'elle allait en dire davantage sur le sujet. J'eus raison quand elle dit :

— Mais ils ne se sont pas montrés très compétents dans l'enquête sur le meurtre de Mme Warrick, ici même à l'hôtel.

J'ouvris la bouche pour prendre la défense de l'inspecteur Hobart, puis la refermai. Elle avait raison : l'inspecteur avait été assez lent à trouver le meurtrier. Son souci du détail lui avait quelque peu nui, mais, d'un autre côté, cela signifiait qu'il n'avait pas accusé le mauvais homme – comme je l'avais fait.

— Harmony, je n'enquêterai pas sur la mort de Miss Westwood.

— Mais ne vouliez-vous pas devenir détective privé ?

Je me mordis l'intérieur de la lèvre, regrettant de lui avoir confié que j'envisageais d'embrasser cette carrière.

— Si, répondis-je prudemment. Mais ce n'est pas la bonne affaire à prendre en main. Pour commencer, il n'y a pas de client, et sans client, pas d'honoraires. Ensuite, si c'est un meurtre, la police enquêtera. Je ne ferais que les gêner, et l'inspecteur Hobart ne l'apprécierait guère. Il vient tout juste de me pardonner de m'être immiscée dans l'enquête sur le meurtre de Mme Warrick.

Ses yeux brillèrent comme du jais poli tandis qu'elle me regardait par-dessus le bord de sa tasse.

— Ou bien avez-vous simplement peur d'offenser le père de l'homme pour qui vous avez un faible ?

— Je n'en pince absolument pas pour M. Armitage ! Qu'est-ce qui te fait dire ça ?

— Votre manière de le regarder.

Je cassai le haut de mon œuf avec une telle véhémence qu'il atterrit à côté de l'assiette, sur la table.

— Toutes les femmes le regardent ainsi. Il est très beau garçon. Malheureusement, il a la personnalité d'un homme qui sait qu'il est agréable à regarder. Il est arrogant et assez malpoli.

— Je l'ai toujours trouvé charmant.

— Il sait l'être, quand il veut.

M. Armitage savait assurément se montrer charmant lorsqu'il travaillait à l'hôtel. Mais dès qu'il quitta l'hôtel, ce charme s'évanouit et sa vraie nature se révéla. Bien sûr, c'était peut-être uniquement en ce qui me concernait. Après tout, je lui avais coûté sa place.

Harmony jeta un coup d'œil à l'horloge et se leva d'un bond.

— Je ferais mieux de vous coiffer pour que je puisse reprendre mon travail.

Elle rassembla la vaisselle sale, la posa sur le plateau, puis me poussa vers la chambre alors que je n'avais même pas terminé mon œuf.

Je m'assis devant la coiffeuse et me laissai faire. Ensuite, je m'habillai pendant qu'elle remettait de l'ordre dans le salon. Quand je ressortis de la chambre, elle tenait le plateau en équilibre sur une main et se dirigeait vers la porte.

— Nous reparlerons de Miss Westwood plus tard, dit-elle. Peut-être aurez-vous changé d'avis.

Je ne l'écoutais cependant qu'à peine. Une idée venait de me traverser l'esprit.

— Sais-tu à quoi ressemble M. Clitheroe ?

— Qui ça ?

— C'est un client de l'hôtel.

— Quel numéro de chambre ?

— Je ne sais pas.

Elle haussa les épaules.

— Désolée. Je connais les clients par leur numéro de chambre, pas par leur nom. Pourquoi ?

— Aucune raison.

Ses yeux sombres se plissèrent. Elle ne me croyait pas, mais ne me pressa pas davantage de répondre.

Je descendis et adressai un sourire à Goliath, qui attendait, le visage impassible, à côté d'un chariot chargé d'une grande malle, de deux valises et de trois boîtes à chapeau. Il me rendit un bref sourire, qui s'effaça aussitôt sous le regard noir de M. Hirst. Selon le nouveau directeur adjoint, les porteurs devaient être aussi invisibles que possible. Je ne voyais pas très bien comment il espérait qu'un homme aussi grand et solidement bâti que Goliath pourrait se faire invisible, et j'en avais un jour plaisanté avec lui. M. Hirst avait ri lui aussi, mais d'un rire faux.

Frank, le portier, fit signe à Goliath d'apporter les bagages à la voiture qui attendait. Les clients achevaient encore au comptoir les formalités de départ avec Peter lorsque je passai devant eux en me dirigeant vers les bureaux du personnel de direction.

La porte du bureau de M. Hobart était ouverte, et il paraissait sur le point de partir. Contrairement à M. Hirst, le sourire qu'il m'adressa était sincère. Nous n'étions pas partis du bon pied, puisque j'avais été la cause du renvoi de son neveu, mais il m'avait heureusement vite pardonné. Si occupé qu'il fût, il avait toujours le temps de me parler et ne me pressait jamais.

Aujourd'hui, cependant, je sentis son empressement à s'éclipser.

— Bonjour, Miss Fox. Y a-t-il quelque chose que je puisse faire pour vous ?

— Je voulais vous poser une question au sujet d'un client en particulier, un certain M. Clitheroe.

Ses yeux bleu clair se plissèrent très légèrement, et toute trace d'empressement disparut. Il était très intrigué par l'intérêt que je portais à M. Clitheroe, mais il ne savait pas s'il devait me demander pourquoi. Aussi favorable qu'il ait décidé d'être à mon égard, je restais la nièce de son employeur, et non une personne à qui l'on pouvait demander des comptes.

— Que vouliez-vous savoir sur lui ?

— À quoi ressemble-t-il ?

La question sembla le prendre au dépourvu. Quoi qu'il se soit attendu à entendre, ce n'était pas cela.

— De taille et de corpulence moyennes, avec des cheveux bruns. Assez quelconque pour un homme approchant la quarantaine.

— A-t-il quelque trait distinctif ?

— Comme quoi ?

— Comme son nez ? Est-il un peu crochu ?

Les coins de sa bouche se relevèrent légèrement avant qu'il ne reprenne le contrôle de son expression.

— Certains diraient qu'il est un peu proéminent.

— Mais vous êtes trop diplomate pour le dire ?

Cela suffit à libérer son sourire.

— Y a-t-il autre chose, Miss Fox ?

— C'est tout, merci.

Nous sortîmes ensemble de son bureau, et il referma la porte derrière nous.

— Puis-je faire avancer l'une des voitures de l'hôtel pour vous ?

Devant mon regard interrogateur, il désigna le manteau et les gants que je tenais à la main.

— Vous paraissez sortir.

— Je prendrai un fiacre jusqu'à la gare. Je vais à Ealing voir votre neveu, justement.

Il s'arrêta net.

— Eh bien, quelle charmante surprise. Je suis certain qu'il sera très heureux de vous voir.

J'en doutais, mais je souris malgré tout.

— Vous avez peu de chances de le trouver là-bas, j'en ai peur. Il est parti s'installer ailleurs, au grand regret de ma belle-sœur. Elle était ravie de l'avoir à la maison ces deux dernières semaines. Mais il était temps qu'il s'en aille. Un homme de son âge ne peut pas vivre longtemps chez ses parents, surtout après avoir passé tant d'années loin de chez lui. Si je vous donne sa nouvelle adresse, vous allez vous en souvenir ou voulez-vous que je vous l'écrive ?

Je ne m'étais pas attendue à ce qu'il me la donne si facilement. Je ne lui avais même pas dit pourquoi je voulais parler à M. Armitage.

— Je m'en souviendrai.

Il me donna une adresse à Soho, à tout juste quinze minutes de marche de l'hôtel.

— À présent, dit-il avec un lourd soupir, je dois aller voir un homme en deuil au sujet des funérailles.

— Lord Rumford ?

Il hocha la tête.

— Parfois, ce travail est décourageant. Mais profitez bien de votre journée, Miss Fox. Il ne faut pas qu'une affaire aussi triste vous bouleverse.

C'était généreux de la part de Lord Rumford d'organiser les funérailles de sa maîtresse. Cela dit, elle n'avait peut-être personne d'autre. J'espérais que sa femme ne l'apprendrait pas.

Cette pensée me fit secouer la tête devant la direction que prenait ma propre boussole morale. Trois semaines plus tôt, elle était droite comme une flèche. À présent, elle semblait ne plus savoir du tout dans quelle direction se trouvait la bonne voie.

J'acceptai un parapluie des mains de Frank à la porte, puis me mis en route. Je pensai d'abord à cette *triste affaire*, comme l'appelait M. Hobart, puis mon esprit glissa vers l'idée de revoir Harry Armitage. Sans doute serait-il surpris par ma visite.

Il le serait plus encore en entendant ce que je comptais lui proposer : que nous devenions associés dans sa nouvelle entreprise de détective privé. Une fois sa surprise passée, il me répondrait par un *non* catégorique.

Mais je savais comment le convaincre que c'était une bonne idée.

CHAPITRE 2

Mes espoirs de convaincre M. Armitage de me prendre pour associée dans sa nouvelle entreprise s'évanouirent dès mon arrivée à l'adresse que son oncle m'avait donnée. Ce n'était pas le domicile de M. Armitage, mais son bureau, et « *ARMITAGE AND ASSOCIATES : PRIVATE DETECTIVES* » était déjà inscrit sur la porte. Je me demandai combien il serait difficile de le faire changer en « *ARMITAGE AND FOX* ». Probablement tout aussi difficile que de le convaincre qu'il avait besoin d'une associée.

Coincée entre un salon de coiffure et un café, la porte passait facilement inaperçue. Si les deux établissements affichaient des vitrines propres et semblaient respectables, une légère trace des origines étrangères de leurs propriétaires apparaissait dans les traductions sous l'anglais. Je reconnus les mots italiens sur la vitre du café, mais pas ceux peints sur celle du barbier.

Soho faisait pâle figure à côté du Mayfair voisin et, jusqu'à une dizaine d'années plus tôt, le quartier n'avait été qu'un bidonville. Son cœur bohème et sa proximité avec les beaux quartiers en faisaient l'endroit idéal pour les théâtres, ainsi que pour les restaurants et cafés de toutes sortes qui avaient fleuri dans les rues principales. Une énergie régnait à Soho qu'on ne trouvait pas à Mayfair. C'était comme si le quartier attendait avec impatience les promesses du nouveau siècle, tandis que Mayfair, trop occupé à contempler ses gloires passées, ne remarquait même pas que le monde avait changé.

Le bureau de M. Armitage ne se trouvait pas sur l'une des

artères animées de Soho. L'étroite rue avait l'air de lutter encore pour se défaire de son passé misérable. La peinture des bâtiments se fanait ou s'écaillait, et des détritus descendaient la rue au moindre coup de vent. Pourtant, malgré les caniveaux pleins d'ordures et l'absence de réverbères, les perrons étaient balayés avec soin.

Je poussai la porte d'*Armitage and Associates* et montai l'escalier jusqu'au palier du premier étage, où une autre porte portait l'enseigne du cabinet de M. Armitage. La peinture sentait encore le frais.

J'hésitai un instant avant de frapper. M. Armitage m'ouvrit aussitôt avec le sourire. Lequel sourire disparut dès qu'il me vit.

— Vous voilà, dit-il d'un ton plat.

— Désolée de vous décevoir.

— J'espérais un client.

— C'est une possibilité.

M. Armitage plissa les yeux, signe évident qu'il ne me croyait pas. Il s'écarta néanmoins et m'invita à entrer. Je passai devant lui, très consciente de sa proximité. Harmony avait eu raison en disant que je le trouvais séduisant. C'était vrai. Avec ses cheveux sombres, ses traits ciselés, sa haute taille et ses larges épaules, il avait une présence imposante.

Mon intérêt, toutefois, n'allait pas au-delà d'une simple attirance physique.

Le petit bureau était aussi masculin que l'homme lui-même, avec ses boiseries à mi-hauteur et ses meubles massifs. Il avait dû acheter le bureau et le fauteuil d'occasion. Tous deux portaient des éraflures, et le cuir du fauteuil avait pâli jusqu'à devenir brun moyen. À l'exception d'une pendule, les murs étaient entièrement nus. Il n'y avait même pas de bibliothèque, bien qu'un classeur se trouvât derrière le bureau.

— Vous devriez accrocher un portrait de vos parents, dis-je. Cela donnerait un peu plus de chaleur à l'endroit. Et procurez-vous une bibliothèque que vous garnirez de livres. Quelques bibelots ne seraient pas de trop non plus, mais sans encombrer la pièce.

Il claqua la porte, ce qui me fit sursauter.

— Êtes-vous venue ici pour me donner des conseils en décoration ?

— J'essaie simplement de vous aider. Si vous voulez que les clients se sentent à l'aise, vous devriez ajouter quelques petites touches. Il ne faut pas les intimider, mais vous voulez tout de même créer une impression de compétence. Votre mobilier suggère que vous êtes en affaires depuis un moment, ce qui vous aidera à asseoir votre crédibilité.

Je passai la main sur le dossier du fauteuil.

— Celui-ci est très bien. Il a beaucoup de chaleur.

Il plissa davantage les yeux.

— Cherchez-vous à obtenir une commission ?

— Pardon ?

— J'ai entendu parler de dames qui proposent leurs services comme décoratrices.

— Grand Dieu, non. Cela m'obligerait à faire les boutiques, et je n'y suis guère douée. Flossy, elle, s'en réjouirait, mais elle ne tiendrait aucun compte de votre budget et ferait ses emplettes dans les magasins les plus chers. Sans compter qu'on ne l'autoriserait pas à se lancer dans ce genre d'entreprise.

— Bien sûr. Les femmes Bainbridge ne travaillent pas.

À la façon dont il le dit, je devinai qu'il m'assimilait à Flossy. Je soupçonnais depuis longtemps que, comme tous les autres, il me croyait fortunée. L'erreur était facile, étant donné que ma mère et ma tante Lilian étaient les seules enfants d'un riche homme d'affaires. Peu de gens savaient que tante Lilian avait tout hérité après que mon grand-père eut déshérité ma mère lorsqu'elle avait épousé mon père. Celui-ci, universitaire à l'université de Cambridge, n'était pas le genre d'homme que mes grands-parents souhaitaient pour leur fille. Au début, je me demandai pourquoi personne, ici à Londres, ne comprenait que j'étais en réalité assez pauvre, alors que j'avais dû m'installer chez mon oncle et ma tante. Avec le temps, cependant, j'appris qu'on supposait simplement que j'avais souhaité avoir de la compagnie. Les gens ne pouvaient pas savoir que mon seul revenu provenait de l'allocation que m'accordait chaque mois mon oncle Ronald.

Une part de moi brûlait de mettre les choses au clair avec M. Armitage, mais cette part était faible. Ma situation financière me regardait, et ne concernait ni lui ni personne d'autre.

M. Armitage m'indiqua le siège pour les visiteurs, puis s'assit derrière son bureau.

— Vous avez dit que vous aviez une affaire pour moi.

— Non, j'ai dit que j'étais *peut-être* une cliente potentielle.

Il pencha la tête de côté.

— Ainsi… vous ne l'êtes pas ?

— Non.

Il poussa un soupir.

— Alors pourquoi êtes-vous ici, Miss Fox ? Je vous prie d'être brève. Je suis un homme occupé.

— Ah bon ? Vous avez déjà une affaire ?

C'était peut-être un peu cruel, puisqu'il venait manifestement tout juste d'ouvrir, mais sa brusquerie me hérissait. Je n'aurais jamais cru regretter le charmant directeur adjoint que j'avais rencontré à mon arrivée au Malfaire, mais ce jour-là, si. Si factice que ce charme eût pu être, il m'apaisait les nerfs, déjà à vif.

— Oui, justement.

Il me gratifia d'un de ses sourires irrésistibles et mon visage se décomposa.

Je me repris vite, cependant. Cela pouvait tourner à mon avantage.

— C'est merveilleux. Vous aurez besoin d'une associée pour vous aider avec votre charge de travail.

— On ne peut guère encore parler de charge de travail, mais j'espère que cela m'amènera d'autres clients.

— J'en suis certaine. Vous devriez vous préparer dès maintenant à cette éventualité.

— En ayant une associée ?

Il secoua la tête.

— Je vais d'abord apprendre à marcher avant de courir. En outre, je ne veux pas d'associée.

— Vous en voudrez une lorsque la bonne personne se présentera.

Il se renversa dans son fauteuil et m'observa.

— Miss Fox, avez-vous quelqu'un en tête ?

— Oui, justement.

— Veuillez l'informer que je ne cherche pas d'associée. Si je m'aperçois que j'ai besoin d'aide lorsque j'aurai davantage d'affaires, je vous demanderai ses coordonnées et je la recevrai en entretien. Je ne peux rien promettre, toutefois, puisque j'ignore quelles sont ses qualifications.

— Elle est très qualifiée. Elle a résolu un meurtre.

— Elle ?

Il rit, mais son rire s'éteignit presque aussitôt.

— Êtes-vous en train de vous proposer comme employée ?

— Non. Comme associée.

Il éclata de rire de nouveau, s'interrompit, puis laissa échapper un autre rire bref, comme pour bien marquer le coup. Je remuai sur ma chaise, m'efforçant de ne pas laisser mon visage s'embraser. Lequel malheureusement me trahit.

Je repris mes esprits et allai de l'avant. J'étais ici désormais, et il était trop tard pour reculer.

— Pourquoi trouvez-vous cela si amusant ? Vous ne pouvez pas connaître une personne de plus qualifiée que moi, prête à travailler avec vous sans être payée jusqu'à ce que le client vous règle, dis-je.

Il pencha la tête et m'examina.

— Vous êtes sérieuse, n'est-ce pas ? demanda-t-il.

— Aurais-je supporté une telle réaction humiliante si je ne l'étais pas ?

Il eut une légère grimace et leva les mains.

— Je vous prie de m'excuser. Ma réaction était déplacée.

Il était agréable de voir qu'il savait encore se conduire en gentleman en ma présence. Il gâcha un peu cet effet lorsque ses lèvres tressaillirent tandis qu'il s'efforçait de ne pas sourire.

— Permettez-moi de vous expliquer pourquoi je ne peux pas vous accepter comme associée, même si j'en cherchais une. Tout d'abord, nous ne nous entendons pas.

— Nous pourrions nous entendre si vous me pardonniez de vous avoir fait renvoyer de l'hôtel.

— Je vous ai pardonné cela. En revanche, je ne vous ai pas pardonné d'avoir fait subir à mon oncle la détresse de perdre un emploi qui lui tient énormément à cœur.

Ce fut à mon tour de faire la grimace. Je regrettais chaque instant de cet entretien dans le bureau de mon oncle, lorsqu'il avait renvoyé à la fois M. Hobart et M. Armitage pour avoir gardé le secret de l'arrestation de M. Armitage.

— J'ai contribué à lui faire retrouver sa place en touchant un mot en sa faveur auprès de mon oncle.

Cela avait l'air pitoyable. J'avalai ma salive et baissai les yeux vers mes genoux.

M. Armitage soupira.

— Et puis, autre chose, votre famille n'approuverait pas.

Je relevai les yeux vers les siens.

— C'est à moi de m'en inquiéter.

— Je ne tiens pas à ce que mon entreprise naissante soit discréditée par un homme aussi puissant que sir Ronald Bainbridge. Pas alors que je compte utiliser son hôtel comme source de clients, du moins au début. Et enfin, je n'ai pas l'intention d'avoir d'associé.

— Alors laissez-moi être une collaboratrice.

— Non.

— Mais vous avez déjà fait peindre « *Associés* » sur la porte. Pourquoi l'y faire inscrire si vous n'avez pas l'intention d'engager du personnel ?

— J'en ai l'intention, simplement pas encore. Il n'y a pas assez de travail. Et permettez-moi de souligner *encore une fois* que je ne vous embaucherais pas, *vous*.

Je choisis d'ignorer la seconde partie de cette déclaration et de m'accrocher à la première.

— Il y aura assez de travail quand je vous parlerai d'une affaire possible pour un client payant. Cela ferait deux affaires. Vous ne pouvez tout de même pas vous occuper des deux à la fois.

Il se contenta de sourire, mais ses yeux chaleureux étaient désormais animés d'une lueur qui ne s'y trouvait pas auparavant. J'avais éveillé son intérêt.

— De quelle affaire s'agit-il ? demanda-t-il.

— Je ne vous le dirai pas tant que vous ne m'aurez pas engagée.

— Voilà qui s'appelle du chantage, Miss Fox.

Il claqua la langue.

— Que dirait votre famille ?

— Mon oncle me féliciterait de m'en tenir à la voie que je me suis tracée. C'est un homme d'affaires, après tout.

Il m'observa de sous ses longs cils sombres, et la chaleur avait disparu de son regard. Il était difficile de savoir ce qu'il pensait. La fixité de son regard me troubla, et j'abaissai les yeux vers le bureau. Son plateau était d'une propreté irréprochable. Pas de notes, pas de dossiers, seulement un bloc vierge, des crayons, des plumes et de l'encre.

Je relevai les yeux et vis qu'il m'observait toujours. Je m'efforçai de ne pas montrer combien cela me désarmait.

— Il n'y a pas d'affaire, n'est-ce pas ?

Il cligna des yeux, rompant le charme.

— Pardon ?

— Si j'ouvre les tiroirs de ce meuble à dossiers, je les trouverai vides, à l'exception du bail de ce bureau. N'est-ce pas exact ?

Ce fut à son tour de détourner le regard.

— Vous n'avez pas encore d'affaire, n'est-ce pas ? insistai-je.

Il inspira profondément et expira lentement. J'avais froissé son orgueil masculin en révélant son mensonge sans importance, mais, tout à son honneur, il n'allait pas se laisser démonter pour si peu.

— Je peux jouer à ce jeu-là moi aussi, Miss Fox.

— Quel jeu ?

— Le jeu des devinettes.

J'avais donc vu juste. Il avait menti en prétendant avoir une affaire.

— Et que comptez-vous deviner à mon sujet ?

Peut-être avait-il usé de ses talents de déduction et compris que je ne pouvais pas être aussi riche que ma famille Bainbridge, étant donné que j'étais arrivée à l'hôtel vêtue des habits démodés d'une femme ordinaire.

Il croisa les bras et se renversa sur sa chaise avec un air satisfait.

— Votre client réside à l'hôtel. Ou peut-être l'hôtel lui-même est-il le client.

— Comment le savez-...

Je m'interrompis, mais son sourire s'élargit.

— Qu'est-ce qui vous fait penser cela ?

— Vous êtes nouvelle à Londres et vous n'y avez pas d'amis en dehors de votre famille et de son cercle. Toute votre vie tourne autour de l'hôtel. Où ailleurs auriez-vous pu apprendre l'existence d'une affaire nécessitant une enquête ?

Je demeurai immobile afin de ne rien trahir.

Cela ne fit que le faire sourire davantage.

— Puisque j'ai raison, je n'ai pas besoin que vous m'apportiez l'affaire, Miss Fox. Il me suffit de la demander à mon oncle. Il sait tout ce qui se passe au Mayfair.

Je poussai un hoquet de stupeur.

— Vous me voleriez mon affaire ?

— Ce n'est pas du vol. Vous ne pouvez pas enquêter dessus. Vous n'êtes pas détective privé. Moi, si.

— N'importe qui peut être détective privé, y compris une femme. Nul besoin de licence, ni même de bureau.

Je me levai.

— Et votre oncle n'est pas au courant de cette situation. S'il l'était, il aurait déjà agi.

Je me dirigeai d'un pas vif vers la porte, l'ouvris et sortis sans dire un mot d'adieu. Cet homme ne le méritait pas. Le bref aperçu de la déception que j'avais surpris sur son visage avant de refermer la porte fut très satisfaisant, et expliquait sans doute pourquoi ma colère se dissipa si vite. Au moment où j'atteignis la rue, elle s'était évanouie tout à fait et la raison revint.

M. Armitage avait raison. Je n'étais pas détective privé. Je ne pouvais pas demander de l'argent à M. Hobart pour enquêter sur la présence de l'homme au nez crochu dans l'hôtel. À vrai dire, je n'étais même pas certaine qu'il se passât quoi que ce fût d'illicite.

Je jetai un regard dans la rue au moment même où une bourrasque projeta une feuille de journal contre mes jupes. Je l'écartai du pied et la regardai tournoyer sur elle-même avant de perdre son élan devant une maroquinerie. Ce n'était vraiment pas la meilleure adresse pour une agence de détectives qui espérait attirer une clientèle fortunée.

Je soupirai. M. Armitage avait davantage besoin de cet argent que moi. Il avait, plus que moi, besoin que cette nouvelle carrière réussisse. Moi, j'avais un toit agréable au-dessus de la tête et l'argent de ma pension. Lui n'avait rien, et c'était par ma faute. Je lui devais cette première affaire.

Je me retournai vers la porte au moment même où elle s'ouvrit à la volée et où M. Armitage se précipita dehors. Il me heurta de plein fouet, et je ne dus qu'à ses deux mains solides, crispées sur mes bras, de ne pas être jetée à terre.

— Miss Fox !

Il était aussi surpris de me heurter que je l'étais de l'être.

— Vous êtes encore ici.

— Oui, dis-je, quelque peu essoufflée. Oui ! répétai-je plus fort.

Ses pouces effleurèrent mes bras avant qu'il ne me lâche.

— Je suis désolé. Vous allez bien ? Je ne vous ai pas fait mal ?

— Je vais très bien, merci. Je vois que vous êtes pressé, alors je serai brève. J'ai quelque chose à vous dire, et c'est pourquoi je ne suis pas partie.

Il rajusta sa cravate et desserra son col trop serré.

— Laissez-moi parler le premier, je vous prie. Je ne pars pas.

Il s'éclaircit la gorge.

— Je voulais vous rattraper, justement.

— Ah oui ?

Il leva les yeux vers le ciel gris.

— Je... euh... je voulais vous présenter mes excuses pour mon comportement à l'intérieur. J'ignore pourquoi, mais vous faites ressortir ce qu'il y a de pire en moi. D'ordinaire, je ne suis pas aussi...

— Désobligeant ? Arrogant ? Condescendant ?

Il rit doucement.

— J'allais dire peu gentleman.

— Vous n'avez pas à vous excuser. Je n'y suis pas pour rien non plus. Il semble que vous fassiez ressortir ce qu'il y a de pire en moi, vous aussi.

Il désigna la porte derrière lui.

— C'est cela, votre pire ?

— Je n'ai pas l'habitude de sortir en trombe d'un bureau lorsque je n'obtiens pas ce que je veux. J'aime à croire que j'ai passé l'âge de ce genre de caprice enfantin.

Il m'adressa un sourire forcé.

— Eh bien. Je suis heureux que nous ayons dissipé ce malentendu. Bonne journée, Miss Fox.

Il se tourna pour rentrer.

— Attendez un instant. Je veux vous parler de l'affaire.

— Vous voulez dire *votre* affaire.

Je fis non de la tête.

— C'est la vôtre, maintenant. S'il y a seulement une affaire. Je ne suis pas encore convaincue qu'il y ait véritablement matière à enquêter, mais vous pouvez en parler à votre oncle pour voir ce qu'il en pense. Je vous promets de ne pas m'en mêler. L'enquête vous appartient entièrement.

— Pourquoi ce revirement ?

Il se serait sans doute froissé si je lui avouais avoir eu pitié de lui. Comme je ne trouvai pas assez vite une autre explication, j'éludai complètement sa question.

— Parlons-en dans votre bureau.

— J'ai mieux. Luigi prépare un excellent café.

Il ouvrit la porte du Roma Café, et la délicieuse odeur de grains torréfiés m'enveloppa. Les deux hommes assis sur des tabourets au comptoir levèrent les yeux. Tous deux avaient le visage buriné d'hommes bien au-delà de la cinquantaine et le teint mat des Italiens. Ils saluèrent M. Armitage d'un signe de tête, qu'il leur rendit.

L'homme derrière le comptoir leva les bras au ciel et afficha un large sourire.

— Harry ! Entre, entre.

Son accent cockney contrastait avec un teint aussi hâlé que celui des deux clients. Il était toutefois bien plus jeune. Je lui donnais tout au plus trente-cinq ans.

M. Armitage me le présenta comme Luigi, le propriétaire du café. Luigi passa le bras par-dessus le comptoir et prit ma main entre les siennes.

— *Bella signora. Benvenuti nel mio caffè.*

— *Grazie, signore. Il caffè ha un profumo delizioso.*

Luigi et ses deux compagnons me dévisagèrent.

— Vous parlez italien ?

— Juste assez pour me débrouiller en touriste en Italie.

— Vous y êtes déjà allée ?

L'idée même que je puisse un jour avoir les moyens d'aller en Italie me parut si absurde que j'éclatai de rire.

— Non.

Il soupira.

— Moi non plus, je n'y suis jamais allé, mais j'irai un jour.

Il désigna la table près de la fenêtre, couverte d'une nappe à carreaux rouges et blancs.

— Asseyez-vous, et je vous apporterai le meilleur café que vous ayez jamais goûté.

M. Armitage m'avança une chaise.

— C'est votre mère qui vous a appris l'italien ?

— Mon père.

— Je croyais qu'il était professeur de mathématiques.

Je fus surprise qu'il en sache autant. Nous n'avions pas parlé très en détail de nos parents.

— Il l'était, mais il avait quantité d'autres passions. Il m'a appris un peu d'italien, entre autres.

Heureusement, je m'en étais rappelée autant. Mon apprentissage des langues étrangères avait pour l'essentiel pris fin avec la mort de mes parents. J'avais essayé de poursuivre seule, mais j'avais trouvé cela trop difficile lorsqu'il n'y avait personne avec qui converser.

— Vous avez eu une éducation peu ordinaire.

Je battis des paupières à cette remarque. Mon éducation avait été tout à fait ordinaire comparée à la sienne.

— Seulement, si par *peu ordinaire*, vous entendez intellectuelle. S'il y avait bien une chose que mes parents avaient en commun, c'était leur goût d'apprendre, sur tout et n'importe quoi. Ils m'ont transmis cet amour, et mes grands-parents ont poursuivi mon instruction après la mort de mes parents. Je crains d'avoir passé une bonne partie de ma vie plongée dans des livres ou à assister à des conférences.

— À l'université ?

— À l'occasion, et seulement à ceux qui étaient ouverts aux femmes. J'appartenais aussi à plusieurs associations et instituts féminins qui invitaient des conférenciers à parler des sujets les plus divers.

— J'aurais aimé aller à l'université, dit-il. Mais il me fallait travailler, et l'hôtel valait bien n'importe quel autre endroit.

Sa voix ne trahissait ni amertume ni regret, seulement un constat.

— Qu'auriez-vous étudié ?

Il y réfléchit un instant.

— L'ingénierie. Depuis que j'ai vu construire Tower Bridge, la construction me fascine.

Luigi déposa devant nous deux tasses de café, les plus petites que j'aie jamais vues en dehors d'une maison de poupée. Je fermai les yeux et inspirai l'arôme. Quand je les rouvris, M. Armitage m'observait, une expression curieuse sur le visage.

— Je me demande si l'Italie sent cela, dis-je.

M. Armitage prit sa tasse.

— Vous devriez y voyager un jour et le découvrir.

— Si seulement c'était aussi simple. Maintenant, à propos de l'affaire.

Je bus une gorgée.

— J'espère vraiment qu'elle aboutira, pour votre bien. Mais j'espère aussi que non. Voyez-vous, elle concerne votre remplaçant, M. Hirst.

M. Armitage reposa sa tasse avec un froncement de sourcils.

— Qu'y a-t-il à son sujet ?

Je lui racontai comment j'avais vu M. Hirst parler avec un individu qui n'avait pas l'air à sa place à l'hôtel.

— Il dit à oncle Ronald qu'il s'agissait de M. Clitheroe, un client, mais mon oncle n'a pas eu l'air convaincu, bien qu'il n'ait pas insisté. Plus tard, j'ai pu mieux voir cet homme, et je fus frappée par le fait qu'il n'était pas vêtu comme l'aurait été, le soir, un gentleman séjournant à l'hôtel. Plus étrange encore, après avoir échangé quelques mots avec le concierge de nuit, celui-ci ne lui a pas ouvert la porte.

— C'était James ou Phillip qui était de service ?

— James. Ce matin, j'ai demandé à votre oncle une description de M. Clitheroe. L'homme que j'avais vu la veille au soir avait un nez très proéminent, voyez-vous. Votre oncle m'a dit que celui de M. Clitheroe l'était seulement un peu.

Devant le haussement d'épaules de M. Armitage, j'ajoutai :

— Vous avez raison, il se peut que je voie quelque chose de suspect là où il n'y a rien. Je suis certaine que M. Hirst ne ment pas. Il jouit d'une excellente réputation, après tout.

— Et pourtant il tenait beaucoup à entrer au Mayfair, alors que ce n'était pas une promotion.

— Peut-être veut-il simplement acquérir de l'expérience auprès d'un autre propriétaire et d'un autre directeur.

M. Armitage tapota le bord de sa tasse du doigt, puis la saisit soudainement.

— Finissez votre café, et je vous raccompagnerai à l'hôtel. Je vais d'abord interroger mon oncle et voir s'il y a là matière à enquête.

— Demandez-lui de me désigner le client nommé Clitheroe. Je saurai immédiatement si c'était le même homme ou non.

J'ouvris mon sac à main pour payer le café, mais M. Armitage refusa.

— Vous m'avez cédé l'affaire, Miss Fox. La moindre des choses est que je vous offre le café.

Nous regagnâmes l'hôtel d'un pas vif, et j'étais un peu essoufflée lorsque nous y arrivâmes. Mais au lieu de passer par la porte principale, M. Armitage se contenta de saluer Frank et poursuivit son chemin.

Je me précipitai à sa suite.

— Où allez-vous ?

— Par ici.

Il indiqua la rue latérale.

— Je préfère emprunter l'entrée du personnel.

— Pourquoi ?

— Parce que je ne suis pas client de l'hôtel.

Je le suivis lorsqu'il s'engagea dans la ruelle.

Il s'arrêta.

— Vous ne pouvez pas passer par ici.

— Pourquoi pas ?

— Parce que vous ne faites pas partie du personnel.

— C'est ridicule. Vous avez dit un jour que la famille pouvait aller où bon lui semblait dans l'hôtel.

Il croisa les bras et haussa les sourcils en me regardant.

— Le personnel se sentirait mal à l'aise si vous passiez par son entrée.

— Mais le personnel m'aime bien.

Je grimaçai en entendant la plainte dans ma voix.

Il m'adressa un sourire bienveillant, comme pour dire que le personnel se montrait poli, son emploi en dépendant. Je soupirai. Il n'avait sans doute pas tort.

— Merci pour votre aide jusqu'ici, mais à présent, cette affaire me regarde.

Il laissa retomber ses bras et poursuivit son chemin.

— Au revoir, Miss Fox, lança-t-il par-dessus son épaule.

Je repartis à contrecœur par où j'étais venue et rentrai dans l'hôtel par la porte principale, que Frank me tint ouverte.

— Vous m'aimez bien, n'est-ce pas, Frank ? demandai-je.

— Mais bien sûr, Miss Fox, répondit-il avec une aisance parfaite.

— Vous ne dites pas cela uniquement parce que je suis la nièce de Sir Ronald.

— Pas du tout. Vous êtes l'une de nos hôtes les plus appréciées.

Je soupirai et entrai. Si Frank avait mis un peu plus de sincérité dans sa réponse, je l'aurais peut-être cru.

Je m'arrêtai dans le foyer, puis décidai de ne pas partir à la recherche de M. Hobart. M. Armitage avait raison : l'enquête était désormais son affaire. J'avais fait ma part.

J'allai chercher Flossy à la place et la trouvai au moment où elle sortait de la suite de ses parents. Elle semblait soucieuse.

— Quelque chose ne va pas ? demandai-je.

— Ma mère a terriblement mal à la tête aujourd'hui. Je savais que la soirée d'hier serait trop éprouvante pour elle. Elle n'aurait pas dû prendre cette seconde dose de tonique.

— Je ne comprends pas. Le tonique n'est-il pas censé la soulager plutôt que la rendre plus mal encore ?

— Si, temporairement, puis les maux de tête reviennent, plus violents que jamais.

Elle avait l'air si triste. Flossy était d'ordinaire d'une humeur si lumineuse et si joyeuse que je détestais la voir ainsi. Je pris sa main et la serrai.

— Y a-t-il quelque chose que je puisse faire ?

Elle me donna un faible sourire.

— Non, merci, Cleo.

— Peut-être pourrais-je rester un peu avec elle plus tard. Nous pourrions bavarder tranquillement pendant que tu sortirais prendre l'air, avec une femme de chambre comme chaperon, bien entendu.

Elle mordilla sa lèvre inférieure et jeta un regard vers la porte de sa mère.

— Je suppose que je pourrais aller chez la couturière et la modiste, sur Bond Street.

— Je suis certaine que l'air de Bond Street te fera du bien.

— Oui, n'est-ce pas ?

Elle m'embrassa sur la joue.

— Merci, Cleo.

Harmony apparut dans la cage d'escalier et fit un signe de tête en direction de la porte de ma suite. Je pris congé de Flossy et la rejoignis. Elle se glissa dans ma suite derrière moi.

— Nous avons de la chance, dit-elle.

Elle avait annoncé cela avec une excitation que j'aurais d'ordinaire associée à Flossy plutôt qu'à Harmony. Elle déclara :

— Miss Westwood *a été assassinée*.

— Cela n'a rien de très heureux pour elle.

Elle me lança un regard en coin.

— Ce n'est pas le moment de plaisanter.

Elle leva les mains pour retirer l'épingle de mon chapeau.

— Vous devriez voir Lord Rumford pendant qu'il est encore dans sa suite. La chambre 415, tout au fond du couloir.

Je lui laissai mon chapeau et mes gants lorsqu'elle me les réclama aussi.

— Pourquoi penses-tu que Miss Westwood a été assassinée ? Et es-tu en train de suggérer que Lord Rumford serait son meurtrier ?

— C'est lui qui pense qu'elle a été assassinée. Il ne croit pas qu'elle se soit suicidée. Il affirme qu'elle avait bien trop de raisons de vivre et qu'elle était très heureuse. Mais la police ne le croit pas et refuse d'enquêter davantage. Elle manque de zèle, si vous voulez mon avis. Se contenter de conclure au suicide, c'est choisir la solution de facilité, et cela lui évite de se donner la peine de découvrir ce qui s'est vraiment passé.

— L'inspecteur Hobart n'est pas un paresseux.

— Ce n'est peut-être pas lui qui s'occupe de cette affaire. Il doit bien y avoir quantité d'autres inspecteurs à Scotland Yard.

Elle me fit signe d'aller vers la porte.

Je restai plantée là, refusant de bouger.

— Je ne sais pas.

Elle posa une main sur sa hanche.

— Si c'est bien un meurtre, il faut découvrir qui l'a commis, en mémoire de cette pauvre Miss Westwood.

— J'imagine.

— Et si la police ne le fait pas, qui le fera ?

— Harry Armitage est détective privé maintenant.

— M. Armitage peut se trouver ses propres clients. D'ailleurs, je ne sais même pas si Lord Rumford paiera. Il n'a pas *expressément* parlé d'engager qui que ce soit.

— Comment sais-tu tout cela ?

— J'ai des yeux et des oreilles.

— Tu as écouté en cachette ?

Elle garda le silence, ce qui était sans doute plus prudent. Ainsi, on ne pouvait l'accuser de rien.

Je soupirai.

— Très bien, mais uniquement parce que je n'ai rien de mieux à faire.

— C'est bien vrai.

Je la regardai de côté.

— Et si Miss Westwood a été assassinée, sa famille mérite justice.

Son visage s'illumina.

— Excellent. Je suis si heureuse que vous soyez d'accord.

Elle me donna une petite poussée à l'épaule.

— Allons-y maintenant, avant qu'il ne ressorte.

— Tu viens avec moi ? demandai-je tandis qu'elle me suivait dans le couloir.

— Bien sûr. Il vous faut un chaperon. Nous ne pouvons pas laisser votre réputation se trouver compromise.

J'avalai mon rire lorsqu'elle me lança un regard sévère. Il arrivait parfois à Harmony d'être plus réprobatrice qu'un parent.

Peut-être avait-elle raison de se montrer protectrice. J'étais habituée à aller où bon me semblait sans être accompagnée, mais je faisais désormais partie de la maisonnée Bainbridge, et ils vivaient selon des règles bien différentes de celles de mes grands-parents de la classe moyenne.

Lord Rumford avait l'air d'un homme qui manquait de sommeil. De sombres cernes entouraient ses yeux, dont le blanc était strié de minuscules veinules, et sa barbe grise comme ses cheveux auraient eu besoin d'un coup de peigne. S'il ne sourit pas pour nous accueillir lorsqu'il ouvrit à mon coup frappé à la porte, il ne nous aboya pas dessus non plus. Il se contenta de soupirer et de dire :

— Oui ?

— Je m'appelle Cleopatra Fox et voici Harmony Cotton.

Devant son expression vide, j'ajoutai :

— Je suis la nièce de Sir Ronald Bainbridge.

Il serra la main que je lui tendais.

— Très heureux de faire votre connaissance.

Je ne savais pas très bien quoi dire ensuite. *Je vais démasquer l'assassin de votre maîtresse* aurait paru bien présomptueux.

Harmony vint à mon secours.

— Miss Fox va enquêter sur la mort de Miss Westwood et souhaite vous poser quelques questions. Pouvons-nous entrer ?

Une étincelle s'alluma dans les yeux de Lord Rumford.

— Vous n'êtes pas du tout la personne à laquelle je m'attendais.

— Vous attendiez quelqu'un d'autre ?

— Quelqu'un d'un peu plus âgé et…

— Un homme ?

Son sourire fut bienveillant.

— Je l'avoue, oui.

— Miss Fox a beaucoup d'expérience, dit Harmony. C'est elle qui a résolu l'affaire du client assassiné de l'hôtel il y a quelques semaines.

— *Le Tueur de la veille de Noël* ? demanda-t-il.

Il reprenait ainsi le nom que les journalistes avaient donné au meurtrier de Mme Warrick.

— On ne vous a pas mentionnée dans les journaux.

— Miss Fox est la nièce de Sir Ronald.

Harmony n'avait pas besoin d'en dire davantage. Lord Rumford comprit qu'il n'était pas convenable d'associer le nom des Bainbridge à l'élucidation d'un meurtre, en particulier lorsque l'enquêtrice était une femme de la famille.

— Vous ne souhaitez donc pas attirer l'attention sur vous, me dit-il.

— Non.

— Bien. Parce que moi non plus, je ne tiens pas à attirer l'attention sur moi. Pas en rapport avec la mort de Pearl.

— Ni avec sa vie ?

— Précisément.

Il jeta alors un regard de chaque côté du couloir puis, le voyant désert, s'effaça.

— Entrez donc. Je serai très heureux de vous engager, à condition que mon nom n'y soit pas mêlé.

CHAPITRE 3

Le quatrième étage de l'hôtel abritait les suites les plus vastes et était réservé à la famille Bainbridge ainsi qu'aux hôtes de marque. La suite de Lord Rumford ressemblait à la mienne, avec un salon et une chambre à coucher attenante. La seule différence tenait à la vue sur Green Park: la sienne s'ouvrait davantage vers l'est.

Il nous invita à nous asseoir sur le canapé. Je m'assis, mais Harmony resta en retrait, gardant ses distances tout en restant assez proche pour nous entendre.

— Je suis désolée pour votre perte, milord, commençai-je.

— Merci. Ça a été un choc terrible. Je ne l'ai vue qu'hier en début d'après-midi. Ce devait être peu avant…

Il passa une main sur sa mâchoire et inspira d'un souffle tremblant.

J'hésitai. Je ne m'étais pas attendue à autant de chagrin. J'avais supposé que Pearl Westwood était la dernière maîtresse en date d'une longue série s'étalant sur des décennies et qu'elle serait bientôt remplacée. Il semblait pourtant qu'il tenait véritablement à elle. Rien d'étonnant à ce qu'il veuille retrouver son assassin.

— Pourquoi pensez-vous qu'elle a été assassinée ?

— Quand je l'ai vue avant Noël, elle était heureuse. Elle était la Pearl que je connaissais – vive, amusante, sans le moindre souci. Puis, lorsque je suis revenu à Londres il y a deux jours, elle avait changé. Elle était troublée.

— Pardonnez-moi, mais ce changement pourrait précisément expliquer son suicide.

— Elle était troublée, mais pas triste. Pas désespérée au point de mettre fin à ses jours. Elle m'a demandé de l'argent, voyez-vous. Elle n'a pas dit pourquoi, juste que c'était important. Elle s'en est excusée avec insistance.

J'hésitai, ne sachant si je devais poser la question qui me venait à l'esprit. C'était très impoli. Heureusement, Lord Rumford devina de lui-même.

— Vous voulez connaître les détails de notre arrangement, dit-il.

J'acquiesçai.

— Je payais son appartement et lui offrais des cadeaux de temps à autre. Aucun argent ne passait entre nous. Tout était très digne.

Parfois, j'étais stupéfaite de la façon dont les gens justifiaient leurs actes à leurs propres yeux. S'il pensait que ne pas donner d'argent à Pearl signifiait qu'elle n'était pas une prostituée et qu'il n'était pas son client, il se trompait. C'était précisément cela. Ni ses intentions ni ses sentiments envers elle n'importaient. J'aurais aimé savoir ce qu'elle ressentait pour lui. Tenait-elle à lui ? Ou était-il un moyen d'arriver à ses fins ?

— Lui avez-vous donné l'argent lorsqu'elle vous l'a demandé ?

Il baissa les yeux vers sa main, posée sur l'accoudoir du fauteuil.

— Je n'avais pas encore eu le temps de le faire.

— Savait-elle que vous aviez l'intention de le lui donner ?

— Je n'avais pas encore eu l'occasion de le lui dire.

La main sur l'accoudoir se ferma en poing.

— Le fait est qu'elle avait besoin d'argent et ne voulait pas dire pourquoi. Je crois que quelqu'un la faisait chanter.

— À propos de votre arrangement avec elle ?

— Oui.

— Alors ne vous l'aurait-elle pas dit ?

— Elle est très fière. *Était* très fière.

Il déglutit péniblement.

— La connaissant, elle aurait essayé de régler cela toute seule. Pearl était comme ça. Très indépendante. Elle n'aimait pas compter sur moi pour la sauver, voyez-vous.

— Connaissez-vous quelqu'un dans son entourage qui aurait pu la faire chanter au sujet de votre relation ?

— Non.

— Qui d'autre était au courant pour vous deux ?

Il haussa les épaules.

— Je n'en suis pas sûr. Nous étions très discrets, mais nos proches le savaient. Il y a une sœur, mais je ne me rappelle pas son nom. Les autres acteurs et le personnel du théâtre le savaient aussi. Demandez au directeur. Elle était proche de lui. Culpepper, c'est son nom. Brave homme. C'est lui qui nous a présentés.

Je me levai pour partir.

— Merci, milord. Pouvez-vous me donner l'adresse de l'appartement de Miss Westwood ?

Il nota une adresse sur un morceau de papier posé sur le bureau et me la tendit avec deux clés.

— Merci, Miss Fox. J'apprécie que vous fassiez cela.

Je me mordis la lèvre. J'aurais voulu lui demander s'il comptait me payer, mais m'abstins. J'allais enquêter de toute façon. Harmony avait raison : je n'avais rien de mieux à faire de mon temps.

Harmony et moi sortîmes dans le couloir. Au moment où la porte se refermait derrière nous, Harry Armitage sortit de la cage d'escalier.

— Bonjour, Harmony. Miss Fox, nous nous retrouvons.

Il regarda la porte portant le numéro 415 derrière moi. Le temps parut s'étirer. Ses lèvres s'entrouvrirent de surprise puis se pincèrent fermement. Son visage s'assombrit.

— Vous m'avez volé mon client.

Je me raidis.

— Je n'ai rien fait de tel !

Il me prit par le coude et m'entraîna loin de la porte.

— Enquêtez-vous sur le meurtre de Pearl Westwood ?

Je dégageai mon bras.

— Oui.

— Alors je répète : vous m'avez volé mon client. Je n'y crois pas. J'avais confiance en vous !

Il passa la main dans ses cheveux avec rage et secoua la tête.

J'étais sur le point de protester à nouveau lorsqu'Harmony marmonna quelque chose à propos de travail et se hâta de partir. Apparemment, je ne pourrais compter sur aucune aide de sa part.

— Vous m'avez lancé sur une fausse piste à propos d'un mystérieux individu au nez en bec, uniquement pour détourner mon attention de votre véritable cible.

— Quoi ? m'exclamai-je.

Il désigna la chambre 415 d'un mouvement du menton.

— Ne le niez pas. Je vous ai vue en sortir.

— Je ne nie pas que j'étais à l'intérieur en train de parler à Lord

Rumford. Mais je nie vous avoir envoyé sur une fausse piste pour vous distraire délibérément. D'abord, ce n'est pas une fausse piste. Je crois qu'il se passe quelque chose entre M. Hirst et cet homme, quel qu'il soit. Probablement.

Il croisa les bras et me lança un regard qui disait clairement qu'il ne me croyait pas.

— Et ensuite, je n'avais pas l'intention d'enquêter sur la mort de Miss Westwood avant qu'Harmony ne me le suggère *après* mon retour du café pris avec vous. C'est elle qui m'a dit que je devais avoir un échange avec Lord Rumford après l'avoir entendu dire qu'il soupçonnait qu'on avait assassiné sa maîtresse.

— Et comment a-t-elle entendu cela ? demanda-t-il en haussant les sourcils. Laissez-moi deviner. Elle a surpris la conversation entre Lord Rumford et mon oncle.

— Elle ne l'a pas dit.

Il leva les yeux au ciel.

— Lord Rumford est venu trouver mon oncle plus tôt pour lui demander le nom de quelqu'un de discret qui pourrait se charger d'enquêter sur la mort de Miss Westwood. Mon oncle ne lui a pas donné mon nom, car il ne savait pas si j'aurais le temps de me consacrer à cette affaire. Il a dit à Rumford qu'il enverrait quelqu'un dans sa chambre si possible, ou un mot dans le cas contraire. Quand je me suis présenté dans son bureau quelques minutes plus tard, il m'a tout raconté, et me voilà.

Il me lança un regard si glacial qu'un frisson me parcourut.

— Pourquoi avez-vous tant tardé pour monter parler à Lord Rumford ? demandai-je.

— Parce que je parlais à mon oncle Alfred de Hirst et du client de l'hôtel nommé Clitheroe.

— Et alors ?

— Et alors, il ne pense pas qu'il y ait matière à s'inquiéter, d'où votre fausse piste.

— Oh.

— Mon retard vous a laissé juste assez de temps pour vous jeter sur l'occasion et me voler mon client.

Je commençais à me lasser passablement de ses accusations. Il ne devait pas avoir une très haute opinion de moi s'il me croyait capable d'une telle chose. Étant donné ce qui s'était passé auparavant, c'était peut-être compréhensible, mais cela n'en était pas moins blessant.

— Je vois bien ce que cela peut donner à penser, mais je vous assure que mes intentions sont innocentes. Harmony a dû surprendre la conversation entre votre oncle et Lord Rumford, puis décider de me mettre en avant comme personne chargée d'enquêter. Elle ne me l'aurait pas suggéré si elle avait su que M. Hobart comptait vous confier l'affaire.

Je n'étais pas tout à fait certaine de l'innocence absolue d'Harmony dans cette affaire, mais j'allais la défendre du mieux que je pourrais. Plus tard, en revanche, j'aurais deux mots à lui dire.

— De toute façon, Lord Rumford n'est pas mon client, poursuivis-je. Je ne crois pas qu'il me paie.

— Parce que vous avez insisté sur le fait que vous ne vouliez pas être payée.

— Non, parce qu'il ne l'a pas proposé.

— Il ne l'a pas proposé parce qu'aborder quelque chose d'aussi *vulgaire* que l'argent avec la nièce de Sir Ronald ne se fait pas pour un gentleman.

Il chargea le mot *vulgaire* d'une nuance si déplaisante qu'elle résumait parfaitement ce que Lord Rumford et les gens de son espèce pensaient de toute discussion financière, surtout en présence de dames.

Je soupirai. Je n'avais vraiment pas voulu empiéter sur le terrain de M. Armitage.

— Nous allons lui parler maintenant et lui dire que vous êtes l'enquêteur officiel et que moi, je ne suis que…

Je soupirai encore, et complétai :

— La nièce de sir Ronald, fouineuse et désœuvrée.

Je traversai le couloir jusqu'à la porte et levai la main pour frapper.

M. Armitage referma sa main sur mon poing et l'écarta. Nous nous tenions si près l'un de l'autre que mon épaule frôla sa poitrine. Quand je levai les yeux, son visage occupa tout mon champ de vision.

— Ne faites pas cela, dit-il doucement.

— Pourquoi pas ? murmurai-je.

Il se contenta de secouer la tête et me relâcha. Il s'éloigna, ses longues enjambées le portant rapidement loin de moi.

Je relevai mes jupes et me précipitai à sa poursuite.

— Monsieur Armitage.

Il ne ralentit pas.

J'accélérai le pas.

— Monsieur Armitage !

Il ne répondit pas.

— Harry, arrêtez !

Enfin, il s'arrêta et se tourna vers moi.

— Vous avez gagné l'affaire. Je ne dirai pas loyalement, mais je ne peux pas dire que j'aurais été moins retors.

— C'est Harmony qui a été la plus rusée, pas moi, fis-je remarquer.

— Gardez l'affaire. Je ne veux pas de votre charité.

— Ce n'est pas de la charité, c'est… un partage. Nous partagerons l'affaire.

Il serra la mâchoire et repartit.

J'eus le sentiment de l'avoir insulté. Les hommes et leur vanité ridicule. Tant pis pour lui s'il devait encore patienter un peu pour sa première affaire. Ce n'était pas ma faute. Et puis, il n'allait pas mourir de faim d'ici là. Sa mère le nourrirait à la moindre occasion, et son père lui prêterait de l'argent s'il en avait besoin. Harry Armitage s'en sortirait très bien.

Et moi, j'avais un meurtre à élucider.

* * *

L'APPARTEMENT de Pearl Westwood se trouvait au rez-de-chaussée d'un immeuble moderne à seulement dix minutes à pied du Théâtre de Piccadilly, ce qui signifiait qu'il était également accessible à pied depuis l'hôtel. Non que je pusse imaginer Lord Rumford se rendant à pied chez sa maîtresse. Il était plutôt corpulent et très riche. On devait le conduire en voiture.

L'une des clés que Lord Rumford m'avait données entra dans la serrure du portail en fer situé sous l'arche qui menait de la rue au hall de l'immeuble. Le portail grinça en se refermant, puis se verrouilla de lui-même.

Je m'engageai dans le couloir jusqu'aux portes jumelles du fond et m'apprêtais à introduire l'autre clé dans la serrure de celle marquée 1B, lorsque la porte s'ouvrit brusquement. La femme qui se tenait là poussa un petit cri puis laissa échapper un soupir.

— Mon Dieu, dit-elle. Vous m'avez fait peur. Je n'attendais personne.

La femme avait une trentaine d'années, des cheveux châtain clair et un visage en forme de cœur. Elle n'avait par ailleurs rien de remarquable, pas plus que le simple manteau de laine qu'elle portait par-dessus une robe noire. La petite fille qui lui tenait la main avait le même visage que sa mère. Un nœud rouge dans ses cheveux blonds ajoutait une jolie touche de couleur à une tenue par ailleurs fade, un manteau gris mal ajusté. Elle devait avoir à peu près quatre ans. Dans son autre main, la femme tenait un sac en tapisserie.

— Je suis désolée, je croyais que c'était le domicile de feu Pearl Westwood, dis-je.

La femme inspira d'un souffle tremblant.

— C'est le cas. Je suis sa sœur, Mme Larsen.

— Oh, je suis vraiment désolée. Je ne voulais pas vous déranger. Je vais vous laisser tranquille et revenir plus tard.

Je me tournai pour partir.

— Pourquoi avez-vous une clé du domicile de ma sœur ?

— Elle m'a été donnée par son…

Je baissai les yeux vers la fillette. Elle ne semblait pas me remarquer. Son regard me traversait sans me voir tandis qu'elle fredonnait doucement.

— Par un gentleman nommé Lord Rumford.

Les lèvres de Mme Larsen se pincèrent en signe de désapprobation.

— Je m'appelle Cleopatra Fox. J'enquête sur la mort de Miss Westwood pour le compte de sa seigneurie.

Son regard alla de la petite fille à moi.

— Pourquoi ?

— Il ne croit pas qu'elle ait mis fin elle-même à ses jours.

Je ne voulais pas employer les mots tuer ou meurtre devant la fillette. De tels propos étaient trop sinistres pour de jeunes oreilles.

— Il pense que quelqu'un d'autre…

Il n'était pas nécessaire de finir la phrase. Je lus sur le visage choqué de Mme Larsen qu'elle comprenait ce que je voulais dire.

— Il pense cela, vraiment ? Seigneur.

Elle déglutit péniblement.

— Et il vous a engagée pour…

Elle baissa les yeux vers la petite fille et la fit rentrer à l'intérieur.

— Voulez-vous rester prendre le thé, Miss Fox ?

— Merci, c'est très aimable, mais seulement si vous avez le temps. je sais tout ce qu'il y a à régler après la perte d'un être cher.

Je la suivis dans un salon décoré d'un papier peint rose poudré et d'un tapis oriental aux tons plus soutenus de rose, de bleu et de crème. Bien que peu spacieux, le salon parvenait à accueillir un piano droit, un sofa, deux fauteuils de velours rose avec leurs repose-pieds assortis, et trois tables. Des cendres voltigèrent dans l'âtre lorsqu'une rafale de vent s'engouffra dans la cheminée, refroidissant encore davantage la pièce déjà glaciale.

Mme Larsen plaça la fillette debout devant un fauteuil et posa le sac.

— Maintenant, assieds-toi là et sois sage. Tiens-toi tranquille. Je dois m'entretenir avec cette dame.

La fillette continua de fredonner.

— Tu m'entends ?

La fillette hocha la tête et leva les bras pour qu'on la hisse sur le fauteuil.

Mme Larsen l'y installa et m'invita à m'asseoir sur le sofa. Elle disparut dans la cuisine attenante.

Cela me donna quelques instants pour étudier les photographies encadrées sur la table la plus proche de moi. La même femme apparaissait dans toutes, accompagnée de personnes différentes sur chacune. Dans beaucoup, elles portaient des costumes – pharaons égyptiens, paysans médiévaux, tenues de bain et de danse qui mettaient en valeur les jambes galbées de Pearl. La seule photographie où elle n'était pas en costume la montrait debout à côté de Lord Rumford, assis dans un fauteuil, sa main posée sur son épaule. Ils portaient une tenue de soirée, comme s'ils s'apprêtaient à se rendre à l'opéra. La femme arborait un diadème dans ses cheveux et un ras-de-cou de perles.

Ce devait être Pearl Westwood, même si je trouvais un peu étrange qu'elle soit sur toutes les photographies et qu'il n'y en ait pas une seule de sa sœur ou de sa nièce.

Un grand portrait peint de Pearl, dans un cadre doré, était également accroché au-dessus de la cheminée. Elle portait une robe de mousseline rose qui laissait ses épaules nues et un pendentif en diamant niché dans le V profond de son décolleté. Son expression rêveuse était très différente de celle des photographies souriantes posées sur la table, mais elle n'en était pas moins belle. Bien que la ressemblance familiale avec sa sœur fût visible, les traits de Pearl étaient agencés de façon à captiver et retenir l'attention du spectateur. C'était comme si deux sculpteurs avaient utilisé deux moules identiques, mais que l'amateur avait façonné les traits de Mme Larsen tandis que l'artiste expérimenté avait mis tout son talent pour sculpter ceux de Pearl.

— C'est elle, dit Mme Larsen.

Elle revenait avec un plateau chargé du service à thé, et poursuivit :

— Elle était si belle, mais comme je le lui disais toujours : *la beauté ne dure pas et tu ne dois pas compter dessus*. Mais ça n'a plus d'importance maintenant, ajouta-t-elle doucement.

Elle versa le thé et me tendit une tasse sur sa soucoupe.

— J'ai bien peur qu'il n'y ait pas de gâteau. Ma sœur n'était pas du genre à garder des sucreries dans sa cuisine. *Trop tentant*, disait-elle. Elle avait une taille de guêpe mais était terrifiée à l'idée de grossir. Sotte, sotte fille.

Son visage se décomposa et elle dut reposer sa tasse et sa soucoupe lorsque sa main tremblante les fit cliqueter. Elle glissa la main dans sa manche et en tira un mouchoir.

— Je n'arrive pas à croire qu'elle soit partie.

— Je suis vraiment désolée pour cette perte, dis-je. Cela a dû être un choc.

— Ça l'a été. Nous n'étions pas d'accord sur bien des choses, mais c'était quand même ma petite sœur. Penser que je ne la reverrai plus jamais… Je n'ai pas encore vraiment réalisé.

Je lui laissai un moment pour se ressaisir et observai la fillette qui balançait ses jambes d'avant en arrière sur son fauteuil. Elle semblait tout à fait satisfaite de rester assise là à attendre que nous ayons terminé.

— Vous devez avoir gardé quelques objets pour vous souvenir d'elle, dis-je à Mme Larsen.

— J'ai pris une robe et une paire de chaussures ainsi que quelques effets personnels comme souvenirs. Le directeur des pompes funèbres m'a demandé de lui trouver quelque chose à porter et ma sœur avait une jolie robe bleue qui lui ira à merveille.

— Quand auront lieu les obsèques ?

— Demain matin à 10 h. Cet homme au moins s'occupe de tout et paie le service et l'enterrement au cimetière de Kensal Green.

— Cet homme ? demandai-je.

Ses lèvres se pincèrent.

— Rumford. Il m'a écrit pour dire qu'il s'en occuperait.

— C'est très généreux de sa part. Il devait beaucoup l'aimer.

Elle saisit sa tasse de thé et en but une longue gorgée.

— Comme je vous l'ai dit à mon arrivée, Lord Rumford m'a demandé d'enquêter sur la mort de votre sœur car il ne croit pas qu'il s'agisse d'un *suicide*.

Je chuchotai le mot pour que la fillette ne l'entende pas.

— Mais j'aimerais avoir votre avis.

Mme Larsen but une nouvelle gorgée puis, fronçant les sourcils, reposa sa tasse dans la soucoupe.

— Pour être honnête, je ne connaissais pas très bien Nellie.

— Son vrai nom est Nellie ? demandai-je.

— Il y avait déjà une Nellie célèbre sur scène – Melba – alors on lui a conseillé de le changer. Westwood est également inventé. Cela fait six ans qu'elle s'est mise à s'appeler Pearl Westwood. Le changement de nom a également coïncidé avec un changement de personnalité.

— Ah ?

— Elle a toujours été une fille très sociable et sûre d'elle. Une beauté excessive produit cet effet chez une femme. Les gens lui ont dit qu'elle était belle toute sa vie, et pour cette raison, certains l'ont mise sur un piédestal. Pas seulement les hommes, d'ailleurs, bien qu'ils aient été les pires. Il était tout naturel qu'elle devienne présomptueuse. Je ne lui en veux pas.

Elle baissa les yeux vers sa tasse.

— Au fur et à mesure que sa notoriété grandissait, sa vie changeait. Elle allait à des fêtes, buvait à l'excès et était devenue une de ces femmes dont parlent les journaux, toujours entourée de mauvais garçons.

Sa bouche se tordit dans une grimace de dégoût.

— Nous nous sommes éloignées. Son monde était très différent du mien, et aucune de nous n'avait vraiment envie de voir l'autre. Elle me trouvait ennuyeuse, et je la voyais comme une femme de mœurs légères. Être séparées était préférable pour nous deux – moins de disputes, vous comprenez.

Elle désigna la fillette d'un signe de tête.

— Je ne voulais pas non plus qu'elle ait une mauvaise influence sur Millie. Comprenez-vous pourquoi je ne peux pas vraiment répondre à votre question, Miss Fox ?

— Oui. Et à Noël ? L'avez-vous vue alors ?

— Le jour de Noël a été la seule fois où nous nous sommes vraiment vues ces dernières années. Elle est venue dîner à la maison.

— Comment vous a-t-elle paru ?

Elle haussa les épaules.

— Comme toujours. Elle a parlé de ses spectacles, des soirées et du dernier cadeau que cet homme lui avait offert. Elle a dit qu'il voulait l'emmener en voyage en Suisse l'automne suivant. Elle en était ravie.

Cela ne correspondait pas à quelqu'un qui aurait eu des idées suicidaires.

— Avait-elle l'air préoccupée ?

— Non.

— A-t-elle dit qu'elle avait besoin d'argent ?

Mme Larsen parut surprise.

— D'argent ? Non, elle ne m'en a pas parlé.

Elle désigna la pièce avec ses cadres dorés, la statue de marbre d'une déesse grecque allongée sur un rocher, et les plumes d'autruche jaillissant d'un vase de marbre noir.

— Ma sœur n'a jamais manqué d'argent.

— Tout cela a certainement été payé par Lord Rumford. Si elle menait grand train, elle a pu dépenser une somme considérable de son propre argent pour entretenir ce mode de vie. Peut-être avait-elle des dettes.

— Si elle avait eu besoin d'argent, elle aurait pu vendre certains des bijoux qu'il lui avait offerts. Ou bien elle n'avait qu'à lui en demander.

— C'est ce qu'elle a fait. Il n'a jamais eu l'occasion de le lui donner avant sa mort.

— Oh. Je vois. Pensez-vous que son besoin d'argent ait un rapport avec son meurtre ? demanda-t-elle à voix basse.

— Je l'ignore encore.

Elle but une lente gorgée de thé, l'air pensif.

— La dernière fois que je l'ai vue, c'était le jour de Noël, mais je peux vous dire qu'elle semblait tout à fait elle-même. Si elle avait des difficultés financières, elle ne s'en est confiée ni à moi ni à mon mari.

— Savez-vous à qui elle aurait pu se confier ? Un ami intime, peut-être ?

Elle secoua la tête.

— Nellie n'est pas restée en contact avec ses amis d'enfance. Elle les a laissés derrière elle en même temps que son vrai nom. Et j'ai bien peur de ne pas l'avoir assez vue ces derniers temps pour connaître ses nouveaux amis.

— Vous n'en avez jamais rencontré quand vous lui rendiez visite au théâtre ?

— Je n'allais jamais au théâtre. Pas au Playhouse, en tout cas. Je l'ai vue une fois après une représentation, au début de sa carrière, dans un autre théâtre. Après avoir vu le flot incessant d'admirateurs défiler dans sa loge ce soir-là, j'ai compris que je ne tiendrais pas à renouveler l'expérience. Cela ne la dérangeait pas d'être vue en déshabillé, et eux ne se souciaient pas davantage de la présence de sa sœur aînée. Si vous voulez savoir qui sont ses amis à présent, il vous faudra vous renseigner au Playhouse. C'est là qu'elle a joué pendant la majeure partie de sa carrière.

— Je le ferai, merci.

Elle jeta un coup d'œil à l'horloge sur la cheminée et s'excusa.

— Je crains de devoir partir. Avez-vous d'autres questions ?

— Non, mais j'espérais jeter un coup d'œil dans l'appartement. J'y trouverai peut-être des lettres de ses amis, ou la raison pour laquelle elle avait besoin d'argent.

Elle regarda de nouveau l'horloge.

— Vous n'êtes pas obligée de rester, dis-je vivement. J'ai une clé, je fermerai en partant. Laissez les tasses de thé ; je les laverai et les essuierai avant de partir.

Elle m'adressa un sourire las.

— Cela ne me pose pas de problème.

Elle traversa la pièce jusqu'à un secrétaire en acajou et souleva le couvercle d'un encrier. Elle inscrivit une adresse sur un morceau de papier et me le tendit.

— Veuillez me tenir informée si vous apprenez quelque chose. Vous me trouverez ici.

Millie et elle prirent congé, et je gagnai la cuisine pour laver et essuyer la vaisselle. Un rapide coup d'œil dans les placards prouva que Pearl avait très peu de nourriture chez elle. Il n'y avait aucun ustensile de cuisine ni de pâtisserie, et le four comme la cuisinière étaient impeccables.

J'examinai ensuite le salon, en commençant par le secrétaire. Pearl écrivait peu de lettres. Il n'y avait aucune correspondance personnelle, seulement quelques documents juridiques et bancaires. L'un d'eux était un contrat l'engageant exclusivement auprès du Théâtre de Piccadilly, qui prenait fin à la fin de l'année 1901, avec possibilité de prolongation si les deux parties le souhaitaient. Il était signé par le directeur du théâtre, M. Culpepper. Les relevés bancaires montraient qu'elle possédait un peu d'argent à son nom, mais pas beaucoup. Il y avait quelques factures de médecin et plusieurs autres de boutiques, dont la plupart avaient été réglées ; les seules encore impayées concernaient des achats récents. Elles n'étaient pas encore arrivées à échéance. Si Pearl avait besoin d'argent, ce n'était pas pour rembourser des créanciers.

À part un chariot de boissons bien fourni, rien d'autre ne retint mon attention dans le salon ; je passai donc à la chambre. Je trouvai finalement la correspondance personnelle que j'espérais découvrir dans l'un des tiroirs de sa coiffeuse. Je défis le ruban rose qui attachait les lettres ensemble et les parcourus une à une. Il y en avait trente-huit, toutes écrites par Lord Rumford et datées au cours des deux années précédentes. Après avoir lu les deux premières, je décidai de ne pas aller plus loin. Leur contenu me fit monter le rouge aux joues, et de toute façon il n'était pas suspect.

Je fouillai le reste de sa coiffeuse et passai à son armoire, sans rien trouver. Je m'assis sur le lit et promenai mon regard autour de la pièce, essayant de me mettre à la place de Pearl. Si j'avais des bijoux, où les cacherais-je ?

Après avoir cherché en vain des lattes de plancher amovibles, des doubles-fonds et des cavités dans les murs, je conclus que les bijoux ne pouvaient pas être dans l'appartement. Mme Larsen devait les avoir emportés avec elle dans le sac de tapisserie, parmi les effets personnels qu'elle avait mentionnés. En tant que plus proche parente, elle avait le droit de les prendre, à moins que Pearl n'ait laissé un testament qui l'excluait. De toute évidence, Lord Rumford ne s'attendait pas à les récupérer, sans quoi il m'aurait demandé de les rapporter pendant que j'étais là.

Je fermai l'appartement à clé et retournai à l'hôtel. C'était la fin de l'après-midi, et l'essentiel du personnel de jour devait être parti, tandis que les cuisiniers seraient plus nombreux avant l'arrivée du personnel de service. Frank était toujours à la porte et il me souhaita la bienvenue en m'annonçant qu'Harmony me cherchait.

Goliath me salua dans le hall.

— Harmony veut vous voir, lança-t-il en passant.

Peter leva les yeux du registre des réservations et me fit signe d'approcher.

— Harmony vous attend dans le salon du personnel.

— C'est ce qu'on m'a dit, répliquai-je, ironique.

— Comment avance l'enquête ?

— Vous êtes au courant ? demandai-je.

Il eut l'air offensé.

— Bien sûr. Harmony nous a mis au courant.

— Nous ?

— Moi, Goliath, Frank et Victor.

Il me regarda d'un air impassible.

— Pourquoi ne nous aurait-elle rien dit ? Nous avons formé une équipe formidable la dernière fois.

— C'est tout à fait vrai. Votre aide a été inestimable pour résoudre le meurtre de Mme Warrick. Mais cette fois, le crime a eu lieu en dehors de l'hôtel. Je ne sais pas dans quelle mesure vous pourrez m'aider.

— C'est vrai, mais s'il y a quoi que ce soit que nous puissions faire, vous savez où nous trouver.

Il m'adressa un de ces sourires qui lui étaient si caractéristiques.

De tout le personnel, Peter était le plus doux, d'un naturel véritablement agréable. On m'avait dit que c'était pour cela qu'il était à la réception. Il faisait en sorte que les clients se sentent les bienvenus, et puisqu'il était souvent la première personne à qui ils s'adressaient à leur arrivée, et la dernière avant leur départ, il était important pour l'hôtel de se présenter sous son meilleur jour. Frank était le plus bourru, bien qu'il parvînt généralement à cacher ce trait de caractère en ouvrant la porte aux clients. Cependant, il ne l'avait pas caché avec moi lorsque j'étais arrivée à l'hôtel. Me voyant vêtue d'habits qui ne convenaient pas à un hôtel de luxe, il avait cru que je m'étais trompée d'adresse et m'avait traitée comme si je ne pouvais pas me permettre d'en franchir le seuil. Il s'était confondu en amabilités avec moi après avoir découvert que j'étais la nièce de Sir Ronald, mais mon opinion initiale à son égard n'avait guère changé.

Goliath, le portier extraordinairement grand, avait un caractère en décalage avec son apparence physique. Il avait quelque chose d'un grand enfant, préférant les blagues aux conversations sérieuses. Il aimait agacer Frank, comme un petit frère aime taquiner son aîné. Frank réagissait toujours mal, ce qui était exactement ce que Goliath recherchait.

Puis il y avait Victor, l'un des cuisiniers adjoints. C'était le plus mystérieux, et je n'avais pas encore décidé s'il était dangereux ou non. Il avait un don pour manier les couteaux, mais avait heureusement canalisé cette aptitude vers un travail honnête plutôt que de semer la terreur dans les rues. D'après les allusions qu'Harmony avait faites, et la façon dont il m'avait aidée à entrer par effraction dans l'école pour garçons orphelins de Dean Street, son passé avait manifestement été assez trouble, mais je n'en avais pas encore découvert les détails.

Je souris en me dirigeant vers le salon du personnel derrière la cage d'ascenseur. M. Armitage s'était trompé. Le personnel m'appréciait, suffisamment pour vouloir m'aider, en tout cas. Il semblait que la seule personne qui ne m'aimait pas était M. Armitage lui-même. Je ne savais pas comment changer cela. J'aurais tant voulu savoir comment.

CHAPITRE 4

Je trouvai Harmony dans le salon du personnel, en train de lire l'un des livres que je lui avais prêtés. À mon entrée, elle referma le volume d'un coup sec et le serra contre sa poitrine, en cachant la couverture. Lorsqu'elle s'aperçut que c'était moi, elle poussa un soupir de soulagement et abaissa le livre. Puisque le personnel n'était pas autorisé à emprunter des livres à la bibliothèque de l'hôtel, elle avait raison d'être prudente. Si l'un des membres du personnel d'encadrement la surprenait avec ce livre, elle aurait des ennuis. M. Hobart se contenterait peut-être de la réprimander, mais Mme Short, la nouvelle gouvernante, pourrait lui retenir une partie de son salaire. Mme Short s'était révélée tout aussi méchante que celle qui l'avait précédée. Harmony avait un jour lancé qu'être méchante semblait être une condition requise pour les gouvernantes et leurs femmes de chambre.

— Pourquoi n'es-tu pas rentrée chez toi ? lui demandai-je. Tu étais debout avant l'aube. Tu dois être épuisée.

— Je ne pouvais pas partir sans savoir comment cela s'était passé chez Miss Westwood.

Elle me proposa une tasse de thé. Il y avait toujours une théière chaude dans le salon du personnel, avec des tasses de rechange à disposition. Les femmes de chambre ou le personnel des cuisines devaient renouveler la théière et les tasses selon les besoins.

— Non, merci, je viens juste d'en boire une.

Elle laissa échapper un petit cri horrifié.

— Vous vous êtes servie du thé d'une femme morte ?

— Sa sœur était là pour prendre quelques vêtements afin d'habiller le corps de Miss Westwood.

Harmony fit la grimace.

— Quelle chose affreuse à faire.

C'était le cas. J'avais été trop jeune, à la mort de mes parents, pour accomplir une telle tâche, mais j'avais aidé ma grand-mère à repasser le plus beau costume de mon grand-père après son décès, et j'avais fouillé sa garde-robe avec elle pour décider de ce qu'elle porterait dans son cercueil. Cela avait été l'une des tâches les plus pénibles de ma vie.

Je m'assis et m'apprêtais à raconter à Harmony tout ce que j'avais fait cet après-midi-là lorsque la porte s'ouvrit et que Victor entra d'un pas nonchalant. Vêtu d'une tenue de cuisinier immaculée, il ne devait pas avoir encore commencé son service. La ceinture de couteaux autour de ses hanches était complète, jusqu'à ce qu'il s'assoie sur le bord de la table et en retire un petit couteau d'office. Il le fit tournoyer comme s'il s'agissait d'un crayon, et non d'une lame affûtée capable de sectionner le bout d'un doigt. Rien d'étonnant à ce qu'il porte des cicatrices aux mains et une autre au visage.

— Qu'est-ce que tu fais ici ? demanda Harmony d'un ton vif.

— J'ai entendu dire que Miss Fox était de retour.

Il m'adressa un signe de tête en guise de salut.

— Bon après-midi.

Je lui rendis son salut d'un signe de tête.

— Bon après-midi, Victor. Quand commences-tu ?

Il jeta un coup d'œil à l'horloge.

— Dans quinze minutes, alors ne tardez pas.

Je haussai les sourcils.

— À quoi donc ?

Il rattrapa le couteau et, l'espace d'un instant, ses mains s'immobilisèrent.

— À nous raconter votre visite chez l'actrice.

Harmony se raidit.

— Qui te l'a dit ?

— Goliath.

Elle leva les yeux au ciel.

— Il faut que je lui dise de tenir sa langue.

Je souris.

— Ce n'est pas grave. Une personne de plus au courant de mon enquête ne changera rien. Mais ne dis à personne que Lord Rumford m'a demandé de m'en charger. Il ne veut pas de scandale.

Il hocha la tête au moment même où Goliath entrait, suivi de Frank. Ils retirèrent leurs calots, les jetèrent sur la table et se versèrent chacun une tasse de thé.

— Avons-nous manqué quelque chose ? demanda Goliath en se tournant vers nous.

— Miss Fox allait justement nous dire ce qu'elle avait découvert dans l'appartement de l'actrice, répondit Victor.

Harmony lui lança un regard noir.

— Elle allait justement *me* le dire, à moi. Vous trois n'étiez pas invités à cette réunion.

Goliath prit un air boudeur, les épaules affaissées, tandis que Frank fixait sa tasse de thé.

Victor se contenta de hausser les épaules.

— Faites simplement comme si nous n'étions pas là.

Il recommença à faire tournoyer son couteau.

Harmony crispa si fort la mâchoire que j'entendis grincer ses dents du fond.

— Il paraît que nous formons une équipe, lui dis-je avant qu'elle ne le rabroue de nouveau. Avec Peter aussi, bien entendu.

Je jetai un coup d'œil vers la porte, m'attendant à le voir entrer d'un instant à l'autre. Mais elle demeura close.

Harmony releva le menton.

— Vous et moi, nous formons une équipe.

Elle renifla.

— Même si je consens à admettre que nous pourrions avoir besoin de leur aide à l'occasion.

— C'est aimable à toi de voir les choses ainsi, dit Victor d'un ton égal.

Il était difficile de savoir quand il cherchait à la provoquer. Parfois, j'en étais tout à fait certaine, mais d'autres fois son visage restait si impassible qu'il semblait impossible qu'il fît autre chose qu'être sérieux.

— Mais ce n'est pas l'un de ces cas, acheva-t-elle.

Frank se laissa tomber sur une chaise avec un gémissement.

— Voilà qui va mieux.

Goliath lui donna une tape sur l'épaule.

— Silence, vieux. Miss Fox n'a pas envie de devoir crier pour couvrir le grincement de tes vieux os.

— Je n'ai que quelques années de plus que toi.

Goliath renifla.

— Si par *quelques* tu entends quinze, alors certainement.

— Quinze ! Quel âge crois-tu donc que j'ai ?

— Ça suffit, siffla Harmony. Laissez Miss Fox parler.

Le groupe enfin silencieux, je leur racontai ma rencontre avec Mme Larsen et ce qu'elle m'avait confié sur le caractère de sa sœur et sur leur relation brisée. Je décrivis le logement, avec ses nombreuses photographies de Miss Westwood, ainsi que l'absence de bijoux et de lettres personnelles, hormis celles écrites par Lord Rumford.

— Où avez-vous cherché ? demanda Victor.

— Partout, répondis-je.

— Où exactement ?

— Dans la coiffeuse, le bureau, les armoires et les placards.

— Vous avez regardé dans les bocaux rangés dans les placards ?

— Oui, répondis-je, satisfaite d'avoir une longueur d'avance sur lui.

— Et sous le tapis ?

— J'ai soulevé les tapis et tâté le plancher à la recherche de lames disjointes. J'ai tapoté les murs à la recherche d'espaces creux, et vérifié s'il n'y avait pas de déclencheurs cachés pour ouvrir des faux fonds dans le bureau et la coiffeuse.

— Et à l'intérieur du matelas et des coussins ?

Ma satisfaction retomba aussitôt.

— Non. Mais je ne pense pas que j'aurais trouvé de bijoux. Je crois que sa sœur les a emportés avec elle quand elle est partie.

Il glissa le couteau d'office dans sa ceinture et croisa les bras.

— Si vous voulez y retourner, je peux crocheter la serrure et vous faire entrer.

— Victor ! s'écria Harmony. Qu'est-ce qui te prend ?

— Oui, Victor, qu'est-ce qui te prend ? raillai-je.

Harmony ignorait que Victor m'avait aidée à entrer par effraction dans l'orphelinat de garçons, mais elle devait s'en douter puisqu'elle m'avait orientée vers lui quand j'avais demandé quelqu'un pouvant m'aider.

— Ce n'est pas la peine de forcer l'entrée.

Je brandis mon sac.

— J'ai la clé.

Victor faillit sourire. Malgré son sérieux, j'étais presque sûre qu'il avait de l'humour, et qu'il prenait un malin plaisir à taquiner Harmony.

— Une vraie beauté, ça oui, dit Frank.

Il avait dit cela comme si nous venions de parler de l'apparence de Pearl, et expliqua :

— Je suis allé la voir jouer une fois, mais je ne pouvais pas me payer les bonnes places. Pourtant, sa présence sur scène se faisait sentir jusque là où j'étais.

Son regard devint rêveur tandis qu'il se remémorait le spectacle.

— Rumford était un homme chanceux.

Goliath lui assena une tape sur l'épaule. Quand Frank fronça les sourcils dans sa direction, Goliath tenta de me désigner discrètement d'un regard en coin.

Frank haussa les épaules et dit :

— Quoi ? avec une innocence parfaite.

— Ce n'était pas de la chance, dit Harmony. Rumford la payait pour être avec lui. Non pas que je la blâme d'avoir été sa maîtresse.

Comme les hommes la fixaient tous, elle ajouta :

— Au moins, elle tirait quelque chose de cet arrangement. Contrairement à une épouse.

Les hommes continuèrent de la dévisager.

— Je ne blâme pas Pearl non plus, dis-je. Sa beauté était un don, et ne devons-nous pas user de nos dons naturels par tous les moyens ?

— C'est un don qui ne dure pas, fit remarquer Harmony.

Mme Larsen avait dit la même chose, qu'elle avait essayé de prévenir sa sœur que sa beauté se fanerait et qu'elle ne devrait pas s'y fier. Je ne pensais pas que Mme Larsen fût jalouse de Pearl, simplement plus pragmatique.

— En examinant son appartement, je pense effectivement que Pearl était assez vaniteuse, dis-je. D'après les photographies, je dirais qu'elle savait comment poser, comment se montrer sous son meilleur jour, et comment plaire aux hommes. Presque toutes les photographies la montraient en compagnie d'un ou plusieurs hommes.

— Peut-être qu'un amant jaloux l'a tuée, dit Victor. Quelqu'un qui détestait qu'elle soit la maîtresse de Rumford.

— Quelqu'un qui n'avait pas assez d'argent pour rivaliser avec Rumford, ajouta Harmony.

Elle se tourna vers moi.

— Vous devriez découvrir si un homme est venu au théâtre pour la demander.

— J'ai l'intention d'y aller, dis-je. Étant donné qu'elle est morte au théâtre, le meurtrier est probablement quelqu'un qu'elle connaissait de là-bas. Un acteur qui était amoureux d'elle, peut-être, ou une actrice jalouse, ou un spectateur épris. J'irai demain après-midi, après les obsèques.

— Pourquoi aller à ses obsèques ? demanda Goliath.

— Pour voir qui se souciait assez d'elle pour venir.

Notre réunion terminée, nous sortîmes du petit salon. Goliath et Frank disparurent dans les pièces de service derrière le salon, tandis que Victor s'éloignait et descendait l'escalier vers la cuisine du sous-sol.

Je retins Harmony.

— As-tu entendu Lord Rumford dire à M. Hobart qu'il soupçonnait que Pearl avait été assassinée ?

— Oui.

— Écoutais-tu derrière la porte du bureau de M. Hobart ?

Elle parut à la fois penaude et sur la défensive.

— J'époussetais dans le couloir et je l'ai vu entrer. Je n'avais pas prévu d'écouter, c'est arrivé comme ça.

Je la regardai d'un air soupçonneux.

— M. Hobart allait parler de l'enquête à M. Armitage. M. Armitage m'a accusée de lui avoir volé l'affaire.

Elle grimaça.

— Pour ma défense, Lord Rumford n'a pas une seule fois dit spécifiquement qu'il avait besoin des services d'un détective privé.

— C'était sous-entendu, et tu le sais.

Elle se mordit la lèvre.

— M. Armitage était très en colère ?

— Oui, mais il a fini par se calmer. Et merci de m'avoir laissée l'affronter seule, au fait. Je ne te savais pas si peureuse.

— Il était mon supérieur autrefois. C'est difficile de le considérer comme un égal maintenant. De toute façon, vous vous en êtes mieux sortie en étant seule avec lui, sans que j'interfère.

— Pourquoi ?

M. Chapman, l'intendant du restaurant, apparut au coin et s'arrêta net en nous voyant. Vêtu de l'habit à queue que portaient tous les membres masculins du personnel supérieur, il arborait déjà à sa boutonnière la rose qu'il y piquait chaque soir. Il était grand, mais contrairement à M. Armitage et Goliath qui l'étaient également, M. Chapman profitait de sa haute taille pour nous regarder de haut.

— Harmony, laisse Miss Fox tranquille, dit-il d'un ton cassant.

— Elle ne me dérangeait pas, dis-je.

J'aurais aussi bien pu ne rien dire. Il m'ignora et foudroya

Harmony du regard jusqu'à ce qu'elle fasse une petite révérence et se hâte de partir, le livre de nouveau serré contre sa poitrine.

— Ce n'était pas nécessaire, dis-je. Harmony a fini sa journée, elle ne prend donc pas sur son temps de travail, et nous avions simplement une conversation. Elle ne m'importunait certainement pas.

Il tira sur ses manchettes jusqu'à ce qu'elles apparaissent juste sous les manches de sa veste.

— Les amitiés entre le personnel et la famille ou les clients ne doivent pas être encouragées. Cela mène à des familiarités déplacées.

Je levai les yeux au ciel et m'éloignai d'un pas décidé. Cela ne servait à rien de discuter avec lui. Il n'allait pas changer d'avis, quoi que je puisse dire. J'espérais qu'Harmony ne subirait aucune répercussion.

* * *

JE RESTAI auprès de tante Lilian jusqu'à l'heure de m'habiller pour le dîner. Elle ne nous rejoindrait pas dans la salle à manger, car son mal de tête était trop intense, mais elle souhaitait que je demeure quelque temps en sa compagnie.

— Je ne saurais tout de même rester ainsi oisive indéfiniment, dit-elle avec un tressaillement des lèvres que je pris pour une tentative de sourire.

Nous nous installâmes dans le salon de sa suite, moi sur un fauteuil, tante Lilian étendue sur le canapé. Une couverture recouvrait ses jambes et ses pieds, et ses doigts délicats tripotaient le bord, jouant et tordant les franges. Elle avait l'air si fragile ainsi allongée, telle une fleur dont la floraison printanière était passée. À en juger par toutes les photographies que j'avais vues, tante Lilian avait été une beauté dans sa jeunesse.

— La réception d'hier soir après le spectacle vous a épuisée, dis-je doucement.

— Oh, mais quelle merveilleuse soirée ! T'es-tu amusée, Cleo?

— Oui, je vous remercie.

Je m'étais retirée avant ma tante, mon oncle et mes cousins. Si j'avais apprécié la soirée, ma famille semblait en avoir profité davantage que moi. C'étaient *leurs* amis, après tout, pas les miens.

Elle tendit une main vers moi. Elle tremblait violemment. Je la saisis avec précaution, craignant de lui casser ses doigts osseux.

— J'en suis si heureuse. Ta mère serait fière de toi, d'aller de l'avant avec un tel courage après la mort de tes grands-parents. Je ne sais pas si j'aurais pu être aussi brave que toi à ton âge. Dire que tu es venue dans une nouvelle ville et as tout laissé derrière toi !

Ce n'avait pas été un choix difficile. Si j'étais restée à Cambridge, j'aurais vécu dans la pauvreté. Mais je ne le dis pas.

— Nous sommes très heureux que tu aies voulu vivre avec nous, dit-elle. Très heureux, vraiment. Je vois déjà quelle influence apaisante tu exerces sur Flossy. Elle t'admire.

— Elle a été très gentille avec moi, dis-je. Vous l'avez tous été. Cela a rendu mon intégration tellement plus facile. Je me sentais déjà chez moi à l'hôtel.

Je ne m'étais pas attendue à ce que ce soit aussi simple. Avant de venir à Londres, j'avais eu assez peur de rencontrer la sœur de ma mère et sa famille. Je m'étais attendue à trouver en mon oncle un tyran et en ma tante une snob. Bien qu'oncle Ronald ait révélé posséder un certain tempérament, et qu'ils aient tous fait preuve de snobisme par moments, ils étaient loin d'être intolérables.

En m'entendant dire que je me sentais chez moi, un sourire naquit sur le visage de ma tante.

— Je suis si heureuse de t'entendre dire cela, Cleo. Si heureuse.

Elle étouffa un bâillement de sa main.

— Comment puis-je être fatiguée après m'être reposée toute la journée ?

Elle était peut-être fatiguée, mais elle était aussi agitée. Ses doigts reprirent leur tripotage des franges de la couverture et ses jambes et ses pieds bougeaient constamment. Son regard aussi errait, se posant parfois sur moi avant de parcourir la pièce, puis revenant se fixer sur moi.

— Pardonnez-moi de vous poser la question, dis-je avec précaution, mais de quoi souffrez-vous ? Les médecins le savent-ils ?

Elle hésita avant de répondre.

— Ils disent que c'est de la mélancolie.

Pour moi, la mélancolie n'était qu'un terme général employé pour décrire un abattement de l'esprit dont la cause demeurait inconnue.

— Existe-t-il un remède ? demandai-je, bien qu'étant presque certaine du contraire.

— Non. Le nouveau tonique que le médecin m'a donné aide à me remonter le moral pour des occasions telles qu'hier soir, mais je ne dois pas le prendre tout le temps. Il aggrave tellement les maux de tête lorsque l'effet du tonique s'estompe. Malheureusement, il n'est plus aussi efficace qu'avant. Il me remontait le moral toute la nuit, mais maintenant il ne dure que quelques heures.

— Que se passerait-il si vous arrêtiez complètement de le prendre ? Les maux de tête disparaîtraient-ils ?

— Je ne sais pas, mais je dois le prendre. Je serais terriblement ennuyeuse sinon, et personne ne veut d'une hôtesse ou d'une invitée ennuyeuse.

Elle rit, mais ce rire sonnait faux. Elle croyait ce qu'elle disait.

— Je suis certaine que personne ne vous trouverait ennuyeuse, ma tante. Pas moi.

— C'est gentil à toi de le dire, mais ma conversation est limitée. Ta mère a hérité de tout l'esprit et de toute l'intelligence, sans parler de la beauté.

Des larmes montèrent à ses yeux, et mes propres yeux s'emplirent en réponse. Elle poursuivit cependant :

— Elle n'était pas très friande des grandes réceptions, mais hormis une certaine réserve envers les inconnus, la nature l'avait comblée de tous ses dons. Tout le monde l'aimait quand on apprenait à la connaître. C'est pourquoi il était si étrange qu'elle ait choisi ton père.

Je laissai échapper un petit hoquet et la fixai.

— Oh !

Elle se couvrit la bouche d'une main, puis la baissa jusqu'à sa gorge.

— Je suis désolée, Cleo. Je ne voulais pas laisser entendre qu'il y avait chez lui quelque chose qui n'allait pas. Ce n'était pas le cas. Il était beau, spirituel, et très intelligent, bien sûr. Mais il était d'origine modeste. C'est tout ce que je voulais dire. Ta mère aurait pu épouser un noble, anglais ou étranger, mais elle a choisi l'amour.

— Et vos parents ne pouvaient pas le supporter.

Je ne voulais pas que mon amertume perce dans ma voix, mais ce fut le cas malgré moi.

— Non, ils ne l'ont pas supporté.

Ces mots furent prononcés si doucement que je les entendis à peine.

Nous entrions là en terrain inconnu. Jusqu'ici, j'avais évité le sujet sensible de la brouille. Je n'avais pas voulu me disputer avec ma tante et mon oncle, qui auraient naturellement défendu ses parents. Cela remontait à si longtemps, et puisque mes parents comme mes grands-parents n'étaient plus de ce monde, il me semblait inutile d'y revenir.

— C'est exactement ce que je veux dire quand je dis que j'ai besoin de mon fortifiant.

Le regard douloureux de tante Lilian se posa sur les portes closes de sa chambre.

— Si je n'en prends pas, je dis des sottises comme cela. Je suis une personne affreuse, Cleo.

Mon irritation s'évanouit. Je me penchai et posai la main sur la sienne. Ses doigts toujours en mouvement s'immobilisèrent.

— Je sais bien que vous n'avez pas eu votre mot à dire dans cette brouille.

Elle hocha la tête, les yeux pleins de larmes.

— Vos parents vous auraient réprimandée si vous vous étiez opposée à leur volonté, ou pire encore, et oncle Ronald n'aurait pas mieux réagi.

Peut-être avais-je dépassé les bornes, mais je tenais à ce qu'elle sache que je ne lui en voulais pas. Je voyais à présent qu'elle n'avait pas la force de tenir tête à un homme doté d'un tempérament aussi violent que celui de son mari.

Elle cligna des yeux en me regardant.

— Tu te trompes un peu, Cleo. Tandis que mes parents bannissaient ta mère de leur vie, Ronald et moi avons essayé de maintenir le dialogue. Mais ma sœur – ta mère – n'a plus voulu avoir affaire à nous. Nous avons réessayé, après la mort de mes parents, et malgré cela elle a refusé de nous voir. Puis, après l'accident de tes parents, nous avons demandé à tes grands-parents si nous pouvions te recueillir. Ils ont refusé, disant que tes parents ne l'auraient pas souhaité. Ronald leur a proposé de l'argent pour ton éducation et ton entretien, mais ils ne l'ont autorisé à te verser qu'une petite mensualité. Nous avons demandé si nous pouvions au moins te rendre visite, afin que tu nous connaisses, mais lorsqu'ils répondaient à nos lettres, c'était seulement pour nous opposer un bref refus. Quand tu as atteint ta majorité, nous t'avons écrit, mais tu n'as jamais répondu.

Je restai assise là, stupéfaite. Je n'arrivais même pas à former une pensée cohérente, encore moins une réponse.

— Je croyais que tu le savais, murmura-t-elle.

Au bout d'un long moment, j'inspirai d'un souffle tremblant.

— Je ne le savais pas.

— Ronald le soupçonnait, mais... je n'en ai été certaine que lors de ton arrivée ici. Dès que je vis combien tu étais charmante, j'ai su que le problème venait forcément de tes grands-parents.

Ma grand-mère avait toujours pris le courrier avant moi. Toujours. Et lorsque je posais des questions au sujet de ma famille de Londres, ni elle ni mon grand-père ne voulaient en parler. Tout ce qu'ils me disaient, c'était que les Bainbridge étaient des snobs et qu'ils ne m'aimeraient pas, parce qu'à leurs yeux mon père leur était inférieur, et que mes grands-parents maternels avaient été cruels en nous retranchant de leur vie. Si la seconde raison était peut-être vraie, la première ne l'était pas.

Comment mes grands-parents bien-aimés avaient-ils pu me mentir ?

— J'ai leurs lettres quelque part.

Ma tante se frotta le front.

— Où ai-je bien pu les mettre ?

— Cela n'a pas d'importance, dis-je d'une voix faible. Je vous crois.

Elle eut l'air soulagée.

— Mes grands-parents vous doivent des excuses pour la manière dont ils ont répondu à vos lettres, dis-je.

— Oui, mais pas toi, ma chérie. Pas plus que je n'ai à présenter d'excuses pour la façon dont mes parents ont traité ta mère et ton père.

Elle me tapota la main.

— J'avoue avoir été en colère lorsque ta mère l'a choisi, lui, plutôt que moi. Je l'admirais tellement, vois-tu. Je l'adorais. Et en choisissant ton père, elle savait qu'elle risquait de ne plus jamais me revoir. Cela a été douloureux, à l'époque, et les dernières paroles que je lui ai adressées furent des paroles de colère. J'ai été sotte et jalouse, encore une petite sotte à bien des égards. Je regrette que nous nous soyons quittées ainsi.

Elle se laissa aller au fond du sofa et son regard se perdit au loin. Elle avait été blessée par la cruauté de ses parents tout autant que ma mère, et elle aussi avait perdu une sœur ; pourtant son regard était plus mélancolique que véritablement triste.

— Je suis contente que nous ayons eu cette conversation, dit-elle soudain.

Je l'embrassai sur la joue.

— Moi aussi.

* * *

JE VIS M. HOBART dans le foyer tandis que j'attendais que Frank hélât un fiacre pour me conduire au cimetière de Kensal Green. Il me salua cordialement, mais une légère tension marquait son sourire. M. Armitage avait dû l'informer de mon implication dans l'enquête sur le meurtre.

— Laissez-moi vous expliquer, commençai-je.

— Il n'y a rien à expliquer. Harry m'a dit que vous ignoriez que Lord Rumford m'avait fait part de ses soupçons et que j'allais confier l'enquête à Harry.

— Vous a-t-il également dit que j'avais tenté de la lui proposer mais qu'il avait refusé ?

Il hocha la tête.

— Vous m'en voulez ? demandai-je.

— Bien sûr que non.

Je lui lançai un regard entendu.

— Votre déception se lit sur votre visage, monsieur Hobart. Je lis en vous comme dans un livre ouvert.

Il soupira.

— Vous ne m'avez pas déçu, à proprement parler, je le suis seulement pour Harry. S'il s'avère qu'il s'agit d'un meurtre, et qu'il pourrait parvenir à le prouver, son nom paraîtrait dans les journaux, et ça lui vaudrait davantage de clients.

Je soupirai également.

— Je sais. Je veux vraiment partager cette affaire avec lui, à tout le moins.

— Sa fierté ne le lui permettra pas. Il pense que vous proposez cela par charité.

— Comment puis-je le faire changer d'avis ?

Frank ouvrit la porte d'entrée et se racla la gorge.

— Votre fiacre vous attend, Miss Fox.

— Un instant.

Je me tournai de nouveau vers M. Hobart.

— Que dois-je faire ?

— Vous trouverez quelque chose le moment venu.

Il fronça les sourcils en direction de Frank.

— Vous devriez voyager dans une voiture de l'hôtel, pas dans un fiacre. Frank, la prochaine fois, fais préparer un équipage pour Miss Fox.

Frank se raidit.

— Oui, monsieur.

— Inutile d'en faire tout un plat, dis-je à tous deux en enfilant mes gants. Maintenant, si vous voulez bien m'excuser, je dois aller assister à des obsèques.

* * *

IL AVAIT PLU sans discontinuer depuis mon réveil et l'averse ne s'était pas calmée au moment où l'inhumation commença. La petite foule se blottissait sous les parapluies près de la fosse tandis que le personnel du cimetière descendait le cercueil de Pearl dans la terre. Sa sœur pleurait. Près de Mme Larsen se tenait un homme, très probablement son mari. Ils n'avaient pas amené Millie.

Lorsque Lord Rumford prit place près de la fosse, Mme Larsen se déplaça à l'autre extrémité, son mari la suivant. S'il l'avait remarqué, Lord Rumford n'en donna aucun signe. Il semblait perdu dans ses propres pensées tandis qu'il fixait le cercueil.

J'observai les autres visages dans la petite assemblée. Certains pleuraient, mais pas la plupart. La majorité des trente-cinq personnes en deuil était des hommes. Les obsèques n'avaient pas été annoncées dans les journaux, cependant les éditions du matin rapportaient qu'un hommage public informel serait organisé au Théâtre de Piccadilly cet après-midi. Le spectacle reprendrait demain soir avec la remplaçante de Pearl dans le rôle principal.

Je l'avais déjà ajoutée à ma liste de suspects.

Un mouvement à la limite de mon champ de vision attira mon attention. Un homme se tenait à quelque distance, presque caché derrière le tronc d'un châtaignier. Il n'avait pas de parapluie et se recroquevillait dans son pardessus, mais je pus tout juste distinguer son visage et les verrues aux coins de sa bouche.

Le service prit fin et la foule se dispersa. Je me hâtai dans la direction de l'homme, mais il avait déjà disparu. Je suivis l'allée jusqu'à l'entrée du cimetière juste à temps pour voir une voiture s'éloigner. Au lieu du noir habituel, ses portières étaient peintes en vert foncé et le tissu des rideaux était assorti.

J'attendis que les autres personnes en deuil partent et saluai Lord Rumford d'un signe de tête. Je pensais qu'il ne voudrait pas me saluer, mais il s'approcha.

— Puis-je vous reconduire à l'hôtel, Miss Fox ?

— Non, merci. Mon seigneur, connaissez-vous un homme avec des verrues sur les côtés de la bouche ?

— Non.

Il ne me demanda pas pourquoi je posais la question. Il effleura le bord de son chapeau et se dirigea vers la voiture qui attendait, ornée de l'emblème de Mayfair sur la portière. L'échange avait été tout à fait mécanique, comme s'il était un automate exécutant des mouvements après qu'on l'avait remonté.

Mme Larsen et son mari arrivèrent ensuite. Elle me le présenta et, après avoir échangé les politesses d'usage sur la cérémonie, je demandai :

— Avez-vous vu l'homme qui se tenait derrière l'arbre en observant l'inhumation ? Il avait des verrues ou des lésions sur le visage.

— J'ai bien peur que non.

Mme Larsen se tourna vers son mari mais il secoua également la tête.

— Avez-vous reconnu l'une des autres personnes assistant aux obsèques ?

Tous deux secouèrent la tête.

— Comme je l'ai dit, je ne connaissais aucun des nouveaux amis de Nellie ni les gens avec qui elle travaillait, dit Mme Larsen. Personne de son ancienne vie ne s'est présenté, mais c'est compréhensible étant donné qu'elle n'a jamais cherché à maintenir ces liens.

— Allez-vous à l'hommage au théâtre ?

Ses lèvres se pincèrent.

— Non.

— Ce n'est pas vraiment notre genre, ajouta M. Larsen. Nous rentrerons chez nous et pleurerons Nellie à notre façon.

— Tranquillement, ajouta sa femme avec un regard appuyé vers le dernier des fiacres emportant les gens du spectacle.

Je pris le mien pour retourner à l'hôtel, y prendre un léger déjeuner et me changer, puisque ma robe était trempée jusqu'aux genoux. Au moment où je repartis, la pluie s'était arrêtée, et je pus marcher jusqu'au Théâtre de Piccadilly sans ouvrir mon parapluie.

Toutes les lumières du théâtre étaient allumées, bien qu'on soit en milieu d'après-midi. Plusieurs bouquets de fleurs roses avaient été déposés sur le trottoir près des portes du Piccadilly, ainsi que des cartes et des messages qui avaient déteint sous la pluie du matin. Un portier costaud se tenait près d'un tableau noir portatif sur lequel on pouvait lire: « HOMMAGE À MISS PEARL WESTWOOD – ENTRÉE 1 SHILLING ».

Un shilling était une somme importante à demander au public pour présenter ses respects, et cela expliquait pourquoi beaucoup s'éloignèrent sans entrer. Je payai le portier et entrai juste au moment où deux personnes sortaient.

À l'intérieur, ceux qui avaient payé le droit d'entrée circulaient dans le foyer, admirant les nombreuses affiches, costumes et accessoires de divers spectacles dans lesquels Pearl avait été la vedette. Intercalées entre les objets se trouvaient des photographies de Pearl avec ses partenaires de scène ou d'autres membres du théâtre. Elles ressemblaient à celles que j'avais vues dans son appartement. Le comptoir de rafraîchissements était ouvert, et des boissons étaient en vente, bien que peu de personnes en achètent. Un quatuor à cordes à une extrémité du foyer jouait une musique solennelle. Certains visiteurs pleuraient tandis que d'autres caressaient ou embrassaient les photographies encadrées de Pearl. Je me demandai combien de ces gens la connaissaient réellement ou s'ils n'étaient que des amateurs de théâtre qui avaient admiré la vedette sans jamais connaître la vraie personne derrière les costumes.

Il ne fallut pas longtemps avant que je reconnaisse un homme que j'avais aperçu aux obsèques. Il se tenait au milieu du foyer et acceptait les condoléances des passants avec un air grave. J'arrêtai un employé qui ramassait des verres vides et lui demandai le nom de cet homme.

— C'est M. Culpepper, le directeur du Playhouse, dit le garçon.

Il était plus jeune que je ne l'imaginais, à peine dans la trentaine, avec une fine moustache et les cheveux lissés en arrière. J'attendis qu'il finisse de parler à un couple qui semblait lui présenter ses condoléances et m'approchai avant qu'un autre ne s'en charge.

— Monsieur Culpepper ? Je suis Cleo Fox.

Il eut un sourire poli mais triste.

— Bienvenue au Playhouse, Miss Fox. Merci d'être venue. Avez-vous eu l'occasion de regarder tout ce que notre précieuse Pearl a touché ?

— Je suis une connaissance d'un de ses amis. On m'a confié une enquête discrète sur sa mort.

Les muscles de sa joue se contractèrent.

— Je ne comprends pas.

— Pourrions-nous parler en privé ?

— Je suis désolé, mais je dois rester ici.

Il regarda par-dessus ma tête, cherchant peut-être quelqu'un pour le sortir de cette situation, mais les personnes en deuil étaient occupées à bavarder tranquillement entre elles, ou à admirer les photographies et les accessoires comme s'il s'agissait d'objets de musée.

— Pensez-vous que Miss Westwood se soit suicidée ?

Son regard se riva soudain au mien.

— Pardon ?

— Était-elle du genre à se suicider ?

Il caressa sa moustache entre le pouce et l'index.

— Ordinairement, je dirais non, mais…

— Continuez.

— Mais elle semblait troublée ces dernières semaines. Depuis la reprise après les congés d'hiver, elle était différente.

— Différente comment ?

Il haussa légèrement les épaules.

— Inquiète.

— Au point de se suicider ?

Il tressaillit légèrement.

— Je… je ne peux pas l'affirmer avec certitude.

Il détourna le regard et déglutit péniblement.

— La personne pour qui je travaille ne pense pas qu'elle s'est suicidée, alors je pose quelques questions à ceux qui la connaissaient. Je crains que certaines de mes questions ne soient difficiles à entendre, et j'en suis vraiment désolée. Mais il est important que nous connaissions la vérité.

— Je comprends. Et si elle ne s'est pas suicidée, alors j'aimerais aussi avoir des réponses, bien sûr. Pearl mérite cela.

Il finit par croiser mon regard. Il y avait un véritable chagrin dans ses yeux.

— Travaillez-vous pour Rumford ?

— Je ne suis pas en mesure de vous le dire. Monsieur Culpepper, connaissez-vous quelqu'un qui aurait voulu la tuer ?

— La tuer ? Miss Fox, je pensais que vous insinuiez qu'elle avait eu un accident et qu'elle était simplement tombée du balcon.

— Est-ce que ça peut arriver facilement ? Tomber du balcon ?

Il déglutit à nouveau.

— Non, je ne pense pas. Seigneur, murmura-t-il. Quelqu'un l'a tuée. Nous devons prévenir la police.

— La police ne souhaite pas classer cette affaire autrement que comme un suicide, à moins que je ne leur présente des preuves solides. Alors si vous pouviez répondre à mes questions, monsieur Culpepper.

— Très bien. Non, je ne connais personne qui aurait voulu la tuer. Tout le monde l'adorait.

Il désigna les personnes en deuil.

— Pearl était l'âme de la fête. Sa présence illuminait la salle. Sur scène, elle était la plus brillante des étoiles.

Son sourire se teinta de mélancolie.

— Il lui arrivait d'oublier ses répliques, mais cela n'avait pas d'importance. Le public l'adorait.

— Une telle adoration peut susciter la jalousie chez d'autres. Connaissez-vous quelqu'un qui aurait pu être jaloux d'elle ?

Il hésita avant de dire :

— Non.

— D'autres actrices, peut-être ?

Il secoua la tête.

— Et la doublure qui va reprendre le rôle de Pearl dans *Cat and Mouse* ?

— Non ! Absolument pas. Dorothea Clare était une amie de Pearl.

Il désigna d'un signe de tête une jeune femme blonde qui bavardait avec deux hommes. Je les avais vus tous les trois plus tôt lors des obsèques. Miss Clare n'avait pas pleuré, mais j'avais remarqué l'un des messieurs essuyant ses larmes.

— Et d'anciens amants ? demandai-je.

Son regard se fit plus perçant. Les lèvres sous la moustache se pincèrent.

— Je vous demande pardon ?

Je me préparai à sa colère et poursuivis. Aussi gênant que fût le sujet pour les amis de Pearl, il fallait en parler.

— A-t-elle eu d'autres amants ?

— Je crois qu'il n'y avait que Rumford.

— Et avant lui ?

— C'était il y a deux ans. Je ne me souviens pas.

— Essayez, s'il vous plaît. Aurait-il pu y avoir un gentleman qui avait des verrues sur le visage ?

J'indiquai la zone près de ma bouche.

M. Culpepper parut scandalisé.

— Non ! Pearl ne se serait jamais mise avec quelqu'un ayant une difformité.

— Il pourrait s'agir de plaies ou de lésions, pas permanentes.

L'expression dégoûtée qu'il avait affichée ne changea pas.

— Je ne me souviens pas avec qui elle était avant Rumford.

— Mais il y avait quelqu'un ?

Il haussa simplement une épaule et regarda à nouveau par-dessus ma tête.

— Vous l'avez présentée à Lord Rumford, n'est-ce pas ?

Il eut un reniflement méprisant.

— Présentée ? Il a exigé de la voir après un spectacle. Je ne pouvais pas lui refuser, n'est-ce pas ? Pas à un fichu lord.

Il se redressa soudainement.

— Vous savez, Miss Fox, je pense qu'elle s'est peut-être suicidée, après tout.

— Pourquoi dites-vous cela ?

— Je pense qu'elle s'est suicidée et que *lui* en était la raison. Rumford. Je suis sûr qu'il allait se séparer d'elle, ou du moins l'avait menacée de le faire. C'est probablement ce qui la troublait ces dernières semaines. Il menaçait de la quitter parce qu'il savait qu'elle ne l'aimait pas.

— Je ne comprends pas. Si elle ne l'aimait pas, pourquoi se serait-elle suicidée s'il allait la quitter ? N'aurait-elle pas dû être heureuse, ou au moins soulagée ?

— Soulagée de renoncer aux bijoux et à l'appartement ? Pas Pearl. Elle ne l'aimait peut-être pas, mais elle aimait ses cadeaux.

Sa mâchoire se durcit et ses yeux devinrent froids.

— Je suis sûr que c'était un suicide, et que *lui* l'y a poussée en menaçant de retirer sa générosité. Vous devriez confronter Rumford à ce sujet. Il mérite de se sentir coupable. Il mérite de croupir dans la haine et l'apitoiement sur lui-même pour l'avoir envoyée à la mort.

Cela semblait une bien maigre raison de se jeter du balcon. Pearl était encore jeune et belle ; elle pouvait trouver un autre bienfaiteur. De plus, Mme Larsen avait mentionné que sa sœur était enthousiaste à l'idée de partir en voyage avec Lord Rumford à l'automne. Cela ne ressemblait pas à quelqu'un qui allait la quitter bientôt.

Je commençais à penser que M. Culpepper était jaloux de Lord Rumford et qu'il essayait de lui faire porter la responsabilité de la mort de Pearl. C'était le comportement d'un homme coupable.

CHAPITRE 5

Je parvins à parler à Dorothea Clare avant qu'elle ne quitte la cérémonie commémorative, mais pas en tête à tête. Elle était toujours entourée d'un admirateur ou d'un collègue, parfois de plusieurs. Je saisis ma chance à la fin de la cérémonie, alors qu'elle n'était plus accompagnée que d'un seul homme, celui que j'avais vu pleurer à l'enterrement.

Il se présenta sous le nom de Perry Alcott et s'inclina sur ma main. Comme M. Culpepper, M. Alcott était d'une élégance soigneusement travaillée, avec une abondante chevelure sculptée en une vague au-dessus du front. Il était rasé de près et portait un beau costume à fines rayures, une cravate rose et une rose rose assortie à la boutonnière. Cette couleur devait avoir été choisie pour Pearl.

— Je suis sincèrement désolée de la perte que vous éprouvez, leur dis-je à tous deux. Cela doit être très difficile pour vous.

— C'est affreux, dit M. Alcott. Tout simplement affreux.

— Une journée très pénible, convint Miss Clare.

Elle ne devait pas avoir plus de vingt, vingt et un ans, avec de grands yeux gris bordés de cils sombres et des lèvres pleines. Elle était maquillée, mais avec discrétion, et portait une robe du soir en soie crème qui me parut un choix étrange pour la circonstance.

— Je vous ai vue lors des obsèques et je me suis demandé quel rôle vous jouiez dans la vie de Pearl, dit M. Alcott.

Ce n'était pas formulé comme une question, mais il cherchait bel et bien à obtenir des renseignements.

Je leur dis ce que j'avais dit à M. Culpepper, sans révéler que c'était Lord Rumford qui m'avait engagée. Comme M. Culpepper, M. Alcott le devina malgré tout.

— Je suis d'accord avec Lord Rumford, dit M. Alcott. Quiconque pense que Pearl s'est suicidée ne la connaissait pas vraiment. Elle n'aurait jamais fait cela. Jamais de la vie. Pearl avait tout pour vivre. Sa carrière était un rêve, elle avait en Lord Rumford un ami attentionné, et un public qui l'adorait. Tu ne trouves pas, Dotty ?

Miss Clare se mordilla la lèvre inférieure. Lorsqu'elle la relâcha, un peu de rouge à lèvres s'était retrouvé sur ses dents.

— Elle *était* un peu bouleversée, ces derniers temps.

M. Alcott posa la main sur sa hanche.

— Bouleversée ? Ma chérie, elle n'en était tout de même pas au point de se jeter du balcon.

Il se tourna vers moi.

— Quelque chose la tracassait, assurément, mais pas au point de s'ôter la vie.

— Perry, tu la défendrais quoi qu'il arrive.

L'acidité qui perçait dans la voix pourtant douce de Miss Clare était sans équivoque.

— Comment peux-tu dire cela alors qu'elle ne t'a jamais confié la nature de son problème ?

M. Alcott renifla.

— Elle ne s'est peut-être pas confiée à moi, mais je ne crois pas que ce fût *si* grave, et tu dois cesser de le suggérer, Dotty. Pearl était une amie chère, et je ne laisserai personne dire du mal d'elle maintenant qu'elle n'est plus là pour se défendre.

Miss Clare lui tourna le dos pour me faire face.

— La vérité, c'est que la police pense qu'elle s'est suicidée, et moi aussi. Personne n'avait envie de la tuer. C'est une idée absurde.

— Et un admirateur jaloux ? demandai-je. Quelqu'un qu'elle aurait éconduit, peut-être.

— Personne ne me vient à l'esprit.

M. Alcott éclata d'un rire bref.

— Vraiment ? Moi, si. Les hommes voulaient la voir après chaque représentation. Elle flirtait avec eux, mais c'était tout. Elle n'acceptait jamais leurs propositions. Elle se contentait de Lord Rumford et ne cherchait pas encore à le remplacer.

— Pas avant de l'avoir pressé jusqu'à en tirer tout ce qu'elle pouvait.

La mâchoire de M. Alcott se détendit, et il fixa Miss Clare, qui renversa la tête en arrière, faisant virevolter gaiement ses boucles blondes.

— Lord Rumford était bon pour elle, et Pearl se montrait, au mieux, indifférente à son égard. Je ne prétends pas qu'elle fréquentait d'autres hommes, mais elle n'aurait jamais dû les laisser entrer dans sa loge après la représentation. Quelqu'un devrait le dire à Lord Rumford maintenant qu'elle n'est plus là, afin qu'il sache qui elle était vraiment.

— Tu cherches à prendre sa place de plus d'une façon, Dotty ? persifla M. Alcott.

— J'ai simplement pitié de lui. Pearl était d'une nature inconstante.

— Ils étaient ensemble depuis deux ans !

— L'un de vous a-t-il vu, à l'enterrement ce matin, un gentleman avec des verrues sur le visage ? demandai-je. Il se tenait à moitié caché derrière un arbre et il est parti avant la fin.

Ils secouèrent tous deux la tête.

Un gentleman entra et promena un regard autour du foyer. Lorsque ses yeux se posèrent sur Miss Clare, elle lui adressa un large sourire et s'excusa.

M. Alcott la suivit du regard tandis qu'elle recevait le baiser du gentleman sur la joue.

— Celle-là sera un vrai numéro, si jamais elle devient une vedette de l'envergure de Pearl. Pearl avait peut-être une vie mouvementée, mais elle n'était jamais méchante avec les autres, elle ne rabaissait personne. Elle était bien trop insouciante et frivole pour être méchante.

Il fit un signe de tête en direction de Miss Clare et de l'homme.

— Il n'est pas venu rendre hommage à Pearl, il est venu voir Dotty. Ce qu'il ignore, c'est que d'ici le milieu de l'année, elle l'aura supplanté.

— Pourquoi ?

— Parce que Dotty va reprendre le premier rôle féminin dans la pièce, et que son étoile montera aussi vite que celle de Pearl. Quand cela arrivera, Dotty visera plus haut que ce pauvre homme. Il n'est ni assez riche ni assez influent pour satisfaire son ambition.

— À quel point est-elle ambitieuse ?

Son regard glissa vers le mien, mais il marqua un temps avant de répondre.

— Dotty était jalouse de Pearl. Car elle possédait ce que Dotty voulait : la célébrité, l'adoration, les meilleurs rôles.

Je haussai un sourcil, espérant ne pas avoir à poser la question de façon trop directe.

Heureusement, il sembla comprendre.

— Dotty n'aurait pas eu recours à la violence pour satisfaire son ambition. Elle est jeune ; il lui suffisait d'attendre que l'étoile de Pearl commence à pâlir.

Pourtant, il ne paraissait guère convaincant. Pearl n'était pas très âgée, après tout. Sa carrière et sa célébrité auraient pu durer encore plusieurs années.

— Vous dites que vous étiez l'ami de Pearl, mais à quel point la connaissiez-vous ? demandai-je.

— Probablement aussi bien que n'importe qui ici, hormis M. Culpepper.

Il fit un signe de tête en direction du directeur, qui raccompagnait quelques personnes en deuil jusqu'à la porte.

— Ils se connaissaient de longue date. Elle avait tenu de petits rôles dans d'autres théâtres, jusqu'à ce qu'il lui confie ici, au Théâtre de Piccadilly, son premier rôle principal. Elle avait travaillé pour lui depuis lors.

— Ont-ils jamais été intimes ?

— Je l'ignore. Je me le suis souvent demandé, mais je n'ai jamais osé poser la question. Ils entretenaient de bonnes relations professionnelles, mais il leur arrivait de se disputer.

— À propos de quoi ?

Il haussa les épaules.

— Je la voyais sortir de son bureau en furie, ou bien j'entendais des voix s'élever sans saisir les mots. Je l'ai interrogée une fois à ce sujet, et elle m'a répondu que Culpepper se montrait déraisonnable, un point c'est tout. J'imagine qu'il lui avait demandé d'ajouter une représentation supplémentaire, ou de chanter une chanson qui ne convenait pas à sa voix. Elle avait du mal avec les notes aiguës, ajouta-t-il en aparté.

— Pearl parlait-elle quelquefois de sa famille ?

— Très rarement, et c'était en général au hasard d'une conversation. Tout récemment, je lui ai demandé ce qu'elle faisait pour Noël, et elle m'a répondu qu'elle dînait avec la famille de sa sœur. Voilà le genre de remarque que j'entends par là. J'avais l'impression qu'elle les voyait peu, mais je ne pense pas qu'il y avait du ressentiment entre eux. Pearl ne faisait jamais la grimace en parlant de sa sœur, par exemple. Elles se sont sans doute simplement éloignées l'une de l'autre. Cela peut arriver dans notre métier. Certains membres d'une famille n'apprécient pas le choix de carrière que nous faisons.

— Ou son mode de vie ?

Il m'adressa un sourire sans joie.

— Tout à fait. Savez-vous qu'aujourd'hui, lors des obsèques, c'était la première fois que je voyais sa sœur. Elle ressemble un peu à Pearl, mais elle est loin d'être aussi belle.

— Pearl vous a-t-elle jamais demandé de l'argent ?

Ma question parut le surprendre.

— Non, mais elle savait que je ne pouvais pas lui en donner. Je n'obtiens que des rôles mineurs, voyez-vous, et j'ai des goûts coûteux, tant en costumes qu'en amants.

Ses yeux brillèrent d'un éclat malicieux.

— Est-ce que ça vous choque, Miss Fox ?

— Pas du tout, dis-je avec calme.

— En ce cas, vous êtes une femme du monde.

Il sortit un étui à cigarettes en argent de la poche de sa veste.

— M'accompagneriez-vous au fumoir ?

L'invitation me fit plaisir. Lorsque j'avais tenté de fumer pour soutirer des informations à un suspect lors du dernier meurtre, les hommes du fumoir de l'hôtel m'avaient cataloguée comme une femme d'un certain genre. M. Alcott, semblait-il, ne ressemblait pas aux autres hommes.

— Merci, mais je dois rentrer. Si quelque chose de pertinent vous revient, pourriez-vous m'envoyer un mot à l'Hôtel Mayfair ?

Ses sourcils se levèrent.

— Rumford vous loge au Mayfair pendant que vous enquêtez ? Vous devez être douée.

Je faillis ne rien lui dire, mais cela me semblait malhonnête de ne pas être franche.

— En réalité, j'y habite et j'ai simplement entendu Lord Rumford dire qu'il soupçonnait que la mort de Pearl ne soit pas un suicide. Je me suis proposée pour enquêter.

Il pointa un doigt vers moi.

— Je sais qui vous êtes ! La nièce de Sir Ronald Bainbridge. J'ai entendu parler de vous.

Je ne sus plus quoi dire. Nous avions réussi à garder mon implication dans l'affaire du meurtre précédent hors de la presse, et peu de gens, en dehors du personnel de l'hôtel et des amis des Bainbridge, savaient même que j'existais.

— Vous avez l'air d'une biche apeurée, Miss Fox. Tout va bien. Je garderai votre secret.

Il me lança un clin d'œil.

— Quel secret ? demandai-je faiblement.

— Comment vous avez élucidé l'affaire de la mort de ce client. Un très bon ami à moi m'a déjà fait promettre de garder le secret.

— Et qui est votre ami ? Mon cousin, Floyd ?

Il rit.

— Seigneur, non. Votre cousin est du genre à se lier avec des femmes comme Pearl et Dotty, pas avec des hommes comme moi. Non, c'était un jeune ami qui travaille là-bas. Danny. C'est un valet de pied. Vous ne vous souvenez probablement pas de lui, mais il vous est reconnaissant de l'avoir sorti d'affaire avec la police.

Je me souvenais parfaitement de Danny. Il avait été le principal suspect de la police dans le meurtre de la veille de Noël, mais tout le personnel savait qu'il ne l'avait pas commis. On l'avait libéré finale-ment après qu'il avait admis où il se trouvait au moment du meurtre – dans le lit d'un autre homme.

— Danny est très gentil, dis-je.

Les yeux de M. Alcott pétillèrent tandis qu'il souriait.

— Oui, dit-il doucement. Oui, il l'est.

Il s'éloigna tandis que je me dirigeais vers la porte. Ce ne fut qu'à ce moment-là que je me rendis compte qu'il y avait une question très importante que j'avais omise de poser à tout le monde. Les obsèques de Pearl n'avaient pas été annoncées dans les journaux. Lord Rumford avait insisté pour qu'il s'agisse d'une cérémonie privée réservée à ses proches. Si personne ne connaissait l'homme aux verrues défigurantes, comment se faisait-il qu'il fût présent lors des obsèques ? Comment avait-il su quand et où elles auraient lieu ? S'il n'avait interrogé ni le directeur du théâtre, ni deux de ses amies, ni sa sœur, alors qui le lui avait dit ?

Je sortis du théâtre et trouvai le portier debout exactement là où il se tenait plus tôt, à côté du panneau d'affichage.

— Excusez-moi, dis-je. Travaillez-vous toujours ici à la porte du théâtre ?

— Seulement pendant les représentations, et lors d'événements spéciaux comme aujourd'hui.

Il désigna le panneau d'un mouvement de menton.

— Étiez-vous à la porte hier soir bien qu'il n'y ait pas eu de représentation ?

— Oui. M. Culpepper avait besoin que je tienne tout le monde à l'écart. Les admirateurs de Miss Westwood voulaient entrer et lui rendre hommage, voyez-vous.

— Quelqu'un a-t-il demandé des renseignements sur la cérémonie des obsèques ?

— Plusieurs, mais je ne leur ai rien dit. M. Culpepper avait confié que c'était censé être une cérémonie privée et que je ne devais en parler à personne, alors je ne l'ai pas fait. Je vous le jure, mademoiselle, je n'en ai parlé à personne.

Cet homme clamait son innocence avec trop d'insistance. Une simple pression devait suffire à lui arracher un aveu.

— Allons, personne ne s'attend à ce que vous cachiez les détails à ses amis les plus intimes. Ce ne serait pas juste, n'est-ce pas ? Eux aussi méritaient d'assister à ses obsèques.

— Ce n'est pas à moi d'en décider.

— Mais vous l'avez dit à quelqu'un, n'est-ce pas ? insistai-je. Il vous a offert une belle somme pour le lui dire, n'est-ce pas ?

Le portier fixa son regard droit devant lui. Il était considérablement plus grand que moi et très bien bâti. Son col peinait à contenir son cou et il ne portait pas de gants, sans doute parce qu'il n'en trouvait pas à sa taille. Il aurait pu me briser comme une brindille s'il l'avait voulu. Pourtant, mes questions semblaient l'inquiéter.

— Je ne dirai rien à personne, et certainement pas à M. Culpepper, dis-je doucement. Je garderai votre secret. Mais il s'agit d'une enquête pour meurtre et je dois connaître l'identité de l'homme qui vous a payé une somme considérable pour savoir quand et où auraient lieu les obsèques de Miss Westwood. Sinon, je serai obligée d'informer la police de votre refus de coopérer.

— La police ?

Il se frotta la nuque.

— D'accord, mais il n'y a pas grand-chose à dire. Il est venu ici hier soir alors que M. Culpepper était à l'intérieur avec les autres, à boire un verre en l'honneur de Miss Westwood. Quand je lui ai refusé l'entrée, il m'a questionné sur ses obsèques et je le lui ai dit. Il a prétendu être un ami très proche de Miss Westwood et, comme vous l'avez dit, un bon ami a le droit de lui dire adieu.

Je soupçonnai l'homme de l'avoir également payé, mais l'admettre allait à l'encontre du code d'honneur du portier.

— À quoi ressemblait-il ?

— Je ne sais pas.

— Avait-il des verrues ou des plaies sur le visage ?

— Je n'ai pas vu son visage. Il faisait sombre et il avait relevé le col de son manteau.

Damnation.

— Il y avait une chose distinctive chez lui, mademoiselle, dit le portier.

— Ah oui ?

— Son attelage. Les portières étaient vertes.

Les portières de l'attelage dans lequel était parti l'homme aux verrues étaient vertes. Ce devait être le même individu. J'ouvris mon sac et en sortis quelques pièces. Combien devait-on donner pour ce genre d'information ?

Le portier leva la main pour m'arrêter.

— Gardez votre argent, miss. Je n'ai vraiment pas vu son visage et c'est la vérité.

Je le remerciai et me mêlai à la foule animée du début de soirée à Piccadilly Circus, me demandant quelle piste suivre ensuite. Bien que j'eusse beaucoup appris sur Pearl auprès de ceux qui l'avaient connue, je ne me trouvais guère plus avancée qu'au début de la journée.

* * *

J'EUS de la chance et parvins à attraper M. Hobart au moment où il s'apprêtait à quitter l'hôtel pour la journée.

— Avez-vous pensé à quelque chose que je pourrais faire pour impliquer M. Armitage dans l'enquête ? demandai-je.

Il décrocha son chapeau du portemanteau près de la porte du bureau et attrapa son manteau.

— Malheureusement, non.

Il m'indiqua de le précéder dans le couloir.

J'attendis qu'il verrouille la porte derrière nous et marchai avec lui jusqu'au foyer.

— Qu'en est-il de la situation avec M. Clitheroe ? chuchotai-je de peur que M. Hirst ne nous entende.

— Il n'y a aucune situation, chuchota-t-il en retour. L'homme que vous avez vu devait effectivement être M. Clitheroe. Il a un nez proéminent. De plus, il n'y a aucune raison pour que M. Hirst mente.

M. Hobart était vraiment naïf s'il pensait cela. D'ailleurs, maintenant que j'y réfléchissais, l'ancienne gouvernante avait volé l'argenterie sous son nez. Si l'un des membres du personnel ne lui avait pas dit directement qu'elle manquait, et si M. Armitage et moi n'avions pas enquêté, l'ancienne gouvernante s'en serait tirée. Pour une raison que j'ignore, cette naïveté ne faisait que rendre M. Hobart plus sympathique à mes yeux. Mais cela n'aidait pas à résoudre l'affaire.

— Il y a un moyen de résoudre cela définitivement, dis-je. Vous devez me montrer M. Clitheroe. Je pourrai vous dire immédiatement s'il s'agit du même homme que j'ai vu cette nuit-là.

M. Hobart m'adressa un regard contrit.

— Malheureusement, M. Clitheroe a quitté l'hôtel aujourd'hui. L'affaire est donc close.

J'en doutais, mais je retins ma langue. Peut-être pourrais-je impliquer M. Armitage dans l'affaire à nouveau. Il n'avait pas besoin de l'accord de son oncle pour enquêter. Il pourrait mener son enquête en douce auprès du personnel ou suivre M. Hirst lorsqu'il quitterait l'hôtel. C'était un bon compromis. S'il ne voulait pas partager l'affaire Pearl Westwood avec moi, peut-être accepterait-il de s'occuper de celle de Hirst.

Je montai à ma chambre et, utilisant le cornet acoustique, demandai à la cuisine de m'apporter une tasse de thé. À ma surprise, Harmony l'apporta avec deux tasses.

— Tu n'as pas encore fini ta journée ? lui demandai-je.

Elle posa le plateau dans le salon et versa le thé dans les tasses.

— J'attendais dans la cuisine que vous reveniez. Je me suis dit que si vous ne commandiez pas de thé tout de suite, Goliath ne tarderait pas à m'apprendre que vous étiez de retour.

— Je suis vraiment à ce point prévisible ?

Elle me tendit une tasse et une soucoupe, puis se laissa tomber sur le canapé avec l'autre.

— Seigneur, j'ai mal aux pieds.

— Pose-les sur la table. Ça ne me dérange pas.

— Seigneur, non ! C'est un salon dans l'une des meilleures suites du Mayfair !

Je ne pus m'empêcher de sourire.

— Tu peux être snob !

Elle fit la moue.

— Cette table a l'air chère et on ne doit pas y poser les pieds.

— Alors enlève tes chaussures et allonge-toi sur le canapé.

Elle réfléchit un instant, puis défit les lacets de ses chaussures. Elle soupira de contentement en s'appuyant contre l'extrémité du canapé, ses longues jambes étendues à côté d'elle.

— Mme Short m'a fait courir partout dans l'hôtel aujourd'hui, de haut en bas, pour aller chercher ceci ou cela. Je crois que c'est un test.

— Pour quoi faire ?

— Pour voir à quel point je suis docile. Elle fait cela à nous toutes. Celles qui se plaignent ont droit à son regard le plus perçant.

Elle but une gorgée puis reposa la tasse.

— Alors qu'avez-vous appris aujourd'hui ?

Je lui racontai les obsèques de ce matin, le gentleman anonyme venu présenter ses respects, ainsi que les conversations que j'avais eues lors de la cérémonie commémorative au Playhouse.

— Tout le monde s'accorde à dire que Pearl était frivole et aimait les belles choses que Lord Rumford lui offrait, mais les avis divergent sur la jalousie. Sa remplaçante affirme que personne n'était jaloux de Pearl ou de Rumford, tandis qu'un autre acteur dit que les hommes l'adoraient et auraient aimé être à sa place.

— Et si elle en avait repoussé un, il aurait pu devenir furieux et violent ?

— Précisément.

Je bus une gorgée de thé tout en réfléchissant.

— Peut-être devrais-je demander à Danny son opinion sur l'acteur. M. Alcott dit qu'il connaissait Danny, et je soupçonne qu'ils entretenaient une relation plus intime.

— Je lui demanderai, dit Harmony. Il sera honnête avec moi.

— Pourquoi ne le serait-il pas avec moi ?

— Parce que vous êtes une Bainbridge.

— Je suis une Fox, répliquai-je sèchement. Je sais aussi me montrer amicale et ouverte d'esprit, quelle que soit leur vie privée.

— Vous êtes aussi liée à son employeur.

Elle avait raison. Peu importe combien je n'aimais pas cela, le fait était que la plupart du personnel me traitait différemment et le ferait toujours. M. Armitage avait eu raison à ce sujet : Vous *ne semblez pas vous soucier du fait que je sois la nièce de Sir Ronald.*

Elle m'adressa un sourire aussi éclatant que l'ampoule électrique qui pendait au plafond.

— C'est parce que je suis différente de la plupart des gens.

— C'est le moins qu'on puisse dire, Harmony.

Son sourire s'évanouit et elle redevint sérieuse.

— Alors, que devrions-nous faire maintenant ?

— Justement, j'ai une idée. M. Culpepper, le directeur du théâtre, a suggéré que Lord Rumford allait en réalité rompre avec Pearl parce qu'il ne croyait pas qu'elle l'aimait vraiment.

Harmony fit la moue.

— Est-ce une bonne raison de rompre avec une maîtresse beaucoup plus jeune et séduisante que soi ? Je veux dire, il savait bien qu'elle ne l'aimait pas et qu'elle n'était avec lui que pour les cadeaux, non ?

— Peut-être était-il aveugle aux vrais sentiments de Pearl.

— Plutôt idiot, non ?

— Quoi que nous en pensions, s'il existe ne serait-ce que la moindre chance que Pearl se soit suicidée, nous devons l'envisager. Nous ne sommes pas encore certaines qu'elle ait été assassinée.

Harmony termina sa tasse de thé et la reposa.

— Vous pensez donc que nous devrions demander à Rumford s'il comptait rompre avec elle ?

Je fis non de la tête.

— Pas lui demander directement. Nous donnerait-il seulement une réponse franche ? Il ne voudra pas que nous pensions qu'il est responsable du fait qu'elle se soit jetée du balcon.

— Si Pearl n'était pas amoureuse de lui, elle ne se serait pas jetée du balcon s'il comptait rompre avec elle. Elle aurait été soulagée de pouvoir trouver quelqu'un d'autre.

C'était ce que j'avais pensé aussi.

— M. Culpepper estime qu'elle aimait trop les cadeaux et que si elle avait des difficultés financières, elle a pu craindre de perdre Rumford.

Harmony se redressa et posa les deux pieds sur le sol.

— Tout cela ne tient pas la route, Cleo.

Si elle réalisa qu'elle m'avait appelée Cleo au lieu de Miss Fox, elle n'en montra rien, et je ne la corrigeai pas. Je n'en avais pas envie. Il me semblait naturel de nous appeler par nos prénoms et de nous tutoyer.

— Je pense tout de même que nous devons vérifier cette piste, ne serait-ce que pour prouver que M. Culpepper mentait et me mettait délibérément cette idée en tête.

Elle enfila ses chaussures et se pencha pour en nouer les lacets.

— Et comment allons-nous faire ?

— J'entrerai dans la chambre de Lord Rumford quand il n'y sera pas et je chercherai des indices. Il pourrait y avoir de la correspondance de Pearl ou des détails sur ces vacances qu'ils devaient prendre ensemble à l'automne.

L'idée ne la choqua absolument pas. Elle finit de nouer ses chaussures et leva les yeux.

— Il nous faudra sa clé. Je ne m'occupe pas de sa chambre et je ne veux pas le demander à la femme de chambre qui s'en charge. Moins il y aura de gens au courant de ce que nous faisons, mieux ce sera. Nous pourrions demander à Peter de nous laisser entrer dans le bureau de M. Hobart et utiliser sa clé de rechange.

J'avais appris, lors de ma dernière enquête, que M. Hobart conservait des doubles de clés pour toutes les chambres, tout comme la gouvernante. J'avais également appris qu'elles étaient gardées dans un tiroir fermé à clé dans le bureau de M. Hobart et qu'il gardait cette clé sur lui, ainsi qu'une autre avec le directeur adjoint. Les doubles de clés de Mme Short étaient également conservés dans une boîte fermée à clé dans son bureau. Je ne connaissais qu'une seule personne capable de crocheter toutes ces serrures. Victor. Et il n'y avait qu'une seule porte à déverrouiller.

— Nous allons éviter le bureau de M. Hobart et ses doubles de clés, et entrer par effraction dans la chambre de Rumford, dis-je. Victor s'en chargera.

— Et il sera ravi de le faire, le connaissant.

Elle fronça les sourcils.

— À ton avis, que faisait-il avant de venir travailler ici ?

— Je ne sais pas trop. Je pensais que tu le savais.

— Quelque chose de louche, j'imagine. C'est un sale type, celui-là.

— Qu'est-ce qui te fait dire ça ?

— Ça se lit sur son visage.

— Si tu parles de ses cicatrices, c'est un peu injuste. Sans elles, il aurait un visage plutôt doux, presque poupin.

Elle se leva d'un bond et me toisa.

— Victor n'est ni doux ni bon, et tu devrais t'en souvenir. Il n'attire que des ennuis.

Je souris.

— Qu'est-ce qui t'amuse ?

— Rien, dis-je innocemment. Maintenant, va te reposer. Je vais voir ce que je peux apprendre sur les déplacements de Lord Rumford.

Elle rassembla les tasses de thé sur le plateau et le souleva.

— Je ferais mieux de parler à Victor avant de partir et de le mettre au courant de nos plans.

— Ce ne sera pas nécessaire. Tu n'as pas à lui parler si tu n'en as pas envie.

— Je n'en ai pas envie, mais c'est nécessaire.

Elle désigna le plateau.

— De toute façon, je dois rapporter ceci à la cuisine.

Elle se dirigea vers la porte, le dos bien droit. Je souris, jusqu'à ce qu'elle se retourne soudain en atteignant la porte. Elle me lança un regard noir, et je m'attendis à être réprimandée pour avoir souri à nouveau. Mais elle ouvrit simplement la porte et sortit d'un pas décidé.

* * *

D'APRÈS PETER, à la réception, Lord Rumford avait commandé une voiture de l'hôtel pour se rendre au théâtre puis à son club. Il avait demandé au cocher de venir le chercher là-bas à 3 h du matin. Nous avions donc largement le temps.

Je partis à la recherche de Victor dans les cuisines et le repérai à l'un des longs établis centraux. Le chef se tenait près d'un fourneau, surveillant de près un jeune homme au visage écarlate qui remuait une marmite. Le chef de cuisine avait une réputation féroce et je n'aimais pas m'aventurer sur son territoire, mais cette fois, c'était nécessaire.

Je me glissai dans la cuisine et la chaleur m'enveloppa aussitôt. Elle battait autour de moi comme une chose vivante, qui respirait, comme si elle tentait de m'avertir de fuir. Des cuisiniers suivaient ma progression du regard ; certains m'avertirent d'un hochement de tête. Celui qui chantait à la manière d'un ténor d'opéra s'interrompit un instant jusqu'à ce que je lui fasse signe de continuer.

Victor leva les yeux de son poste de travail et haussa les sourcils.

J'articulai silencieusement : *minuit*. J'espérais qu'il avait parlé à Harmony et qu'il me comprenait.

— VOUS !

Le rugissement, prononcé avec un accent français, traversa l'air chaud et dense de la cuisine.

— Qu'est-ce que vous faites ?

— Je me suis juste égarée, répondis-je.

Le chef fonça sur moi tel un bouledogue. C'était un homme de petite taille avec une moustache bouclée ridicule, mais je n'aurais jamais osé me moquer de lui pour cela. Il avait l'air prêt à me lancer l'un des couteaux de sa ceinture.

— Je me fiche de qui vous êtes ! Sortez ! Sortez !

Je fis volte-face et m'enfuis.

* * *

JE DÎNAI avec Flossy et Floyd dans la salle à manger ce soir-là. Tante Lilian resta dans sa suite, et oncle Ronald était sorti dans un club de gentlemen avec des amis. La soirée s'en trouva plus détendue, malgré la nécessité de maintenir les apparences devant les clients. Certains s'approchaient encore de notre table et saluaient mes cousins par leur nom, mais ils étaient moins nombreux qu'en présence de mon oncle.

Pour une fois, Floyd ne s'éclipsa pas sitôt le dîner terminé. Il commanda un verre de porto, tandis que Flossy et moi buvions du café, et soupira de contentement en buvant une gorgée.

— C'est excellent, ça.

— Tu as commandé le plus cher ? demanda Flossy.

— Qui sait combien ça coûte ?

— Père.

— Il ne vérifie pas les comptes d'aussi près, alors il ne saura jamais que c'est moi qui l'ai commandé. S'il le voit, il supposera que c'est l'un des clients.

Son regard se leva vers l'intendant, debout près du pupitre où il notait les noms des clients à leur entrée.

— M. Chapman le saura.

— Mais il ne le dira jamais à Père.

— Pourquoi pas ?

Floyd lui adressa un sourire suffisant.

— Parce que je vais reprendre l'affaire un jour et que Chapman aimerait peut-être garder son emploi.

— Ce n'est pas pour tout de suite. Père peut vivre des années. Parfois je pense qu'il est là pour toujours.

Elle le dit sans grande émotion, comme si elle discutait de la disparition d'une simple connaissance.

— Et de toute façon, qui dit qu'il ne laissera pas sa participation majoritaire à quelqu'un d'autre ? Quelqu'un qu'*il* juge plus capable de diriger l'affaire.

— Je suis parfaitement capable, nom de Dieu.

— Je le sais, Floyd, mais tu connais Père.

Floyd se recroquevilla d'un air morose sur son verre tandis que Flossy semblait regretter d'avoir abordé le sujet.

— C'était un excellent repas, dis-je pour dissiper la tension. J'ai passé une bonne soirée en votre compagnie. À quoi devons-nous ce plaisir, Floyd ?

— Je reste à l'hôtel ce soir. Je vais recevoir quelques amis dans ma suite plus tard.

— Qui ? demanda Flossy.

— La bande habituelle.

Son regard se fit scrutateur, et je crus qu'elle allait insister davantage, mais elle se contenta de dire :

— Assure-toi qu'ils soient discrets en partant. Ne réveille pas Mère.

— Ils seront très discrets. Ne t'inquiète pas pour moi, Floss. Je suis un expert quand il s'agit d'entrer et sortir de l'hôtel à toute heure.

Il termina son verre de porto et se leva.

— Je vais me reposer un peu avant l'arrivée de mes invités. Bonne nuit, mesdames.

Nous le regardâmes partir. Il semblait joyeux ce soir, ce qui tenait beaucoup, je le soupçonnais, à l'absence de son père. Floyd avait une attitude insouciante, au grand désespoir de son père. Oncle Ronald voulait un fils comme lui, sérieux et pragmatique, avec l'hôtel toujours au premier plan de tout ce qu'il faisait, de chaque amitié qu'il nouait. Mais Floyd voulait simplement s'amuser.

— J'aimerais pouvoir recevoir des amis dans ma suite quand je veux, marmonna Flossy. Ce n'est pas juste qu'il puisse le faire et que je doive rester coincée ici jusqu'à ce que Mère ou Père me laissent sortir, et même dans ce cas je dois sortir avec Mère ou une femme de chambre de l'hôtel comme chaperon. Je veux être libre, Cleo. Je veux voir qui je veux quand je veux. Tu as tellement de chance que tes parents soient morts.

Elle grimaça et se reprit :

— Pardon, mais tu vois ce que je veux dire.

— Tu devrais leur dire que tu aimerais un peu plus de liberté. Commence doucement. Demande si tu peux retrouver une amie pour déjeuner ou prendre le café.

— Ils me diront de retrouver mon amie ici. Le Mayfair a le meilleur thé de l'après-midi et le meilleur déjeuner de Londres, après tout.

Elle soupira.

— Ne fais pas attention à moi. J'ai juste un accès de mélancolie. Ça passera.

Elle ne ressemblait peut-être pas à sa mère, mais à cet instant, elle me rappela tante Lilian dans l'un de ses accès de mélancolie. Je me demandais si les parents de Flossy voyaient jamais cette ressemblance, ou s'ils étaient trop désireux qu'elle vive le même genre de vie qu'eux à son âge – une vie où l'on attendait d'elle qu'elle fréquente les bonnes personnes et uniquement sous l'œil vigilant d'un parent.

* * *

LE COULOIR du quatrième étage était silencieux à minuit. J'entendis le bruit sourd et lointain d'une porte qui se fermait à un autre niveau, mais autrement le bâtiment était silencieux. Je n'entendis même pas les pas de Victor dans l'escalier, et je ne le vis émerger de la cage d'escalier que parce que je la surveillais.

— Harmony m'a dit que vous aviez une tâche pour moi ici, chuchota-t-il. Ai-je raison de supposer que je dois crocheter une serrure ?

— La suite de Lord Rumford.

Je le précédai dans le couloir et m'arrêtai devant la porte numéro 415.

Victor s'agenouilla et se mit au travail avec les outils fins qu'il avait apportés. Il n'avait ni sa ceinture de couteaux ni sa veste blanche de cuisinier. Il avait dû retourner au pavillon du personnel et se changer après son service.

Il ne m'avait pas demandé pourquoi j'avais besoin de fouiller la suite de Lord Rumford. En fait, il prenait l'exercice avec calme, comme si ce n'était pas plus inhabituel que de se présenter au travail.

La serrure finit par céder dans un déclic, et Victor ouvrit la porte. J'entrai pendant qu'il montait la garde. J'actionnai l'interrupteur et me dirigeai directement vers le salon. Je fouillai le bureau mais il n'y avait aucune correspondance personnelle parmi le papier à lettres de l'hôtel. Je fouillai ses affaires dans la chambre, mais ne trouvai rien non plus. Après une demi-heure et une fouille minutieuse, je sortis de la suite et rejoignis Victor.

Il s'accroupit pour verrouiller de nouveau la porte. Au même moment, une porte plus loin dans le couloir s'ouvrit et Floyd en sortit, manquant de trébucher, escorté de deux femmes aux pieds nus, les cheveux en désordre et les vêtements de travers. L'une des filles pouffa de rire et Floyd la fit taire d'un doigt sur les lèvres.

80

Puis il m'aperçut debout à côté de Victor, toujours accroupi devant la porte de Lord Rumford.

CHAPITRE 6

Je me figeai. Floyd se figea. Les filles aussi, mais seulement après avoir gloussé de nouveau.

Victor fut le seul à bouger. Il verrouilla la porte et se redressa. D'un geste pour ajuster sa casquette, il me souhaita bonne nuit et quitta le quatrième étage par les escaliers.

Floyd finit par reprendre vie. Il parla aux filles à voix basse et elles disparurent dans la suite, pour en ressortir un instant plus tard, munies de manteaux et de chaussures. Lorsqu'elles s'arrêtèrent devant l'ascenseur et que l'une d'elles s'apprêta à appuyer sur le bouton pour l'appeler, il les dirigea plutôt vers la cage d'escalier.

Une fois parties, il retourna à sa porte et, après avoir croisé mon regard, disparut à l'intérieur.

Je me glissai dans ma chambre et m'adossai à la porte, les yeux fermés. Comment allais-je expliquer à mon cousin ce que je faisais là ?

* * *

HARMONY ÉCOUTA le récit de notre rencontre nocturne, le front plissé d'un air sombre. Mes cheveux oubliés, elle secoua la tête en croisant mon regard dans le miroir.

— Victor aurait dû monter la garde, dit-elle.

— Ce n'est pas sa faute. J'étais déjà dans le couloir, et il avait commencé à reverrouiller la porte, quand Floyd est apparu. C'était tout à fait inévitable, dis-je.

Elle recommença à me brosser les cheveux et me demanda si j'avais trouvé quelque chose parmi les affaires de Lord Rumford.

— Rien qui indique qu'il comptait garder Pearl plus longtemps ou rompre leur arrangement bientôt, dis-je. Il est très prudent. Il n'y avait même pas de lettre de Pearl parmi ses affaires.

— Alors que vas-tu faire maintenant ? demanda-t-elle.

— J'ai toujours la clé de l'appartement de Pearl. Il y avait quelques lettres de Lord Rumford dans sa coiffeuse que je n'ai pas lues la première fois. J'y retournerai pour les examiner, afin d'avoir un aperçu de leur relation au cours de ces dernières semaines, dis-je.

Elle épingla des mèches de mes cheveux en silence, apparemment perdue dans ses pensées. Ce ne fut qu'une fois qu'elle eut terminé, alors que j'admirais son ouvrage dans le miroir, qu'elle révéla ce qu'elle avait vraiment en tête. Et cela n'avait rien à voir avec notre enquête.

— Ces filles étaient-elles des prostituées ? demanda-t-elle.

Je me tournai vers elle pour la regarder en face. Elle était tout à fait sérieuse. En fait, elle semblait quelque peu préoccupée.

— Je ne sais pas, mais ce n'étaient certainement pas des dames bien nées qui avaient échappé à leurs chaperons pour la soirée, dis-je.

Elle secoua la tête.

— Sir Ronald n'aimera pas ça. C'est une chose que les clients amènent leurs maîtresses ici, mais c'en est une tout autre qu'un membre de la famille le fasse. C'est la résidence familiale des Bainbridge, dit-elle.

— Je suppose que Floyd ne prévoit pas que mon oncle ou ma tante le découvrent, dis-je.

J'ouvris le tiroir de la coiffeuse et cherchai mes gants de cuir fauve.

— Mon cousin a-t-il déjà fait ce genre de chose ?

— Pas que je sache. Il faudrait demander aux valets de pied et aux portiers. Ils en savent plus que quiconque sur ce qui se passe ici la nuit, répondit-elle.

Harmony partit et je la suivis peu après avec les clés de l'appartement de Pearl dans mon sac. Au moment même où je verrouillais ma porte, Floyd émergea de sa chambre. Comme la nuit précédente, nous nous figeâmes tous les deux.

Floyd fut le premier à bouger. Il mit sa clé dans sa poche et me rejoignit. Il jeta un coup d'œil autour de lui et, ne voyant personne dans le couloir, se pencha vers moi.

— À propos de la nuit dernière, dit-il.

Une vague de chaleur et de froid me traversa soudain. Floyd avait peut-être eu des prostituées dans sa chambre, mais c'était un jeune homme, et les jeunes hommes avaient bien droit à quelques écarts. J'étais dans la chambre d'un client avec un des cuisiniers à mes côtés. Ma situation était bien pire, particulièrement aux yeux de mon oncle.

— Oui ? chuchotai-je.

— Je veux bien garder pour moi ce que j'ai vu si tu fais de même, dit-il.

Je poussai un long soupir.

— Je pense qu'il sert nos deux intérêts de ne mentionner à personne ce que nous avons vu, dis-je.

Il parut soulagé.

— Bien, bien. Moi aussi. Alors, dois-je faire le cousin protecteur et m'inquiéter de ce que tu faisais dans la chambre de Rumford avec ce type ? demanda-t-il.

Il n'avait donc pas reconnu Victor comme employé de l'hôtel. C'était un soulagement. Je ne voulais pas lui attirer d'ennuis.

— Cela fait partie de mon enquête sur la mort de Pearl Westwood, dis-je.

Il fronça les sourcils.

— Ton quoi ? demanda-t-il.

Je posai un doigt sur mes lèvres pour lui imposer le silence, tout comme il avait fait taire les filles la nuit précédente. D'un petit geste de la main, je me hâtai vers la cage d'escalier, le laissant me suivre du regard.

* * *

L'APPARTEMENT de Pearl était glacial. Je me demandai ce que Lord Rumford allait en faire à présent. Était-il trop empli de souvenirs d'heures heureuses passées avec Pearl, au point qu'il voulait le vendre, incapable d'y retourner ? Ou bien le garderait-il pour sa prochaine maîtresse ?

Je m'assis au secrétaire, la pile de lettres devant moi, et me recroquevillai dans mon manteau pour me réchauffer. Je mis de côté celles que j'avais déjà lues et m'apprêtai à une lecture particulièrement intime.

Lorsque j'arrivai au bout de la pile, j'avais le visage en feu. Certaines choses que le couple s'était écrites me faisaient me sentir aussi naïve qu'une écolière, moi qui n'avais jamais même imaginé de telles choses, et encore moins lu quoi que ce soit à ce sujet. Lord Rumford n'avait certainement pas fait preuve de timidité pour exprimer ses désirs à sa maîtresse.

Les lettres parlaient surtout de ce qu'il voulait faire à Pearl lors de leur prochaine rencontre, et très peu de leurs projets d'avenir. Il y avait une mention des vacances dans une lettre datée du 5 décembre, Lord Rumford disant qu'il avait hâte de voir Pearl vivre aussi insouciante que les dames françaises de Nice. Je n'avais aucune idée de ce que cela signifiait.

Je rassemblai les lettres en liasse et les glissai de nouveau dans le tiroir. J'étais soulagée de n'y trouver aucune trace d'un refroidissement entre eux. Je ne voulais pas penser que Lord Rumford pût être responsable de la mort de Pearl, ne serait-ce qu'indirectement, en lui donnant envie de mettre fin à ses jours. Cela signifiait cependant que je n'en étais pas plus avancée.

Je refermai le tiroir un peu trop fort et le meuble trembla. Une plume tomba de son porte-plume et roula sur le plancher avant que je puisse la rattraper. Je me penchai pour la ramasser et j'étais sur le point de me redresser lorsque j'aperçus un morceau de papier sous la vitrine qui abritait une collection de bibelots en porcelaine.

À quatre pattes, je glissai la main dessous et l'en extirpai. Ce n'était pas un morceau de papier mais une photographie. La table, chargée de photographies encadrées, était tout près. Pearl avait dû laisser tomber celle-ci lorsqu'elle l'avait retirée d'un cadre et ne l'avait jamais récupérée. Elle était recouverte de poussière et devait se trouver sous la vitrine depuis un bon moment.

J'essuyai la poussière et la portai à la fenêtre pour mieux la voir. Un couple me regardait. Je reconnus Pearl instantanément. Elle était vêtue d'une tenue de soirée et arborait un imposant collier. Sa main était appuyée sur l'épaule du gentleman à ses côtés dans une pose presque identique à celle de la photographie exposée où elle se tenait auprès de Lord Rumford. Mais cet homme n'était pas Rumford. Au premier abord il ne me disait rien, mais en l'examinant de plus près, je reconnus l'homme du cimetière. Il n'avait cependant aucune verrue sur le visage. Il était même bel homme, quoiqu'un peu plus âgé que Pearl.

Je glissai la photographie dans mon sac et refermai l'appartement à clé. Lorsque j'arrivai à l'hôtel, Frank, debout sur le trottoir, me salua d'un sourire.

— Comment s'est passée votre matinée, Miss Fox ?

— Assez productive. Et la tienne ?

Il parut surpris que je le lui demande.

— Très bien, mademoiselle, je vous remercie. Je n'ai pas à me plaindre.

Il regarda au-delà de moi tandis qu'une voiture s'arrêtait.

— Sir Lawrence Caldicott. Excusez-moi, Miss Fox.

Frank s'approcha de la voiture dont le siège de cocher et les roues étaient d'un rouge vif. Il ouvrit la portière et souhaita la bienvenue à Sir Lawrence.

— M. Hobart vous accueillera dans le foyer, monsieur, et vous accompagnera au bureau de Sir Ronald.

Le gentleman passa devant Frank sans un regard et entra dans l'hôtel. Lorsque Frank referma la portière, je le rejoignis.

— Vous êtes encore là, Miss Fox ? demanda-t-il. Vous feriez mieux de rentrer avant que le temps ne se gâte.

Je désignai la voiture qui s'éloignait du trottoir.

— Comment as-tu su qu'il s'agissait de la voiture de Sir Lawrence Caldicott ?

Il fronça les sourcils en regardant la voiture tandis que le cocher la glissait dans le petit espace entre deux fiacres, s'attirant un cri furieux du conducteur de celui de derrière.

— C'est parce que je connais le véhicule, j'imagine. Mais on m'avait aussi prévenu d'attendre Sir Lawrence aujourd'hui. M. Hobart aime me tenir informé lorsque des personnes importantes doivent arriver. Sir Lawrence travaille dans une banque et traite des affaires ici avec Sir Ronald de temps à autre.

— Mais vous reconnaîtriez ce véhicule même si vous ne l'attendiez pas ?

— Je pense que oui. Ce sont les roues rouges. Il n'y en a pas beaucoup. Pourquoi ?

Je tentais ma chance, mais il fallait bien essayer. L'Hôtel Mayfair accueillait de nombreux clients fortunés et je soupçonnais le gentleman aux imperfections sur le visage d'être aisé. Il était possible qu'il eût franchi ces portes, et que Frank l'eût accueilli.

— Connaîtrais-tu un brougham aux portières vert foncé ?

Frank se gratta les favoris.

— Les portières vertes sont inhabituelles, certes, mais pas si rares. Je pense pouvoir en citer trois, de tête.

Il leva le pouce.

— M. Unley en a un.

Il leva l'index.

— Lord Hatfield.

Son troisième doigt rejoignit les autres.

— Et les Mallory.

J'ouvris mon sac et en sortis la photographie.

— Est-ce l'un des gentlemen que tu viens de mentionner ?

Il commença à secouer la tête, puis s'interrompit.

— Ce n'est pas lui, mais son visage ne m'est pas inconnu. Je ne me rappelle plus son nom, mais cela fait longtemps que je ne l'ai pas vu ici. Et j'ignore aussi de quelle couleur sont les portières de son équipage. Vous devriez demander à M. Hobart ou à M. Armitage.

Il claqua des doigts.

— Désolé, j'ai mentionné son nom en même temps que celui de son oncle par pure habitude. Demandez à M. Hobart. Il a l'œil pour les visages.

Je passai la demi-heure suivante à courir après M. Hobart dans tout l'hôtel. Peter me dit qu'il se trouvait dans le bureau de M. Chapman, mais, quand j'y arrivai, M. Chapman m'apprit que je venais de le manquer et qu'il était parti aux cuisines. Le personnel des cuisines affirma qu'il était déjà reparti et se trouvait avec Mme Short, mais Mme Short ne l'avait pas encore vu et pensait qu'un client l'avait arrêté en chemin.

Je finis par abandonner et ressortis. La marche jusqu'au bureau de M. Armitage me fit du bien et me permit de mettre de l'ordre dans mes idées. Non qu'il y en eût beaucoup à rassembler, mais j'eus au moins l'impression d'avancer.

La porte du bureau de M. Armitage était verrouillée, mais un mot manuscrit y était épinglé, indiquant qu'on pouvait le trouver au Roma Café, juste à côté. J'entrai dans le café et fus accueillie par un salut chaleureux de Luigi et des signes de tête des deux vieillards assis sur des tabourets au comptoir. C'étaient les mêmes hommes que la dernière fois.

— Quelle agréable surprise ! s'exclama Luigi en ouvrant grand les bras. Quel plaisir de vous voir, *Bella*. Venez, asseyez-vous avec Harry et je vous apporte un café.

M. Armitage me regarda approcher d'un air maussade. Il lisait le journal, mais il le plia aussitôt et le jeta sur une table voisine.

— Laissez-moi deviner, dit-il. L'homme au nez crochu vole des bijoux dans les chambres des clients.

— Non, et je ne crois pas que vous devriez plaisanter là-dessus. Cela pourrait fort bien être vrai.

Je m'assis et posai mon sac sur mes genoux.

— Je vois que vous ne ménagez pas vos efforts.

— Je n'ai encore aucun travail, alors autant venir ici pour la compagnie et le café.

Je jetai un coup d'œil aux deux vieillards juchés sur leurs tabourets, puis à Luigi, derrière le comptoir, occupé à moudre les grains.

— Vous lisiez le journal, vous vous suffisiez très bien à vous-même. Et si quelqu'un passe à votre bureau et ne vous y trouve pas ?

— C'est à cela que sert le mot affiché.

— Ce n'est pas très professionnel.

— Y a-t-il une raison à votre visite, Miss Fox, ou êtes-vous simplement venue me chercher querelle ?

J'inclinai la tête sur le côté et le regardai avec une expression entendue.

— Vous êtes vraiment difficile à déstabiliser, monsieur Armitage.

Il cligna rapidement des yeux et ouvrit puis referma la bouche sans prononcer un mot. Il me sembla que je l'avais pris au dépourvu.

— Et vous le savez très bien, ajoutai-je.

Il eut un petit rire.

— Je savais bien que vos compliments étaient trop beaux pour être vrais.

Je lui souris, satisfaite de l'effet produit. Il n'y avait pas tant de façons de le désarmer, mais j'apprenais peu à peu à fissurer sa carapace glaciale chaque fois qu'il la laissait tomber. Il me restait encore du chemin à parcourir avant qu'il ne me pardonne complètement, cependant, et qu'il me traite avec la même cordialité ouverte qu'avant cette affaire qui avait entraîné son renvoi de l'hôtel.

— J'ai justement besoin de votre aide, dis-je.

Son regard se rétrécit.

— Est-ce votre manière de me pousser à accepter de partager l'enquête sur le meurtre ?

— Bien sûr que non. Je ne vous propose plus de la partager. Cette proposition vous a visiblement froissé.

Son regard se rétrécit encore.

— Alors… ?

— Alors je viens vous demander votre aide sans rien avoir à vous offrir en échange. Sauf ma compagnie devant une tasse de l'excellent café de Luigi, bien entendu, ajoutai-je en adressant un sourire à Luigi tandis qu'il déposait une tasse devant moi.

— Un excellent café ? Ah, *Bella*, vous faites de moi un homme très heureux en disant cela. Très heureux, vraiment.

— Je vous offre même les cafés aujourd'hui, dis-je à M. Armitage, une fois que Luigi nous eut laissés seuls. Alors, qu'en pensez-vous ? M'aiderez-vous ?

Il poussa un soupir et se pencha en avant.

— Comment résister à une telle offre ? Alors, comment puis-je vous aider ?

Je sortis la photographie de mon sac et la lui fis glisser sur la table.

— Connaissez-vous cet homme ?

Il étudia la photographie et hocha la tête.

— C'est Lord Wrexham.

Il me rendit la photographie.

— Miss Westwood et lui étaient amants ?

— Je le crois. Que savez-vous de lui ?

— Très peu de choses. Il est venu au bal de la Saint-Sylvestre deux années de suite, mais c'était il y a au moins deux ans. Il n'a jamais été client de l'hôtel. Cela signifie soit qu'il descendait dans un autre établissement lorsqu'il était à Londres, soit qu'il possédait son propre hôtel particulier. Je pars du principe que c'est la seconde hypothèse. S'il était un habitué d'un autre hôtel, il aurait moins de raisons de venir au bal du Mayfair, même si cela n'a rien d'inouï.

J'examinai à nouveau le couple sur la photographie. Pearl avait l'air si fraîche et si belle, et la peau de Lord Wrexham était nette.

— Lord Wrexham avait-il des marques lorsque vous l'avez vu ?

Il fronça les sourcils.

— Non. C'est le cas ?

Je lui racontai l'avoir vu aux funérailles de Pearl et lui indiquai à quel endroit, sur son visage, il avait des verrues ou des plaies.

— Je m'étonne qu'il n'ait pas porté la barbe pour les cacher.

Il but son café, pensif. Je l'observai par-dessus le bord de ma tasse et me laissai distraire de ma tâche par son beau visage. La beauté ne durait pas, m'avait dit Mme Larsen. Elle ne durait peut-être pas éternellement, mais elle aidait certainement une femme dans la profession de Pearl à réussir, bien que je fusse moins convaincue que cela comptât autant pour les hommes. D'après mon expérience, les hommes puissants et fortunés obtenaient ce qu'ils voulaient. Parfois les hommes rusés et entreprenants aussi. Leur apparence importait peu. Être beau rendait un homme plus susceptible de devenir suffisant dans sa jeunesse et d'apprécier trop l'attention, mais cela avait rarement une incidence durable.

M. Armitage n'était toutefois pas le genre d'homme ordinaire. Il n'était peut-être ni puissant ni fortuné, mais il était entreprenant et habile. Sa beauté pouvait lui attirer une clientèle féminine aisée s'il y joignait son charme.

— Je me demande à quel moment ils ont été ensemble, dit-il en reposant sa tasse. Avant que Pearl soit avec Rumford ou pendant qu'elle l'était ?

— Et était-il assez furieux pour la tuer par jalousie ? ajoutai-je.

— Que comptez-vous faire maintenant ?

— Interroger Lord Wrexham, je suppose.

Il grogna.

— Vous avez quelque chose à dire ?

— Bonne chance pour votre interrogatoire.

— Merci.

Je terminai mon café et me levai.

— Et merci de votre aide.

Il se leva à son tour et boutonna sa veste.

— Mon oncle aurait pu répondre à ces questions pour vous.

— Je n'ai pas pu le trouver. J'ai essayé. J'aurais certainement préféré lui parler dans la chaleur de l'hôtel plutôt que de venir jusqu'ici dans le froid.

Il eut un sourire narquois.

Je décidai de ne pas lui demander pourquoi il souriait ainsi : c'était précisément, je le soupçonnais, ce qu'il attendait. Ce qu'il me fallait, c'était une autre raison de rendre visite à M. Armitage, une raison qui le convaincrait que je devais venir ici plutôt que d'attendre M. Hobart.

— Il y avait une autre chose, en fait, et c'est quelque chose que je ne pouvais pas demander à votre oncle. C'est une affaire quelque peu délicate. De plus, votre oncle ne reste pas à l'hôtel la nuit, mais vous y étiez lorsque vous y viviez.

— Allez-vous dire quelque chose qui va me faire rougir, Miss Fox ?

— Cela dépend de votre pudeur.

Je jetai un coup d'œil vers le comptoir où Luigi parlait en italien aux deux clients. Je baissai la voix pour qu'ils ne puissent pas m'entendre.

— Mon cousin Floyd faisait-il souvent monter des... femmes dans sa suite à l'insu de mon oncle ?

M. Armitage se pencha légèrement et adopta le même ton que moi.

— Vous avez hésité avant de dire *femmes*. Vous n'en êtes pas sûre ?

— J'allais dire putains, mais j'ai décidé de leur accorder le bénéfice du doute.

— Des prostituées ?

— Des putains affichées, pas les élégantes maîtresses comme Pearl ou celle au bras de ce comte russe.

— Ah.

Il se redressa.

— Bien que je ne puisse être certain de tout ce que votre cousin faisait en privé, je suis sûr qu'il ne recevait pas de femmes, de quelque sorte que ce soit, dans sa suite. On me l'aurait dit.

Ce fut mon tour de grogner.

— Les valets de pied et le portier de nuit ne vous racontaient sûrement pas toutes les allées et venues.

— Bien sûr que si.

Je levai les yeux au ciel.

— Tous les directeurs pensent que leur personnel se confie à eux.

— Dans mon cas, c'était vrai. Vous aurez peut-être du mal à le croire, mais ils m'appréciaient et me respectaient réellement. J'avais de bons rapports avec le personnel.

Je remerciai Luigi et souris à ses clients qui me répondirent d'un signe de tête. M. Armitage me suivit dehors sur le trottoir. Il n'en avait pas terminé avec moi.

— Les aventures nocturnes de Floyd ont-elles un rapport avec cette affaire ? demanda-t-il.

— Non.

— Vous êtes donc simplement indiscrète.

J'ouvris la bouche pour protester mais n'eus aucune défense. Il avait raison.

— Je veux tout savoir sur les gens auxquels je suis apparentée. J'ai encore tellement à apprendre sur eux.

— Faites attention, Miss Fox. Si vous fouinez trop, vous pourriez apprendre quelque chose que vous préféreriez ignorer.

Il sortit la clé de sa poche et l'inséra dans la serrure de la porte de son bureau.

— Tenez-moi au courant de ce que cela donne avec Lord Wrexham.

Il avait l'air amusé.

Il semblait douter que j'obtienne quoi que ce soit de Wrexham. Je détestais l'admettre, mais il avait probablement raison là aussi. Il fallait néanmoins que j'essaie.

* * *

Trouver où vivait Lord Wrexham ne fut pas aussi difficile que je l'avais cru. M. Hobart avait son adresse dans ses dossiers afin de pouvoir lui envoyer des invitations aux bals et autres événements organisés à l'hôtel. Comme j'enquêtais pour le compte de Lord Rumford, il se montra ravi de m'aider et me remit aussitôt l'adresse.

— Comment l'enquête avance-t-elle ? demanda-t-il.

— Lentement, mais j'ai maintenant un suspect.

Il jeta un coup d'œil à la fiche de Lord Wrexham.

— Lui ?

J'acquiesçai.

— Par jalousie, quand elle l'a quitté pour Lord Rumford. C'est du moins ma théorie. Je changerai peut-être d'avis après l'avoir interrogé.

Il remit le dossier dans le classeur et referma le tiroir. Puis il ôta ses lunettes pour me regarder.

— Il n'était pas client ici, si bien que je ne l'ai jamais vraiment connu. Mais soyez prudente, Miss Fox. Les hommes de la stature de Wrexham pensent n'avoir de comptes à rendre à personne. Il n'appréciera guère qu'on l'interroge.

— Dans ce cas, il n'aura qu'à refuser de me recevoir. Il n'y a là aucun danger.

* * *

Je me présentai à l'hôtel particulier de Belgravia après le déjeuner, mais le majordome qui m'ouvrit m'annonça que Lord Wrexham n'était pas chez lui. Il ne put me dire quand il rentrerait, mais me proposa de lui remettre ma carte de visite.

Comme je n'en avais pas, j'inscrivis rapidement mon nom au crayon sur l'une des cartes de l'hôtel que je gardais dans mon réticule et la lui tendis.

— Je suis la nièce de Sir Ronald Bainbridge, dis-je au majordome.

Celui-ci laissa paraître une lueur de curiosité, qui s'éteignit presque aussitôt. Je ne l'éclairai pas sur la nature de ma visite.

Je redescendis les marches et jetai un regard par-dessus mon épaule tandis que le majordome refermait la porte. Le rideau de l'une des fenêtres de façade eut un léger frémissement. Quelqu'un m'avait observée.

Je traversai la rue jusqu'au petit square situé en face. C'était un jardin privé, interdit au public, entouré d'une grille, dont l'unique accès passait par des portails fermés à clé. J'observai l'hôtel particulier à bonne distance pendant une heure, jusqu'à ce que mes doigts et mes orteils s'engourdissent de froid. Ma patience ne fut récompensée que par la vue d'une domestique montant les marches depuis les cuisines du sous-sol avant de s'éloigner dans la rue, un panier au bras.

Quinze minutes plus tard, la pluie se mit à tomber et je renonçai. Celui ou celle qui m'avait observée depuis la fenêtre de devant n'allait pas sortir, et il n'y avait toujours aucun signe de Lord Wrexham. Je m'éloignai, puis m'arrêtai lorsqu'une voiture aux portières vertes vint se ranger devant la maison. Lord Wrexham devait rentrer chez lui.

Emportée par cet heureux hasard, je revins précipitamment sur mes pas. Mais personne n'en descendit. Au lieu de cela, la porte de la maison s'ouvrit et un gentleman apparut. Il dévala les marches d'un pas vif et énergique, puis monta rapidement dans la voiture. Son visage était dissimulé derrière le col relevé de son manteau, mais j'étais presque certaine qu'il s'agissait de Lord Wrexham. Il avait donc été chez lui pendant tout ce temps.

La voiture repartit avant même que j'aie pu l'appeler.

Je repris le chemin du Mayfair. Frank m'accueillit d'un signe de tête en m'ouvrant la porte.

— Vous avez de la visite, Miss Fox.

— Qui donc ?

Il ne répondit pas et s'éloigna pour accueillir un nouvel arrivant.

Goliath, debout près d'un chariot chargé de bagages à côté de la réception, me fit signe d'un mouvement de tête.

— Il y a quelqu'un qui vous attend dans le bureau de M. Hobart.

— Qui ?

Il n'eut cependant pas le temps de répondre, car les clients dont il portait les bagages prirent leurs clés à Peter et se dirigèrent vers l'ascenseur.

— Chambre 520, dit Peter à Goliath.

Le porteur poussa le chariot vers l'ascenseur de service.

— Qui m'attend dans le bureau de M. Hobart ? demandai-je à Peter. Est-ce Lord Wrexham ?

J'espérais l'avoir intrigué avec ma carte. Mais pourquoi m'attendre dans le bureau de M. Hobart alors qu'il aurait pu prendre une tasse de thé dans le petit salon ? Peut-être sa difformité le rendait-elle réticent aux lieux publics.

— Enfin ! dit derrière moi une voix grave que je connaissais bien.

Je me retournai et vis M. Armitage qui s'avançait vers moi à grands pas.

— C'est vous qui m'attendiez ? Pourquoi ?

— Pour savoir comment cela s'était passé avec Wrexham.

— Serait-ce un suspect ? demanda Peter.

Il était accoudé au comptoir avec une désinvolture tout à fait inhabituelle, et s'enquit :

— Seriez-vous sur le point de résoudre l'affaire ?

— J'ai bien peur que non, répondis-je. Les progrès sont lents.

M. Armitage nous rejoignit.

— Vous étiez devant chez Wrexham tout ce temps ?

— J'observais sa maison.

Ses lèvres se courbèrent en un sourire.

— Il a refusé de vous recevoir ?

— Comme je suis une inconnue, c'est assez compréhensible.

Je lançai un regard à Terence, occupé au courrier.

— Quand je l'ai vu partir, je suis partie moi aussi. Il est peut-être venu ici et a laissé un message pour moi.

— Il n'en a pas laissé, dit M. Armitage.

— Comment le savez-vous ?

— Terence me l'a dit.

Je me raidis.

— Vous l'avez obligé à vous communiquer mes messages ?

— Non, je lui ai simplement demandé si vous en aviez, et il a répondu que non. Ce n'est pas la même chose.

— Ça s'en approche dangereusement.

— Mais ce n'est pas le cas.

Nous nous tournâmes tous deux vers Peter. Il se redressa, les mains levées en signe de reddition.

— Ne comptez pas sur moi pour arbitrer votre querelle.

Le regard de M. Armitage se porta soudain vers un point derrière moi et il se raidit. Ses lèvres se serrèrent.

Je me retournai et vis oncle Ronald qui se dirigeait vers nous à grands pas. Mon cœur s'emballa. La dernière fois que ces deux hommes s'étaient rencontrés, M. Armitage venait d'aider à arrêter un meurtrier, mais même ce service n'avait pas suffi à mon oncle pour lui pardonner d'avoir menti au sujet de son casier judiciaire. Mon oncle s'était senti trahi. Il avait pardonné à M. Hobart, dans une certaine mesure, mais ne parvenait pas à en faire de même pour M. Armitage.

Celui-ci n'avait jamais supplié qu'on le réintègre à son ancien poste de directeur adjoint de l'hôtel, et je soupçonnais que cela faisait partie du problème que mon oncle avait avec lui. Il savait désormais que M. Armitage était un homme de caractère, quelqu'un qui savait tenir tête par principe, et c'était là une qualité que mon oncle n'appréciait guère chez un employé.

Il s'avança droit vers moi, les yeux étincelants, la mâchoire aussi crispée que celle de M. Armitage.

— Cleo. Un mot.

Il gagna le centre du foyer, s'attendant à ce que je le suive.

Après avoir jeté un regard à M. Armitage et à Peter, je le suivis.

— Oui, mon oncle ?

— Que fait-il ici ?

— Il est venu me voir.

— Pourquoi ?

Je ne voulais pas lui parler de l'enquête, mais si je ne le faisais pas, il me faudrait inventer une excuse pour expliquer la visite de M. Armitage. Et je ne trouvais rien qui pût obtenir l'approbation d'oncle Ronald.

— Il m'assiste dans une enquête que je mène pour le compte de Lord Rumford.

Ses narines frémirent.

— Pourquoi ne m'en a-t-on pas informé ?

— Cela ne vous regarde pas, *Sir*, ajoutai-je pour être claire.

— Cela me regarde à tous égards ! Rumford est un client de *mon* hôtel.

Il allait me falloir toute la patience dont j'étais capable, ainsi qu'autant de diplomatie que je pourrais en rassembler. Mais, au moins, j'avais une réponse toute prête.

— J'ai entendu Lord Rumford exprimer ses doutes au sujet de la thèse du suicide de Miss Westwood. Il ne pcroit pas qu'elle se soit donné la mort et soupçonne qu'on l'a assassinée. Il voulait que quelqu'un se penche sur l'affaire, alors je me suis proposée, puisque j'ai de l'expérience en la matière.

— De l'expérience ! Tomber par hasard sur quelques indices et manquer de te faire tuer ne te donne aucune expérience des techniques d'enquête.

Il expulsa une telle bouffée d'air en prononçant ces mots que, lorsqu'il eut fini, son visage était empourpré. Sa poitrine se souleva comme un soufflet tandis qu'il reprenait son souffle.

Je choisis d'ignorer l'insulte et de me concentrer sur ce qui pourrait l'apaiser plutôt que l'irriter davantage.

— Lord Rumford s'est montré très reconnaissant qu'on fût disposé à se charger de l'affaire.

L'oncle Ronald inspira encore profondément, un peu radouci. Lord Rumford était un client de la plus haute importance, et mon oncle ne refusait jamais rien à un client. La réputation du Mayfair, qui répondait aux moindres besoins de ses hôtes, était légendaire. Il ne pouvait décemment pas m'ordonner de cesser d'enquêter si Lord Rumford me l'avait expressément demandé. J'éprouvai un immense soulagement d'avoir pu laisser le nom de M. Hobart en dehors de tout cela, ainsi que celui d'Harmony.

— J'ai promis à Lord Rumford d'être discrète, naturellement, l'assurai-je. Ni son nom ni le mien ne seront associés au moindre scandale, ni à l'élucidation de l'affaire, si je parviens à la résoudre.

— Veille à ce que cela n'arrive pas.

Il pointa le menton en direction de M. Armitage.

— Pourquoi as-tu besoin de *son* aide ?

— Je suis désolée, mais je ne peux pas vous le révéler.

Il me lança un regard perçant.

— La promesse de discrétion que j'ai faite à Lord Rumford m'interdit de révéler, même à vous, les pistes que je suis. Je suis désolée, mon oncle. N'eût été Lord Rumford, je vous aurais tout dit dès le début.

Il grogna, mais sembla me croire.

— Il ne peut pas rester dehors ici.

— Nous allions justement entrer dans le salon.

— Non.

— Pourquoi pas ?

— Cleo, je sais que tu as bon cœur et que tu le plains, mais tu dois te rappeler que c'est un ancien employé. Il est des limites qu'on ne peut franchir, surtout devant les clients. Imagine un peu l'effet que cela produirait si cet homme prenait le thé avec ma nièce dans le salon de l'hôtel où il travaillait autrefois.

Je me mordis les lèvres. L'impression faite sur les clients importait à mon oncle. Je l'avais appris très vite. Mais je ne pus me résoudre à acquiescer de vive voix à son ordre, aussi me contentai-je d'un bref signe de tête.

— Est-ce tout, mon oncle ?

Il dévisagea M. Armitage, qui le regardait en retour, parfaitement imperturbable.

— Pour l'instant.

Il rabattit son chapeau sur sa tête et s'éloigna à grands pas, ses semelles résonnant bruyamment sur les carreaux.

Je rejoignis M. Armitage et Peter.

— Eh bien, où en étions-nous ? dis-je d'un ton enjoué.

M. Armitage fronça les sourcils.

— Vous n'avez donc pas besoin d'ordonner à Goliath de me jeter dehors ?

— Bien sûr que non. Mon oncle n'a absolument rien contre votre présence ici, à l'hôtel.

Il sourit.

— Excellent. Allons-nous parler autour d'une tasse de thé dans le salon ?

Je fis la moue.

Le sourire de M. Armitage prit une nuance cynique.

— C'est bien ce que je pensais.

Je me tournai vers Peter en quête de secours, mais il se contenta de rester là, à écouter et à observer comme s'il était assis au premier rang au théâtre.

— Nous parlerons dans le bureau de M. Hobart, dis-je.

— Inutile. Ce que j'ai à vous dire ne prendra pas longtemps. Je suis venu vous donner un conseil au cas où vous n'auriez pas réussi à obtenir un entretien avec Lord Wrexham.

— Tant mieux, j'ai bien besoin de conseils. Je le soupçonne d'être sensible à sa difformité et de ne pas souhaiter voir du monde, surtout des femmes. Voudriez-vous lui rendre visite à ma place ? Il serait peut-être plus disposé à recevoir un autre homme.

M. Armitage secoua la tête.

— Je doute qu'il soit davantage disposé à me recevoir. Je crois que vous devriez y retourner, mais frapper cette fois à la porte de service. Quelqu'un parlera pour quelques pièces de monnaie.

Peter approuva.

— On peut apprendre toutes sortes de choses auprès du personnel. Croyez-moi, nous avons eu ici quelques langues bien pendues, n'est-ce pas, monsieur ?

— Appelez-moi Harry. Et oui, en effet. Une fois que j'apprenais qui avait parlé aux journalistes, ils étaient aussitôt renvoyés. Retournez chez Lord Wrexham demain avec une bourse bien garnie et voyez ce que vous découvrirez. Je vous conseille aussi d'essayer les écuries. Les cochers en savent long sur les allées et venues de leur maître.

— Merci, dis-je. C'est une excellente idée. Mais vous auriez pu me donner ce conseil tout à l'heure, lorsque nous avons parlé.

— Et laisser passer l'occasion de revoir Peter ?

Peter se redressa soudain.

— Ravi de vous revoir aussi, monsieur. Enfin, Harry.

M. Armitage reprit son chapeau sur le comptoir où il l'avait laissé.

— Je vous laisse à vos investigations, Miss Fox.

Il me fit un signe de tête et se dirigea vers la porte.

Je me précipitai à sa suite.

— Un instant, monsieur Armitage. Il y a encore une chose.

Il s'arrêta.

— Oui ?

— Voulez-vous m'accompagner ?

L'idée m'était venue pendant que nous parlions. C'était un excellent moyen de l'impliquer. Mieux encore, s'il apprenait quelque chose d'utile, il lui faudrait bien accepter une partie du paiement. J'étais résolue à partager cette affaire avec lui, qu'il y consentît ou non.

— Vous voulez que je parle au cocher et aux garçons d'écurie ? demanda-t-il.

— Je pensais leur parler pendant que vous interrogeriez les femmes de chambre. Vous avez une manière d'y faire avec les femmes qui, j'en suis persuadée, les encouragera à en dire davantage qu'elles ne m'en diraient à moi.

— Vraiment ?

— Inutile d'avoir l'air si surpris. Vous savez parfaitement bien comment la plupart des femmes de chambre de l'hôtel minaudent en votre présence.

Avec un léger sourire, il posa son chapeau sur la tête et l'inclina d'une manière empreinte d'arrogance.

— Seulement les femmes de chambre ?

Il se détourna et s'éloigna.

— Je serai de retour demain matin à 10 h, lança-t-il par-dessus son épaule.

Je le regardai partir, sans bien savoir si j'avais envie de rire ou de lever les yeux au ciel.

CHAPITRE 7

Lorsqu'Harmony vint me coiffer le matin, elle était accompagnée de Victor. Elle ne semblait toutefois pas ravie de sa présence. Elle le fusilla du regard dès qu'ils entrèrent.

— Il a insisté pour te parler lui-même, dit-elle, les bras croisés sur la poitrine.

— Je ne voulais pas que les détails soient déformés en passant par plusieurs personnes, dit-il.

— Tu penses que je suis incapable de transmettre un message correctement ?

— Si tu ne me crois pas, tu dois imaginer que j'ai insisté parce que je veux voir Miss Fox en robe de chambre.

Il secoua la tête d'un air navré.

— Je suis déçu que tu penses cela de moi, Harmony.

Elle resserra ses bras croisés, l'air moins hostile.

— Ne déforme pas mes propos. Non seulement c'est irrégulier, mais c'est dangereux. Si on te voit entrer ou sortir, Miss Fox aura des ennuis avec sa famille.

— Je dirai qu'il m'a apporté mon plateau de petit déjeuner ce matin, intervins-je.

Je désignai d'un mouvement de tête l'assiette et les tasses vides sur la table.

— Apparemment, il n'y avait aucun valet disponible à ce moment-là et il ne voulait pas que cela refroidisse.

Harmony claqua la langue.

— Tu ne devrais pas l'encourager.

Victor s'assit sur le canapé sans y avoir été invité, ce qui ne fit que se resserrer davantage les lèvres d'Harmony. Elle s'asseyait souvent dans mon salon sans y être invitée et avait pris l'habitude de partager ma théière ou mon café du matin, elle aussi sans y être invitée. Je l'appréciais pour cela. J'appréciais aussi que Victor soit suffisamment à l'aise avec moi pour faire de même, bien que je soupçonnasse que ses raisons étaient davantage liées à l'envie d'irriter Harmony qu'à l'amitié que nous avions nouée.

Je réprimai mon sourire.

— Que veux-tu me dire, Victor ?

Il portait déjà sa veste blanche de chef, bien qu'il ne commence aux cuisines que plus tard. Il semblait avoir voulu me voir avant mon départ.

— Goliath m'a dit que vous soupçonniez Lord Wrexham du meurtre de Miss Westwood.

— Il pourrait s'agir d'un cas de jalousie. Je dois l'interroger pour en savoir plus. Je vais justement là-bas aujourd'hui, en fait, pour tenter d'obtenir des réponses de ses domestiques.

— C'est pour cela que je voulais vous parler. Je pense connaître quelqu'un qui serait prêt à aider, moyennant rémunération.

— Évidemment, railla Harmony.

— C'est quelqu'un que je connaissais autrefois mais que je n'ai pas vu depuis des années. À peu près au moment où je suis venu travailler ici, il a trouvé du travail dans la maison de Lord Wrexham comme valet de pied, et nous avons perdu le contact. En me disant que vous aimeriez parler à quelqu'un là-bas, je suis passé le voir dès ce matin.

— Tu es passé voir ton ami sur son lieu de travail alors que tu ne l'as pas vu depuis des années ? dis-je. Il a dû être heureux de te voir.

Victor prit un moment avant de répondre.

— Il a été surpris.

Il jeta un coup d'œil à Harmony, mais celle-ci s'appliquait à ne pas le regarder.

— Qu'a-t-il dit ? demandai-je.

— Il ne pouvait pas m'accorder beaucoup de temps, mais il m'a dit qu'il allait boire un verre pendant l'heure de pause qu'il a entre 17 et 18 h. Il a dit que si vous voulez lui poser des questions, vous le trouverez au Nag's Head à ce moment-là. Il s'appelle Adams. Thomas Adams.

— Merci, Victor. C'est une aide précieuse. Tu nous as évité à M.

Armitage et à moi de nous aventurer à l'aveuglette, en espérant trouver un domestique prêt à parler.

— Ravi d'avoir pu aider.

Il se leva.

— Si vous avez besoin que je m'introduise par effraction dans la maison de Wrexham, vous savez où me trouver.

— Victor !

Harmony posa les mains sur ses hanches.

— Miss Fox ne s'introduira pas par effraction dans la maison d'un lord.

— Pourquoi pas ? Elle s'est bien introduite dans la suite d'hôtel d'un lord.

Elle en resta sans voix. Avec un éclair dans ses yeux sombres, elle se dirigea vers la chambre d'un pas furieux.

Victor sourit et s'éclipsa.

* * *

— IL Y A EU un changement de programme, dis-je à M. Armitage lorsqu'il arriva. Victor a un ami qui travaille pour Lord Wrexham. Nous allons le rencontrer plus tard au Nag's Head.

— Je connais l'endroit, dit M. Armitage.

Nous nous retrouvâmes dans le bureau de M. Hobart pour éviter que mon oncle ne voie M. Armitage dans le foyer. M. Hobart était ailleurs mais ne voyait aucun inconvénient à ce que je rencontre son neveu dans son bureau.

— C'est le cocher ? demanda-t-il.

— Le valet de pied.

— J'aimerais tout de même parler au cocher.

Je convins que c'était une bonne idée. Comme il l'avait dit la veille, les cochers connaissaient les déplacements de leurs maîtres mieux que quiconque.

— J'y vais maintenant.

— Je viens avec vous, dit-il.

— Je croyais que nous avions décidé que je parlerais au cocher et vous aux bonnes.

— Je n'ai jamais donné mon accord.

Je passai devant lui tandis qu'il me tenait la porte.

— Si, vous l'avez fait.

— Je viens avec vous parler au cocher, et c'est définitif.

Je ne discutai pas davantage. D'une part, cela convenait parfaitement à mon plan de l'impliquer davantage dans l'affaire. Et d'autre part, j'apprécierais la compagnie.

Je réussis à suivre les longues enjambées de M. Armitage tandis que nous passions devant Green Park en direction du carrefour de Hyde Park Corner. L'air était froid mais il ne pleuvait pas. J'avais pris un parapluie, au cas où.

— Alors vous impliquez le personnel dans vos investigations maintenant ? demanda-t-il tandis que nous passions devant Apsley House.

— Ils insistent. En fait, je suis sûre qu'ils en discutent dans mon dos. Je pense que leurs tâches quotidiennes les ennuient un peu et que l'enquête apporte un peu d'animation dans leur vie.

— Veillez à ce que cela ne devienne pas aussi mouvementé que la dernière enquête criminelle.

— Vous voulez dire ne pas laisser le meurtrier m'entraîner dans un débarras et tenter de me tuer ?

Nous nous arrêtâmes pour traverser la rue et son regard glissa vers moi.

— J'apprécierais de ne pas avoir à vous sauver à nouveau.

— Vous devez admettre que cela a rendu la soirée plus intéressante.

Il me fixa d'un regard dur.

Je repérai un intervalle dans la circulation et m'engageai sur la chaussée.

— Venez, monsieur Armitage, ou vous allez vous laisser distancer.

* * *

Nous suivîmes une voiture jusqu'à l'étroite cour de service derrière les grandes demeures de Wilton Place. Bordée de remises à voitures et d'écuries, avec les logements des domestiques à l'étage, c'était le passage discret qu'empruntaient le personnel extérieur et les fournisseurs. Invisible pour les maîtres et les maîtresses de maison, bien entendu. Nous dépassâmes le Nag's Head, où nous devions retrouver Thomas Adams plus tard, puis poursuivîmes le long de la partie courbe de la cour de service, qui suivait le tracé de Wilton Place et de Wilton Crescent.

Une paire de portes de remise s'ouvrit devant la voiture, et le cocher fit manœuvrer le véhicule à l'intérieur, mais pas avant que le cheval ait laissé derrière lui du crottin fumant sur les pavés. M.

Armitage demanda au garçon d'écurie où nous pourrions trouver la remise de Lord Wrexham, et celui-ci lui indiqua le bâtiment de brique rouge aux portes blanches.

Je frappai à la porte latérale, et un garçon au visage couvert de boutons vint ouvrir.

— Le cocher de Lord Wrexham est-il là ? demandai-je.

Le regard du garçon se releva lorsque M. Armitage s'approcha derrière moi. Je n'avais pas besoin de me retourner pour sentir sa présence.

— Oui, monsieur.

— *Madame*, en l'occurrence, rectifiai-je.

C'était moi qui avais posé la question.

Il eut l'air un peu déconcerté, mais ouvrit davantage la porte et nous fit entrer.

— Monsieur Bull, monsieur ! cria-t-il juste à mon oreille. Y a un monsieur pour vous. Et une dame aussi.

— Je suis là !

Nous suivîmes la voix tonitruante jusqu'à la remise elle-même. Un homme releva la tête tandis qu'il astiquait la porte verte du brougham. Elle brillait d'un éclat parfait, même sous la lumière terne de la remise.

— Pourrions-nous vous parler en privé ? demandai-je.

— C'est à quel sujet ?

M. Bull était un homme dégarni, à la barbe épaisse et aux sourcils broussailleux. Il était plutôt corpulent et demeurait voûté même après s'être redressé.

— Nous vous le dirons en privé.

Je jetai un regard au garçon d'écurie, qui se tenait là, à l'écoute.

— Allez, ouste, mon gars, dit M. Bull avec un accent irlandais. Va voir Rosie.

— Mais je l'ai déjà fait.

Le regard noir de M. Bull suffit à envoyer le jeune homme vers les écuries attenantes. Le cocher prit un chiffon sur l'établi et s'essuya les mains.

— Alors, de quoi s'agit-il ?

— Nous enquêtons sur la mort de Miss Pearl Westwood, dis-je.

Il cessa de s'essuyer les mains.

— Vous travaillez pour la police ?

— Nous sommes détectives privés. Un ami de Miss Westwood nous a chargés d'enquêter sur sa mort, car il ne croit pas qu'elle se soit suicidée.

Il reprit lentement son geste. J'aurais presque pu voir son esprit s'activer, relier les faits entre eux. Il savait sans doute qui était Pearl Westwood, mais cela ne signifiait rien en soi. Elle était célèbre.

— Et quel rapport cela a-t-il avec moi ?

— Lord Wrexham la connaissait, dis-je.

Il reposa le chiffon sur l'établi et prit le couvercle du pot de cirage.

— Ah bon ?

— Vous l'avez conduit à son enterrement, hier.

Ses mains s'immobilisèrent avant qu'il ne recommence à visser le couvercle.

— Vous avez des questions, ou vous êtes juste venue me réciter ce que je sais déjà ?

— Avez-vous conduit Lord Wrexham quelque part dans l'après-midi du lundi 15 ?

— Je ne m'en souviens pas.

— Je suis sûre que si. Cela ne remonte qu'à quatre jours.

— Non. Je ne m'en souviens pas.

M. Armitage déposa quelques pièces sur l'établi, bien en vue de M. Bull.

— Vous vous en souvenez à présent ?

M. Bull remit le pot sur une étagère au-dessus de l'établi et ramassa les pièces. Il les tendit à M. Armitage.

— Lord Wrexham est un bon maître et la paie est convenable. Il est difficile de trouver aujourd'hui un emploi comme celui-ci en ville, alors je ne ferai rien qui puisse compromettre ma place.

Il laissa tomber les pièces dans la paume de M. Armitage.

— Inutile d'interroger le gosse non plus. Il ne sait rien.

Il se détourna.

— Vous connaissez le chemin.

Je repris le chemin de la rue en tête.

— Alors ? Qu'en pensez-vous ?

— Je pense qu'il cache quelque chose.

— Moi aussi. Si Lord Wrexham n'avait pas quitté la demeure ce jour-là dans l'après-midi, M. Bull l'aurait tout simplement dit.

M. Armitage jeta un coup d'œil de l'autre côté de la rue. Les portes de ce côté-là donnaient sur les entrées arrière des maisons de ville de Wilton Crescent. Elles permettaient aux domestiques de l'intérieur de transmettre rapidement des instructions aux écuries si l'on avait besoin d'une voiture devant.

— Peut-être aurons-nous plus de chance avec les bonnes, dit-il.

Je me sentais un peu agacée de n'avoir rien obtenu du cocher et j'avais envie de me racheter en interrogeant les bonnes. Je décidai toutefois de laisser faire M. Armitage, comme nous en étions convenus.

La servante qui répondit à son coup frappé à la porte avait les mains rougies et gercées de quelqu'un qui les plongeait depuis long-temps dans l'eau chaude. À la seule vue de M. Armitage, souriant sur le seuil, elle les enfouit dans son tablier. Elle leva vers lui de grands yeux et sembla cesser de respirer.

— Je m'appelle Harry Armitage, et voici Miss Cleopatra Fox, dit-il en souriant. Et vous êtes ?

— Betty Proud, monsieur. Enchantée, monsieur.

Elle ne regarda même pas au-delà de lui dans ma direction. Ses yeux restaient résolument fixés sur son visage. Au moins respirait-elle de nouveau, et elle avait cessé de cligner des yeux.

— Miss Fox et moi venons du Théâtre de Piccadilly.

Ses yeux s'arrondirent encore davantage. Les miens aussi. Que manigançait-il donc ? Ce n'était pas prévu.

— Vous êtes acteurs ? demanda Betty.

— Non, rien de tel, répondit-il avec un petit rire. Les acteurs dorment encore, ils prennent des forces pour la représentation de ce soir. On reprend *Cat and Mouse*, mais sans sa vedette, Miss Westwood.

Betty lui lança un regard plein de compassion.

— J'ai lu ce qu'on disait de sa mort. Je suis tellement désolée pour cette perte, monsieur Armitage. Vous devez tous être bouleversés.

— Nous le sommes. La perdre si jeune est une tragédie.

Je l'observai de côté. Il avait l'air sincèrement affligé. Il était très doué.

— C'est précisément pour cela que je suis ici, poursuivit M. Armitage. J'ai un message pour Lord Wrexham au sujet de Miss Westwood, ajouta-t-il.

Pour la première fois, Betty me regarda. Ce revirement la décon-certait.

— Pourquoi y aurait-il un message pour lui à son sujet ? Il ne la connaissait pas.

— Depuis combien de temps travaillez-vous ici ? demandai-je.

— Onze mois. C'est quoi, votre message, monsieur ? Je veillerai à ce que milord le reçoive.

— Je me trompe peut-être, dit M. Armitage. Quelqu'un au

théâtre a cru apercevoir Lord Wrexham là-bas l'après-midi de la mort de Pearl.

Elle plissa le nez.

— J'en doute.

— Betty ? Betty, à qui parles-tu ?

Une femme aux cheveux gris ramenés en chignon écarta la bonne avec autorité et fixa M. Armitage d'un regard noir.

— Qui êtes-vous ? demanda-t-elle.

— M. Armitage, et voici Miss Fox. Nous travaillons au Théâtre de Piccadilly, dit-il en souriant avec une légère inclination. Ai-je l'honneur de m'adresser à la gouvernante ?

— En effet. Je suis Mme Gardiner. Qu'est-ce que des gens du Playhouse peuvent bien vouloir à ma fille de cuisine ?

— Ils ont un message pour sa seigneurie, dit Betty. Cela concerne Miss Westwood, cette actrice qui est morte.

Mme Gardiner se redressa.

— File, Betty !

— Mais…

— Retourne à ton travail.

Mme Gardiner attendit que le bruit des pas de Betty se fût éloigné.

— Qu'est-ce que vous voulez, monsieur Armitage ?

— Je veux savoir où se trouvait Lord Wrexham dans l'après-midi du lundi 15.

Elle croisa les bras sous son imposante poitrine.

— Cela ne vous concerne en rien.

M. Armitage sortit quelques pièces de sa poche.

— Rangez ça, grogna-t-elle. Ni moi ni mes domestiques ne sommes disposées à compromettre leur place pour quelques shillings.

Elle releva le menton.

— Vous ne venez pas vraiment du théâtre, n'est-ce pas ?

M. Armitage remit les pièces dans sa poche.

— Nous sommes détectives privés, chargés par une amie de Miss Westwood de faire des recherches sur sa mort.

— Quel rapport cela a-t-il avec cette maison ?

— Je crois que vous le savez déjà.

Elle le dévisagea sans ciller.

— Non, dit-elle enfin.

— Miss Westwood était une amie très particulière de sa seigneurie.

Les muscles de sa mâchoire se contractèrent et son regard se durcit. Il n'y avait pourtant aucune surprise dans sa réaction.

— Miss Westwood ne s'est peut-être pas suicidée, poursuivit-il. S'il y a une chance qu'elle ait été assassinée, nous devons découvrir qui l'a tuée. Elle mérite au moins cela.

— Vraiment ? cracha-t-elle.

Le charme de M. Armitage faisait autant d'effet que le mien sur le cocher. Il ne serait pas inutile que j'intervienne. La situation ne pouvait guère être pire.

— Nous savons que Lord Wrexham tenait à elle, dis-je. Je l'ai vu aux funérailles. Il était bouleversé.

Elle saisit le bord de la porte.

— Vous me dégoûtez, siffla-t-elle. À vouloir ainsi remuer la boue, alors qu'elle mérite de pourrir dans le ruisseau. Vous devriez avoir honte.

Et elle nous claqua la porte au nez.

Je reculai d'un pas.

— J'étais sur le point de vous féliciter pour vos talents de comédien jusqu'à ce que la gouvernante arrive.

— Aussi décevant que ce soit, c'est réconfortant de voir que la loyauté existe encore. Espérons que le valet de pied pourra nous apprendre quelque chose d'utile plus tard.

— Nous avons tout de même appris quelque chose de cet échange, dis-je tandis que nous revenions sur nos pas. La gouvernante savait manifestement pour la liaison de Pearl avec Wrexham, mais pas la femme de chambre.

— Donc la liaison était bel et bien terminée il y a plus de onze mois, le temps que la femme de chambre travaille chez Wrexham, conclut-il. Mais pourquoi l'assassiner *maintenant* ? S'il était rongé par la jalousie, il aurait plutôt agi au moment où la liaison a pris fin.

— Selon M. Culpepper du théâtre, Pearl était avec Rumford, et uniquement avec Rumford, depuis deux ans, donc sa liaison avec Wrexham a dû se terminer avant cela.

Sans doute la nostalgie avait-elle poussé Lord Wrexham à assister aux funérailles de Pearl. Ce n'était pas parce qu'ils n'avaient plus été ensemble depuis plusieurs années qu'il ne souhaitait pas lui rendre hommage.

Nous nous séparâmes devant l'hôtel en nous promettant de nous revoir plus tard. Je saluai Frank tandis qu'il m'ouvrait la porte, fis un signe de la main à Peter, remis le parapluie à Goliath et me dirigeai vers l'ascenseur. La porte coulissa au moment même où j'appuyai sur le bouton, et Flossy et tante Lilian en sortirent.

— Te voilà, Cleo, dit tante Lilian d'un ton léger. Je suis si contente que nous t'ayons trouvée. Tu dois te joindre à nous pour le déjeuner dans la salle à manger. Tu n'auras pas besoin de ton manteau là-bas.

Elle fit signe à Goliath qui s'approcha à grandes enjambées.

— Oui, madame ?

— Prenez le manteau de Cleo.

Elle m'aida à l'enlever puis le tendit à Goliath.

Il le plia sur son bras et l'emporta dans la bagagerie.

— Je suis ravie de déjeuner avec vous deux, dis-je. Mais n'est-ce pas un peu tôt ?

Selon l'horloge au mur derrière Peter, il n'était pas encore midi.

Flossy ouvrit la bouche pour parler, mais sa mère la devança.

— Ça l'est, mais Lady Caldicott préfère déjeuner tôt.

— Caldicott ? demandai-je. Est-elle parente avec le banquier ?

— Sir Lawrence, oui. C'est sa femme. Tu es *vraiment* bien informée, Cleo. Bravo. Je suis si heureuse que tu t'y intéresses.

Flossy soupira, et je compris que la remarque lui était destinée.

Nous suivîmes tante Lilian à travers le vestibule jusqu'à la salle à manger où M. Chapman nous accueillit avec un sourire.

— Vous serez servies par Richard aujourd'hui, assisté de Gregory et Francis.

Les trois hommes se tenaient derrière les chaises à la table habituelle de la famille, placée au centre de la pièce. Ils portaient tous des cravates noires dans le cadre de leur uniforme, mais Richard, le maître d'hôtel, était le seul sans tablier. Il tira la chaise pour tante Lilian tandis que Gregory et Francis firent de même pour Flossy et moi.

Tante Lilian était dans l'une de ses humeurs enjouées ce matin tandis qu'elle conversait avec le sommelier et Richard au sujet du menu. Elle avait dû prendre une dose de son tonique, ce qui signifiait qu'il ne s'agissait pas d'un déjeuner ordinaire. Si c'était important, je devais m'y préparer.

— Sir Lawrence est-il le banquier de mon oncle ? demandai-je à Flossy tandis que sa mère était occupée.

— Oui. Il a deux fils, tous deux célibataires, âgés d'une vingtaine d'années, et une fille aînée mariée. Elle et sa mère viennent aujourd'hui.

— Cette rencontre est-elle destinée à amadouer Lady Caldicott pour qu'elle puisse parler à son mari au nom de ton père ?

Flossy me regarda sans comprendre.

— Il s'agit pour Lady Caldicott de faire ma connaissance. Maman veut que j'épouse l'un de ses fils, donc je dois faire bonne impression.

Je fis la grimace.

—Oh. Désolée.

— Garde un peu de cette compassion pour toi-même. Maintenant que tu es là, tu seras prise en considération pour l'autre fils.

Pouah. Ce serait donc *ce* genre de déjeuner.

— Un fils en particulier ou est-ce que je récupère simplement celui que tu ne veux pas ?

Flossy réprima un gloussement.

— Tu es cruelle, Cleo. Veille à ne pas le montrer pendant le déjeuner. Lady Caldicott et sa fille n'ont aucun sens de l'humour.

— Alors je peux te dire que je ne voudrais probablement pas épouser l'un de ses fils.

Elle se pencha plus près.

— Moi non plus. Mais nous ne devons pas décevoir maman. Elle a fait beaucoup d'efforts pour organiser ce déjeuner.

Les deux invitées arrivèrent et je fus présentée comme la nièce venue de Cambridge. Lady Caldicott et sa fille, Mme Mannering, firent toutes deux remarquer à quel point je ressemblais à tante Lilian et exprimèrent leurs condoléances pour la perte récente de ma grand-mère.

Les deux femmes portaient les dernières modes, comme ma tante et ma cousine, et si elles trouvaient ma robe noire quelque peu simple et démodée, elles furent assez polies pour ne pas le montrer. Ce ne fut qu'au cours du dessert que je remarquai que Mme Mannering m'observait à la dérobée. Je crus qu'elle écoutait sa mère et tante Lilian bavarder, mais il sembla que non. J'attendis qu'elle dise quelque chose, mais en vain.

— Oh, j'ai failli oublier de vous parler de Lady Rumford, dit Lady Caldicott à ma tante.

Le nom me fit me tourner brusquement vers elles.

— Qu'y a-t-il à son sujet ? demanda tante Lilian.

— Connaissez-vous Mme Preston-Lowe ? Elle m'a dit avoir vu Lady Rumford à l'opéra la semaine dernière.

Tante Lilian leva les yeux de sa crème bavaroise.

— Elle doit se tromper. Si Lady Rumford était à Londres, elle logerait chez nous.

— Alors que son mari est ici à pleurer sa défunte maîtresse ?

Lady Caldicott avait l'air triomphante, comme si elle savait que tante Lilian tentait de dissimuler ce fait. Lady Caldicott se délectait à répandre ses ragots.

— Allons, Lilian, ne prenez pas cet air si surpris. Presque tout le monde sait qu'il entretenait cette actrice, même Lady Rumford.

— C'est si triste, sa mort, dit Mme Mannering.

— Je doute que Lady Rumford soit triste. J'ai entendu dire que Rumford et elle avaient eu des disputes enflammées au sujet de son intérêt pour Miss Westwood. Pas la liaison elle-même, vous comprenez, mais le coût de son entretien.

Lady Caldicott rayonnait de plaisir à communiquer des nouvelles aussi savoureuses. Les trois verres de vin n'y étaient probablement pas étrangers.

— Mère, la gronda doucement Mme Mannering.

— Lady Rumford est-elle toujours à Londres ? demandai-je.

Tout le monde me dévisagea. Étant donné que c'était l'une des rares fois où j'avais parlé pendant le déjeuner, leur surprise était peut-être justifiée.

— Je ne sais pas, dit Lady Caldicott. Je ne sais que ce que Mme Preston-Lowe a vu.

— Peut-être s'est-elle trompée, dit tante Lilian. Ne porte-t-elle pas de lunettes ?

— Pour lire, pas pour aller à l'opéra.

— Laissons ces ragots de côté en présence des jeunes filles, intervint Mme Mannering.

— Cela ne me dérange pas, dit Flossy.

Mme Mannering l'ignora.

— Mère, ne deviez-vous pas inviter Lady Bainbridge et sa famille à dîner chez vous ?

Une discussion sur les projets de dîner s'ensuivit, et l'on arrêta une date convenable. Mme Mannering et son mari furent invités, bien entendu, et les deux fils de Sir Lawrence et de Lady Caldicott seraient présents. Lady Caldicott insista pour que nous y assistions tous également. J'avais espéré être laissée de côté, mais il semblait que je faisais désormais bel et bien partie de la famille Bainbridge pour ce genre d'événements.

Je n'arrivais pas à décider si je ferais semblant d'être malade ce jour-là ou non. J'avais une semaine pour y réfléchir.

Je retrouvai Harmony et Victor dans le parloir du personnel après le déjeuner. C'était une heure chargée pour le personnel en contact avec la clientèle, mais les femmes de chambre avaient toutes terminé leur journée, et Victor faisait une pause entre le déjeuner et le dîner.

Je leur parlai du fait qu'on avait aperçu Lady Rumford à l'opéra.

— Si c'est vrai et qu'elle est à Londres, alors c'est une suspecte.

— Très certainement, dit-elle en reprenant sa tasse de thé.

Victor se pencha en avant sur sa chaise et posa les coudes sur les genoux. Il tenait sa tasse entre ses mains et leva les yeux vers moi.

— Mais l'affaire lui tenait-elle assez à cœur pour qu'elle en vienne à un meurtre ?

Harmony le regarda comme s'il était idiot.

— Quelle femme ne serait pas jalouse de voir son mari entretenir une maîtresse ?

— Certaines ne le seraient pas. Humiliées, peut-être, mais pas jalouses. La plupart des mariages dans le grand monde sont des arrangements de convenance, pas des mariages d'amour. Il se pourrait qu'elle préfère qu'il s'occupe ailleurs, si tu vois ce que je veux dire.

— Je te comprends, mais je ne vois pas pourquoi une femme renoncerait à l'amour, dit Harmony d'un ton posé. Je n'épouserais jamais quelqu'un si je n'étais pas amoureuse de lui et s'il ne l'était pas de moi.

— Quel veinard.

Harmony plissa les yeux vers lui, comme pour déterminer s'il se moquait d'elle. Le visage de Victor était parfaitement sérieux, ce qui ne voulait pas forcément dire qu'il l'était vraiment. Pourtant, son regard à elle se perdit : il fixait le mur droit devant lui, sans la voir.

— En réalité, tu as raison, Victor, dis-je. Selon Lady Caldicott, Lady Rumford était seulement contrariée par le coût d'une maîtresse, non par le fait que son mari en eût une.

— Et elle a bien raison, dit-il. Rumford paie le logement de Miss Westwood, tandis que sa femme séjourne à l'hôtel lorsqu'elle vient à Londres.

Harmony se hérissa.

— Et qu'y a-t-il de mal au Mayfair ? Pourquoi ne préférerait-elle pas séjourner ici ? Il y a une armée d'employés à disposition, une excellente salle à manger, et l'emplacement est idéal.

— Tu devrais rédiger les documents publicitaires, dis-je en souriant.

Elle renifla.

— Le Mayfair n'a pas besoin de publicité.

Victor jeta un coup d'œil à l'horloge, vida sa tasse et se leva.

— On dirait bien que vous avez un suspect de plus, Miss Fox. Mais comment comptez-vous trouver Lady Rumford ?

— Si elle ne séjourne pas ici, il y a peu d'autres endroits où elle pourrait être, dit Harmony.

À eux deux, ils énumérèrent les noms de quatre autres hôtels convenables où une personne du rang de Lady Rumford serait susceptible de descendre. Il me faudrait tous les visiter, un par un, et découvrir d'une manière ou d'une autre si Lady Rumford y avait séjourné et si sa visite coïncidait avec la mort de Pearl. Quand je leur dis que cette tâche ne m'enchantait guère, le visage d'Harmony s'éclaira.

— Laisse-moi faire, dit-elle.

Elle se leva d'un bond et expliqua :

— Je vais mettre les garçons à contribution pendant leur après-midi de congé, demain.

— Les garçons ? demandai-je.

— Peter, Goliath et Frank.

— Ils ont si peu de temps libre, dis-je. Ne leur impose pas cela en plus.

— Aucun d'eux n'a mieux à faire. Enfin, Peter rend visite à ses parents, mais Goliath et Frank sont toujours en quête d'une distraction.

Elle était si enthousiasmée par son idée qu'elle partit avant même Victor et moi.

— Tu as de la chance de ne pas avoir ton après-midi demain, lui dis-je tandis que nous sortions ensemble.

— Cela ne m'aurait pas dérangé. Je parie qu'Harmony serait venue enquêter avec moi.

— Ah bon ? Pourquoi penses-tu cela ?

— Parce que je lui aurais soumis quelques questions à titre d'entraînement, et elle les aurait trouvées si mauvaises qu'elle se serait sentie obligée de me venir en aide.

Je souris.

— Auraient-elles été mauvaises volontairement ?

Il s'éloigna en sifflotant.

* * *

Le Nag's Head était un pub sans rien de remarquable, à l'image de la rue quelconque où il se trouvait. Petit, sombre, il était rempli d'hommes qui parlaient à voix basse ou restaient assis seuls, une chope à la main. Niché au milieu de ruelles, le pub attirait les domestiques des grandes maisons voisines : valets de pied, cochers et palefreniers. Les majordomes ne se seraient pas abaissés à boire avec leurs inférieurs. Il n'y avait que trois femmes, toutes vêtues de l'uniforme de femme de chambre, coiffe comprise, mais sans tablier.

L'homme qui devait être Thomas Adams leva sa chope en guise de salut lorsque nous entrâmes. Une cigarette se consumait dans le cendrier devant lui. Il la prit, la mit à sa bouche, puis serra la main de M. Armitage. Après une légère hésitation, il me serra également la main.

Nous nous glissâmes sur la banquette en face de lui, et je fis les présentations.

— Merci d'avoir accepté de nous rencontrer, monsieur Adams.

M. Adams était un homme mince, au début de la vingtaine. Comme la plupart des valets de pied au service de grandes maisons, il était beau garçon et soigné de sa personne, avec ses cheveux sombres séparés par une raie au milieu et la mâchoire de près rasée.

Il tira sur sa cigarette et s'adossa, un bras étendu le long du dossier de la banquette.

— Victor m'a dit que vous enquêtiez sur la mort de cette actrice, dit-il avec un accent cockney. Je parie que ce que j'ai à dire va vous intéresser, mais ça vous coûtera.

Je posai ma bourse sur la table. Les pièces tintèrent à l'intérieur.

— Le montant dépendra de l'information.

Il avait lancé sa déclaration tarifaire à M. Armitage, mais il me regarda alors avec un intérêt renouvelé. Ses yeux glissèrent sur moi de haut en bas, et ses lèvres s'écartèrent en un sourire.

— Je vois pourquoi Victor tient tant à vous aider.

M. Armitage posa ses avant-bras sur la table.

— Où se trouvait Lord Wrexham lundi après-midi ?

— J'en sais rien, mais il n'était pas à la maison. Il sort rarement, alors ce jour-là a dû exception.

— Ça ne vous vaudra pas grand-chose.

M. Adams tira sur sa cigarette et recracha une bouffée de fumée.

— Lady Wrexham est sortie aussi, mais elle a pris un fiacre, puisque sa seigneurie était sortie avec le brougham. Elle non plus ne quitte pas souvent la maison, d'ordinaire, alors ça devait être important.

— Y a-t-il une raison pour laquelle elle sort si rarement ? demandai-je.

— Elle est souffrante. Les médecins n'arrêtent pas d'aller et venir dans la maison, et sa coiffeuse est pleine de bouteilles de toniques et de pots de crème, à ce que me dit la femme de chambre qui s'en charge. Sa seigneurie a des grosseurs par là.

Il désigna sa bouche.

— Il ne sort pas parce qu'il ne veut pas montrer sa figure. Certaines de ces crèmes sont sans doute pour lui. Ça n'a pas l'air de marcher.

Il lorgna la bourse. J'allais en retirer quelques pièces lorsque M. Armitage posa la main sur la mienne pour m'en empêcher.

— Ça ne valait pas grand-chose, dit-il à M. Adams.

Celui-ci se pencha en avant et souffla de la fumée dans ma direction.

— Ce que je vais vous dire maintenant vaut une livre.

— Il y a intérêt à ce que cela les vaille, dis-je en retirant un souverain de ma bourse.

— Oh oui, miss. C'est du premier choix.

CHAPITRE 8

$\mathcal{M}$. Adams prit le souverain et se carra dans son siège, empochant la pièce. Il remit la cigarette entre ses lèvres et tira une longue bouffée. D'un mouvement du menton, il expira la fumée vers le plafond.

— Nous n'avons pas toute la nuit, lança sèchement M. Armitage.

M. Adams sourit.

— Pearl Westwood s'est présentée chez nous il y a quelques semaines.

M. Armitage et moi nous penchâmes en avant.

M. Adams tira sur sa cigarette.

— Je pensais bien que ça attirerait votre attention.

La fumée s'échappa de ses narines comme celle d'un dragon en colère.

— Je ne me souviens pas de la date exacte, mais c'était entre Noël et le Nouvel An.

— Est-elle venue voir Lord ou Lady Wrexham ? demandai-je.

— Lord. Elle s'est entretenue avec lui dans son bureau.

— Qu'en a pensé Lady Wrexham ?

— Je ne sais pas. Vous voulez que j'aille le lui demander ?

— Oui, s'il vous plaît.

Il eut un rire narquois.

— Ah. Vous plaisantiez.

Il tapota le bout de sa cigarette et la cendre tomba dans le cendrier.

— Elle n'était peut-être pas au courant de la visite de Miss Westwood.

M. Armitage se renversa en arrière en secouant la tête.

— Nous avons parlé à l'une des femmes de chambre ce matin et elle n'a pas mentionné la visite de Miss Westwood. Même si elle n'était pas là au moment des faits, cela aurait fait sensation parmi les domestiques. Elle en aurait entendu parler plus tard.

— Vous êtes en train de dire que je mens ?

M. Adams grogna.

— Le majordome m'a menacé de renvoi si j'en parlais. Il n'y avait que lui, moi et peut-être la gouvernante au courant. La seule raison pour laquelle je le savais, c'est que j'ai ouvert la porte à Miss Westwood et je l'ai reconnue tout de suite. Je l'ai vue une fois sur scène au Playhouse. Elle était vraiment jolie. Vraiment jolie.

Il renifla.

— Bien sûr, ce n'était guère plus qu'une traînée.

— Donc elle ne venait pas régulièrement à la maison ? demandai-je. Même pas quand ils étaient ensemble, il y a plus de deux ans ?

Il secoua la tête en écrasant le mégot dans le cendrier.

— Je ne sais pas pour cette époque-là. Je n'occupe ce poste que depuis deux ans et Miss Westwood n'est jamais venue, sauf cette fois-là. Avant cela, Victor et moi étions occupés à éviter les flics.

— Combien de temps est-elle restée ? demanda M. Armitage.

— Pas plus de dix minutes.

— Comment vous a-t-elle semblé ?

— Difficile à dire. Elle ne m'a pas adressé la parole. Ne m'a même pas regardé.

Sa mâchoire se durcit et sa lèvre supérieure se retroussa en un rictus.

— Elle se croyait meilleure que nous. Peut-être que c'est ce qui l'a tuée. Elle a méprisé la mauvaise personne et ça l'a fait assassiner.

Il pointa un doigt vers moi.

— Ça, c'est cadeau.

— La seule opinion qui m'intéresse de votre part concerne Lord et Lady Wrexham, dis-je. Comment sont-ils ?

— Lui, ça va, comparé à certains aristos.

Il sortit un étui à cigarettes en métal de la poche intérieure de sa veste et l'ouvrit d'un coup sec.

— C'est Lady Wrexham qu'il faut surveiller. Elle fait sa sainte-nitouche, mais elle a un sacré caractère. Elle a jeté des objets sur sa seigneurie, deux fois. Une fois c'était un vase, et la seconde fois une petite statue de chien. Heureusement pour lui, elle n'a pas la main sûre.

— À propos de quoi se disputaient-ils ? demanda M. Armitage.

M. Adams haussa les épaules.

— Je ne sais pas. C'est bien là le problème. Ils se disputent toujours à voix basse pour qu'on ne puisse pas entendre. Je parie que c'est une compétence qu'ils apprennent dès le berceau dans leurs grandes maisons.

Il prit une cigarette et tendit la main vers la boîte d'allumettes posée près du cendrier.

— Autre chose ? Parce que je dois bientôt rentrer et j'aimerais fumer celle-là tranquillement.

Je me levai pour le remercier. M. Armitage se leva mais ne dit pas un mot. Une fois dehors, je serrai le col de mon manteau contre ma gorge tandis que le vent froid soufflait le long de la rue. La nuit était tombée pendant que nous étions dans le pub, mais tous les réverbères étaient allumés et je fus surprise d'en voir autant. Les gentlemen de Belgravia ne voulaient pas que leurs précieuses voitures soient endommagées faute d'éclairage dans les ruelles menant aux écuries.

— Je n'arrive pas à croire qu'il ait été l'ami de Victor, dis-je. Quel homme répugnant.

— Vous êtes une négociatrice épouvantable, dit M. Armitage. Il se serait contenté de moins.

— Mais il nous a donné d'excellentes informations. Je pense que cela en valait la peine.

Il eut un rire amer.

— Ne vous lancez pas dans les affaires sans engager quelqu'un pour gérer les transactions, sinon vos clients vous rouleront dans la farine.

— Je me serais bien passée de ce genre de conseil. Alors, que pensez-vous de ces renseignements ? Je crois que Pearl avait besoin d'argent et en a demandé à Lord Wrexham. D'après Mme Larsen, Pearl se portait très bien le jour de Noël. Elle paraissait fidèle à elle-même, insouciante comme toujours, et n'avait aucun souci d'argent. Mais quelques jours plus tard, quelque chose avait changé, et Pearl espérait que Wrexham pourrait l'aider.

— Mais pourquoi aller trouver son ancien amant pour lui demander de l'argent ? Pourquoi ne pas demander à son amant du moment, Rumford ?

— Elle avait peut-être honte ?

M. Armitage ne sembla pas convaincu.

— À en croire tout ce qu'on dit, elle n'avait pas vu Wrexham depuis des années. Pourquoi aller le trouver dans un moment pareil ? Et avec tant d'audace, en plus, alors que Lady Wrexham était chez elle.

— Le moment choisi est assurément étrange, approuvai-je. Cela aurait pu très mal finir si Lady Wrexham l'avait chassée.

Pearl devait être au désespoir. Ou peut-être s'en moquait-elle.

— Leur idylle avait pris fin, mais elle n'avait pas forcément cessé de tenir à lui, ni lui à elle, dit M. Armitage pensivement. Son arrangement avec Rumford pouvait n'avoir été qu'une affaire d'argent, de la part de Pearl, tandis que son cœur était resté à Wrexham.

Mon propre cœur se serra, et il me vint à l'esprit qu'il me fallait reparler à Lord Rumford. Je devais savoir s'il était au courant de la visite de Pearl à Lord Wrexham. Si c'était le cas, il pouvait malgré tout être suspect. Sauf que cette enquête était entièrement son initiative.

Nous poursuivîmes notre chemin en silence, chacun absorbé dans ses pensées. Je finis par rompre le silence lorsque nous débouchâmes sur Piccadilly.

— Nous devons parler à Lord et Lady Wrexham, mais pas ensemble. Il faut découvrir pourquoi Pearl est allée leur rendre visite, et nous devons savoir où ils se trouvaient tous les deux l'après-midi de sa mort, puisque apparemment ni l'un ni l'autre n'était chez eux.

— C'est *vous* qui devez faire cela, dit M. Armitage.

— Pardon ?

— Pas *nous*. Vous. C'est votre enquête, pas la mienne. Mon rôle est terminé.

Je m'arrêtai, mais M. Armitage continua d'avancer. Je dus presser le pas pour le rattraper.

— Mais… pourquoi êtes-vous venu avec moi aujourd'hui, si vous n'aviez pas l'intention de continuer à m'aider ?

— Je ne voulais pas que vous alliez voir les domestiques seule. Vu le genre d'homme qu'Adams s'est révélé être, je suis bien content de vous avoir accompagnée.

— C'est très chevaleresque de votre part.

— Pas du tout. Mon oncle m'aurait étranglé s'il l'avait su.

J'observai son profil. Sa mâchoire était peut-être ferme, mais j'étais presque certaine d'y percevoir l'ombre d'un sourire.

— Puisque vous avez déjà fait tout cela, vous pourriez tout aussi bien continuer à m'aider.

— Non, Miss Fox.

— Pourquoi pas ? Vous avez une autre affaire ?

— Pas encore.

— Alors qu'avez-vous donc de si important à faire ?

— Je songeais à rédiger un prospectus pour annoncer les services de mon agence.

Il pouvait fort bien faire cela pendant ses moments de loisirs. Cela ne lui prendrait pas longtemps. Il cherchait des prétextes, et en trouvait de bien piètres.

— Vous êtes simplement trop fier.

Il baissa les yeux vers moi, le visage tout à fait sérieux.

— La fierté n'est pas une mauvaise chose, Miss Fox.

— Si, quand elle vous barre la route.

— La route à quoi ?

Que nous devenions amis, faillis-je répondre. Mais je dis à la place :

— Au fait d'accepter votre première affaire, même si c'est une affaire que nous menons ensemble.

— La fierté n'a rien à voir là-dedans, Miss Fox.

Il détourna les yeux et ajouta dans un murmure :

— Croyez-moi.

Je soupirai. Je ne trouvais rien à dire qui puisse le faire entendre raison. Feindre la faiblesse le ferait peut-être accepter de m'aider, mais je ne voulais pas recourir à cela. *Ma* fierté m'en empêchait.

Nous parcourûmes le reste du trajet jusqu'à l'hôtel dans un silence gêné. Il entra avec moi dans le bâtiment, mais seulement pour rejoindre son oncle qui l'attendait dans le hall, chapeau et parapluie à la main. M. Hobart parlait avec M. Hirst, mais il s'écarta à notre arrivée pour nous saluer. M. Hirst fronça les sourcils à cet échange.

— Prêt, mon oncle ? demanda M. Armitage.

M. Hobart se coiffa de son chapeau.

— Prêt. Vous devez être ravi à l'idée d'un dîner préparé à la maison.

— J'ai dîné chez mes parents trois soirs cette semaine. Mon père ne vous l'a pas dit ?

— Nous ne nous voyons pas constamment, dit-il d'un ton quelque peu défensif.

M. Armitage réprima un sourire que son oncle ne vit pas.

— Bonsoir, Miss Fox, et bonne chance. J'espère que vous obtiendrez les réponses que vous cherchez.

Je leur souhaitai une bonne soirée et me détournai tandis qu'ils quittaient l'hôtel. Du coin de l'œil, je remarquai que le froncement de sourcils de M. Hirst s'accentuait.

* * *

APRÈS M'ÊTRE CHANGÉE pour le dîner, je frappai à la porte de Lord Rumford, espérant le trouver avant son départ. Un gentleman de son rang devait avoir reçu une invitation à dîner chez des amis ou dans un club, aussi supposai-je qu'il ne partirait pas si tôt. Il n'était que 19 h 30.

Il vint ouvrir en habit de soirée, chemise et col empesés, nœud papillon blanc et gilet.

— Vous avez trouvé son assassin ?

— Pas encore, j'en ai peur. Je souhaitais vérifier un point avec vous.

Il ne m'invita pas à entrer, ce qui m'arrangeait parfaitement. Sans Harmony ou une autre chaperonne, cela n'aurait pas été convenable. De toute façon, ce que j'avais à dire serait bref.

— En fait, j'ai deux questions. Elles risquent toutes deux d'être un peu pénibles pour vous, mais j'espère que vous comprenez que je dois les poser.

— Bien sûr, dit-il prudemment. Si vous pensez qu'elles peuvent aider.

— D'après des témoins, Pearl s'est rendue chez Lord Wrexham juste après Noël.

Sa mâchoire se relâcha.

— Oh.

— Vous le saviez ?

Il secoua la tête.

— Savez-vous pourquoi elle aurait voulu le voir ?

Un nouveau hochement de tête négatif, mais celui-ci était plus pensif.

— Je ne comprends pas.

Il jeta un coup d'œil dans le couloir puis croisa mon regard.

— Je ne suis pas assez naïf pour croire qu'elle m'aimait. Pas comme je l'aimais, moi. J'aime cependant à penser qu'elle tenait à moi, et certainement plus qu'elle ne tenait à Wrexham.

— Vous saviez qu'ils étaient ensemble avant qu'elle ne se mette avec vous ?

— C'était de notoriété publique dans certains cercles. Le fait est que Pearl m'avait dit qu'il était plutôt mesquin et égoïste. Il lui offrait des cadeaux, bien sûr, mais rien d'extravagant. Il ne l'avait pas installée dans un logement à elle, et peu lui importait qu'elle vive dans une chambre épouvantable dans le pire quartier de la ville. Il ne lui rendait jamais visite là-bas, évidemment. Ils allaient dans des hôtels pour être seuls. C'est finalement pour cela que Pearl l'a quitté.

— Savez-vous comment Lord Wrexham a pris ce rejet ?

— Elle ne l'a pas dit.

Je faillis lui révéler que c'était Lord Wrexham que j'avais vu aux funérailles de Pearl, mais je me ravisai.

— Et Lady Wrexham ? Savez-vous ce qu'elle pensait de la relation de son mari avec Pearl ?

Il m'adressa un sourire cynique.

— Elle l'a probablement accepté aussi bien que n'importe quelle épouse le ferait.

C'était l'occasion idéale pour ma question suivante, mais j'eus soudain la gorge sèche. Je ne voulais pas la poser. Cet homme était assez âgé pour être mon père ; c'était un lord distingué. Et j'allais lui poser une question très personnelle.

Mais elle devait être posée.

— Savez-vous si Lady Rumford est à Londres ?

— Ma femme ? dit-il. Bien sûr que non. Pourquoi y serait-elle ?

— Je ne sais pas, mais une rumeur m'est parvenue selon laquelle elle aurait été vue à l'opéra il y a quelques soirs. Je suis désolée, mais je devais vérifier. Le témoin a dû se tromper.

Il ne semblait plus m'écouter. Dès que j'évoquai le moment où on l'avait aperçue, le pli sur son front se creusa. Il fixait le sol entre nous.

— C'est tout, dis-je. Bonne nuit, milord. Passez une bonne soirée.

Il se ressaisit, le regard à nouveau clair.

— En fait, je dîne avec vous et votre famille. Je n'avais rien de prévu et Sir Ronald a eu la gentillesse de m'inviter.

Je souris.

— Alors, je vous verrai en bas.

— Puis-je vous escorter ?

Il consulta sa montre de gousset.

— Je viendrai vous chercher à 20 h.

— J'en serais ravie.

À 20 h précises, Lord Rumford frappa à ma porte. Avec un sourire chaleureux, il m'offrit son bras. Nous attendîmes l'ascenseur ensemble et fûmes bientôt rejoints par Flossy, qui me lança un regard soupçonneux.

En bas, dans la salle à manger, nous fûmes accueillis par M. Chapman qui s'inclina devant Lord Rumford avant d'indiquer la table de la famille. Oncle Ronald et Floyd étaient déjà là, bien qu'aucun ne fût assis. Ils parlaient à deux autres hommes. Ou plutôt, mon oncle parlait et Floyd observait. Les deux hommes se retirèrent à notre arrivée.

Mon oncle salua Lord Rumford avec enthousiasme, mais une fois de plus, je reçus le plus étrange des regards. Floyd se contenta d'un sourire narquois et me fit un clin d'œil quand personne ne regardait.

Oncle Ronald présenta les excuses de ma tante pour son absence, puis les hommes se lancèrent dans une conversation sur les projets d'expansion de l'hôtel. J'écoutai jusqu'à ce que Flossy croise mon regard. Elle m'articula quelque chose sans un son, mais je ne pus comprendre quoi. Prises de part et d'autre de la table, nous allions devoir endurer la conversation des hommes toute la soirée.

Le sommelier arriva et versa le vin tandis que Richard expliquait le menu du soir, à l'intention de Lord Rumford. Une fois qu'ils se furent retirés, mon oncle reprit ses explications sur le nouveau restaurant qu'il voulait construire.

Après un temps raisonnable passé à écouter poliment, Lord Rumford changea de sujet.

— Nous devons ennuyer ces dames.

Mon oncle cligna des yeux vers sa fille puis vers moi comme s'il venait tout juste de remarquer notre présence. Il parut déçu.

— Pas du tout, dis-je. J'aime entendre parler des projets d'avenir de l'hôtel. Je vois bien comment un restaurant public, donnant sur la rue, attirera une nouvelle clientèle et pas seulement les clients de l'hôtel. Cette salle pourra alors être transformée en salle de bal permanente.

— Tous les grands hôtels ont un restaurant pour les clients extérieurs, fit remarquer Flossy.

— Mais le nôtre sera différent, lui dit Floyd.

— Comment ? demanda Lord Rumford.

Floyd lança un coup d'œil à son père.

Oncle Ronald saisit son verre de vin et le leva vers nous en guise de salut.

— Parce qu'il sera meilleur.

J'observai Lord Rumford tout au long du dîner. Il se montrait poli et écoutait attentivement, même lorsque mon oncle parlait sans interruption de l'hôtel. Il donnait toujours son avis si on le lui demandait et associait Flossy et moi à la conversation quand c'était possible. D'ailleurs, comme mon oncle avait tendance à ignorer ses enfants et moi-même pour ne s'adresser qu'à son invité, il était assez frappant de voir Lord Rumford nous parler.

Malgré sa politesse, il semblait sans éclat. C'était comme s'il poursuivait la conversation simplement parce que c'était ce qu'on attendait de lui. Ne le connaissant pas d'avant la mort de Pearl, je n'étais pas certaine qu'il fût toujours ainsi en société ou si c'était quelque chose de nouveau, une conséquence de la mort de Pearl. Cela devait être difficile de feindre la gaieté quand on venait de perdre quelqu'un qui nous était cher.

Il présenta ses excuses immédiatement après le dessert. Il s'inclina devant Flossy et moi puis s'en alla. Oncle Ronald quitta également la table, sans toutefois quitter la salle. Il déambula dans la salle à manger, saluant les clients et s'arrêtant pour parler à ceux qui dînaient seuls.

Floyd termina son vin de dessert et se leva également. Je crus qu'il allait suivre l'exemple de son père et saluer les clients, mais il nous souhaita bonne nuit puis se hâta hors de la salle à manger. Il ne quitta pas oncle Ronald des yeux, mais ce dernier, nous tournant le dos ainsi qu'à la porte, ne le remarqua pas.

Flossy vint s'asseoir à côté de moi. Elle héla l'un des serveurs et commanda du thé. Puis, tandis qu'il s'éloignait, elle commença :

— Maintenant, Cleo, il faut qu'on parle. Ce n'est pas parce que le poste de maîtresse est vacant que tu dois le prendre.

Je la fixai. Puis j'éclatai de rire.

Elle fit la moue.

— Qu'y a-t-il de si amusant ?

— Que tu penses que je m'intéresse à Lord Rumford de cette façon.

— Je ne suis pas la seule dans ce cas. J'ai vu l'expression sur le visage de père, et celle de Floyd. Ils le pensent aussi.

— C'est absurde. Pourquoi imagines-tu que je veuille être sa maîtresse ?

— Tu es entrée à son bras, ce qui signifie que vous vous connaissez déjà. Tu as également déclaré que tu n'étais pas intéressée par le mariage, alors la famille pense que tu veux être une femme entretenue, comme Pearl Westwood. Pas Mère, bien sûr. Elle espère toujours que tu te marieras. Je croyais que Père pensait pareil, mais maintenant je n'en suis plus si sûre.

Je suivis son regard jusqu'à l'endroit où son père était assis à une table avec un gentleman.

— Vous parlez tous de moi ?

Le serveur arriva avec une théière et deux tasses à thé. Flossy versa le thé et le lait et ajouta un morceau de sucre à une tasse avant de me la tendre.

— Et si nous allions faire les boutiques demain, Cleo ?

Goliath, Peter et Frank devaient se rendre dans les autres hôtels de luxe le lendemain pour découvrir si Lady Rumford séjournait dans l'un d'eux. Tant que je ne pouvais trouver un moyen de découvrir les déplacements de Lord et Lady Wrexham le jour de la mort de Pearl, je n'avais rien à faire, et je me tournerais les pouces en attendant leur retour. Je pouvais tout aussi bien en profiter pour sortir. Mais je ne voulais pas aller faire les boutiques.

— Je pensais visiter le British Museum demain, dis-je.

— Mais tu m'y as traînée la semaine dernière. Pourquoi veux-tu y retourner ?

— Parce que je n'ai pas encore tout vu. Tu n'es pas obligée de venir.

Elle me regarda par-dessus le bord de sa tasse.

— Tu irais seule ? Je ne suis pas sûre que Mère approuvera.

— Flossy, j'ai vingt-trois ans et je ne suis pas une héritière. Bien que j'apprécie tout ce que tes parents ont fait pour moi, je suis libre de faire ce qu'il me plaît. De plus, ce n'est qu'un musée.

— Mais des hommes peuvent y aller.

— Scandaleux, n'est-ce pas ?

Elle me lança un regard méprisant.

— Inutile de te mettre sur la défensive.

Elle soupira.

— Très bien, je viendrai avec toi. Au moins, le British Museum vaut mieux que le Muséum d'histoire naturelle où l'on ne peut se tourner sans heurter une créature morte.

La dernière personne que je voulais avec moi dans un musée était Flossy. La dernière fois, elle s'était montrée complètement désintéressée par toutes les expositions et n'avait cessé de demander quand nous partirions. J'avais écourté ma visite rien que pour me débarrasser d'elle. Je l'aimais bien, mais nos centres d'intérêt ne coïncidaient pas.

— Tu n'es pas obligée de venir, lui dis-je à nouveau.

Elle sirota son thé.

— Flossy, je ne vais pas là-bas pour rencontrer Lord Rumford ou quelque autre homme. Je te donne ma parole.

Elle abaissa sa tasse.

— Très bien. Tu peux y aller seule, et j'irai faire les boutiques. Mais si Mère demande, nous sommes allées toutes les deux au musée.

Ce fut mon tour de la regarder d'un œil soupçonneux. Peut-être était-ce *elle* qui allait rencontrer un homme. Je ne savais pas si je devais m'inquiéter ou non. Contrairement à moi, Flossy était une héritière. Elle était aussi d'une grande naïveté. Si un homme en voulait à son argent, elle risquait de ne pas s'en rendre compte.

* * *

MA PROMENADE au musée se révéla non seulement instructive, mais aussi cathartique. Elle me donna le temps de réfléchir tandis que je déambulais parmi les collections. Lorsque je revins à l'hôtel en milieu d'après-midi, j'avais décidé d'être franche avec les Wrexham et de leur demander ce qu'ils avaient fait le jour de la mort de Pearl, ainsi que pourquoi elle avait rendu visite à Lord Wrexham. Je ne leur dirais pas, en revanche, pour qui je travaillais. En vérité, lorsque j'arrivai à l'hôtel, je compris qu'il me faudrait mentir pour obtenir des réponses. Mentir pour une bonne raison était acceptable, et celle-ci en était une très bonne.

Du moins, c'était ce que je me disais.

Terence, au bureau du courrier, me fit signe d'approcher lorsque j'entrai dans l'hôtel et me tendit une lettre.

— C'est de la part d'Harmony, dit-il.

— Ça fait partie de vos fonctions, de lire mon courrier, Terry ?

— Elle n'était pas fermée, se défendit-il. Si Harmony n'avait pas voulu que je la lise, elle l'aurait scellée. Elle sait bien que je lis tout ce qui n'est pas scellé.

Il fallait absolument que je me souvienne de cacheter toutes mes lettres avant de les confier à Terence pour l'envoi.

Je dépliai la lettre et la lus. Harmony me demandait de la retrouver au salon de thé de l'Aerated Bread Company, à Oxford Circus, à 15 h 30. Je jetai un regard au-delà de Terence, vers l'horloge.

— Vous feriez mieux de vous activer si vous voulez arriver à l'heure, dit-il.

Je soupçonnai qu'il voulait savoir pourquoi je retrouvais Harmony hors de l'hôtel. Si elle ne le lui avait pas dit, moi non plus. Moins il y avait de gens au courant de mon enquête, mieux cela valait.

Le salon de thé de l'ABC, près d'Oxford Circus, était très animé, rempli surtout de femmes qui bavardaient et prenaient le thé à leur table, ainsi que de quatre hommes. Trois de ces hommes étaient avec Harmony. Ils auraient tous largement préféré être au pub.

Je m'assis et accueillis avec soulagement la tasse de thé qu'Harmony me servit. La femme derrière moi heurta ma chaise en se levant pour partir, et un peu de thé déborda de la tasse.

— La prochaine fois, nous retrouverons au Roma Café. C'est beaucoup plus calme, et le café y est excellent.

— Je connais l'endroit, dit Peter. Mais je n'y suis jamais entré.

— Je n'aime pas boire du café l'après-midi, dit Harmony.

J'essuyai le bord de ma tasse avec une serviette.

— Je suis certaine que Luigi te préparera une théière.

Elle arqua un sourcil, à la fois interrogateur et réprobateur.

— Luigi ?

Je choisis de l'ignorer et de me concentrer sur la tâche qui nous attendait.

— Où en sont vos recherches dans les hôtels ?

— Aucune chance, dit Goliath. Nous avons tous parlé à un ou plusieurs employés, mais personne ne se rappelle avoir vu Lady Rumford.

— Ça m'a coûté un penny pour faire parler le portier, grommela Frank. Et au bout du compte, il n'avait rien d'utile à me dire.

Je tendis la main vers mon porte-monnaie.

— Laissez-moi vous dédommager pour vos efforts.

Je leur glissai quelques pièces, espérant que cela suffirait à couvrir leurs frais.

Harmony me rendit la sienne sans un mot.

— Je suis convaincue qu'on s'est trompés en croyant voir Lady Rumford.

— C'est ce qu'il semble, en effet.

Goliath prit sa tasse de thé dans une main immense, la petite anse délicate tournée à l'opposé de lui.

— Alors, qu'est-ce que vous allez faire maintenant, Miss Fox ?

— J'ai décidé de confronter Lord et Lady Wrexham. Je ne vois pas d'autre issue.

Je leur racontai ce que M. Armitage et moi avions appris des domestiques des Wrexham, ainsi que les théories que nous avions échafaudées.

— Je pense que Pearl a demandé de l'argent à Wrexham pour payer son maître chanteur. Mais j'ignore pourquoi elle se serait tournée vers lui alors que Rumford était son amant du moment. Cela n'a aucun sens.

— Elle a demandé à Wrexham d'abord, pas vrai ? fit remarquer Peter. Elle ne s'est tournée vers Rumford que lorsque Wrexham a refusé de payer.

— Mais pourquoi s'adresser à Wrexham, en premier lieu ?

Harmony se redressa légèrement.

— Peut-être que le maître chanteur avait des preuves de sa relation avec Wrexham, mais pas avec Rumford, et menaçait de la révéler. Même si leur liaison était terminée depuis quelque temps, ça aurait humiliant si la chose était devenue publique.

C'était une excellente théorie, et je le lui dis. Harmony se cala contre le dossier, satisfaite d'elle-même.

Nous terminâmes notre thé et nous séparâmes. Comme ils avaient tous les quatre leur jour de congé, je fus la seule à retourner à l'hôtel. J'y arrivai au moment même où Flossy descendait d'une voiture de l'hôtel. L'un des portiers se précipita pour l'aider avec ses paquets. Il y en avait plusieurs, preuve qu'elle avait bien fait des emplettes, après tout, même si elle avait encore pu voir quelqu'un avant ou après. Elle n'avait emmené aucune femme de chambre pour lui tenir lieu de chaperon.

— Tu es de retour bien tardivement, dit Flossy tandis que nous nous dirigions vers l'ascenseur. Tu n'as tout de même pas été au musée *toute* la journée.

— J'ai retrouvé des amis pour le thé, ensuite.

Elle laissa échapper une petite exclamation et me retint par le bras.

— Tu as des amis ici, à Londres ? Ils sont descendus de Cambridge ?

Mon cœur se serra. Quelle erreur. Je ne pouvais pas lui parler de mes entrevues avec le personnel. Elle serait horrifiée et me demanderait de ne jamais recommencer. Je ne voulais pas me disputer avec elle, bien que je me sentisse affreusement lâche de ne pas défendre mes amis, si tant est que je pouvais les appeler ainsi alors que je les connaissais à peine.

— Ils sont déjà repartis chez eux.

— La prochaine fois, invite-les ici pour le thé. Je suis sûre qu'ils adoreraient le gâteau de Savoie du Mayfair.

Je souris et hochai la tête. J'étais vraiment une lâche.

* * *

AUTANT JE REDOUTAIS d'affronter Lord et Lady Wrexham, autant j'avais hâte d'obtenir enfin quelques réponses. J'étais certaine d'y parvenir aujourd'hui. Ma tactique était infaillible.

Thomas Adams, le valet de pied, répondit à mon coup de heurtoir. Son visage se ferma en me voyant.

— Encore vous ! Que faites-vous ici ?

Je redressai les épaules. Je n'avais pas à lui rendre de comptes.

— Lord et Lady Wrexham sont-ils chez eux ?

Il pinça les lèvres, expira bruyamment une haleine qui sentait la cigarette, avant de dire :

— Lui oui, elle non, mais il ne vous recevra pas. Allez-vous-en.

— Je ne partirai pas avant qu'il ait accepté de me recevoir.

Je croisai les bras.

Le majordome apparut à côté de M. Adams. Je l'avais rencontré lors de ma première visite, lorsque je lui avais laissé une carte de l'hôtel avec mon nom griffonné dessus.

— Y a-t-il un problème, Thomas ?

— Euh. Non, monsieur.

Je renonçai à convaincre M. Adams. C'était le majordome qu'il me fallait franchir. Il avait cependant l'air nettement plus redoutable. M. Adams était peut-être plus jeune et plus physiquement intimidant, mais le majordome possédait un air d'autorité. J'imaginais que des armées entières auraient tremblé de peur s'il les avait toisées comme il me toisait. J'avais l'impression d'être une saleté sur laquelle il avait marché et qu'il voulait ôter de sa chaussure.

— Je voudrais voir Lord Wrexham, je vous prie. Veuillez avoir l'obligeance de lui dire que je suis là.

— Il n'est pas chez lui.

— Si, il l'est, et j'aimerais le voir.

Le regard réprobateur du majordome glissa vers M. Adams.

— Il est trop occupé pour recevoir des visiteurs en ce moment. Souhaitez-vous laisser à nouveau votre carte, Miss Fox ?

— Il ne m'a pas contactée après que je la lui ai laissée la dernière fois, donc je suppose qu'il en sera de même cette fois-ci. Alors non, je ne souhaite pas laisser ma carte. Je veux le voir.

La main gantée du majordome se referma en un poing le long de son flanc.

— Et comme je l'ai dit...

— Il voudra me voir. J'ai quelque chose à lui dire au sujet de Pearl Westwood. Quelque chose qui intéresserait la police si elle l'apprenait.

Le majordome demeura impassible, à l'exception d'une lueur d'intérêt dans ses yeux. À côté de lui, M. Adams croisa les bras, en observateur plutôt qu'en obstacle potentiel.

Pourtant, évoquer la police ne produisit pas les résultats escomptés. Il était temps de changer de stratégie.

— Ce que j'ai à dire est de nature scandaleuse et ravirait les journalistes.

Les doigts du majordome se détendirent et il expira.

— Thomas, voyez si sa seigneurie recevra Miss Fox.

Le valet de pied disparut. Le majordome bloqua mon entrée jusqu'au retour de M. Adams.

— Il vous recevra dans son bureau, Miss Fox. Je vais vous montrer le chemin.

Il semblait que le scandale dans les journaux constituait une menace plus sérieuse que la police. Bon à savoir pour l'avenir. J'adressai un sourire satisfait au majordome. Il me fusilla du regard tandis que je passais.

Le valet de pied ouvrit la marche dans l'escalier de marbre. Nos pas étaient étouffés par l'épais tapis cramoisi et or. Un lustre orné d'innombrables pendeloques de cristal en forme de larmes pendait dans la cage d'escalier, mais il n'était pas allumé. La lumière qui entrait par les grandes fenêtres de façade suffisait amplement ; nul besoin des lampes à gaz. Une fois hors de vue du majordome, M. Adams me jeta un coup d'œil par-dessus son épaule.

— Je suis impressionné. Vous l'auriez vraiment fait ?

— Bien sûr, mentis-je.

— Dommage que vous n'ayez pas été l'amie de Victor du temps où lui et moi escroquions les rupins. Une fille comme vous nous aurait bien été utile.

— Cette *fille* n'a aucune intention d'escroquer qui que ce soit, rétorquai-je sèchement.

— Vraiment ?

Il indiqua la porte devant nous.

— Dites ça à sa seigneurie après avoir obtenu de lui les informations que vous voulez.

Il frappa et Lord Wrexham nous pria d'entrer. M. Adams m'annonça puis referma discrètement la porte, me laissant face à un homme assis à son bureau, écrivant dans un agenda. La tête penchée, je ne pouvais voir son visage. Je modelai mon expression, afin de ne manifester aucun choc à la vue des lésions défigurantes lorsqu'il lèverait finalement les yeux.

Maintenant que j'étais près de lui, je pouvais voir que les excroissances brun-rougeâtre étaient des plaies, et non des verrues. Lord Wrexham aurait été un bel homme d'âge mûr sans elles, malgré son front dégarni. Ses yeux étaient d'un bleu extraordinaire et perçant.

— Que voulez-vous ? lança-t-il sèchement.

— J'ai quelques questions auxquelles, je l'espère, vous pourrez répondre.

— Je veux dire, qu'attendez-vous en échange de votre silence sur vos turpitudes ?

Il ouvrit le tiroir supérieur de son bureau et en retira des billets de banque. Il les jeta sur le bureau.

— C'est tout ce que j'ai. Prenez-les et allez-vous-en.

Je repris mes esprits.

— Je ne veux pas d'argent. Mon prix, ce sont des réponses. J'écris sur la vie et la mort de Pearl Westwood et je pense que vous pouvez combler certaines lacunes pour moi. En échange, je garderai votre nom hors de l'article.

Il se renversa dans son fauteuil et posa ses mains jointes sur son ventre. Il me considéra d'un regard égal, sans la moindre trace de gêne quant à son apparence.

— L'intérêt pour elle ne s'est-il pas encore éteint ? Ce n'était qu'une actrice, bon sang.

— L'intérêt du public pour sa vie est insatiable, plus encore maintenant qu'il ne l'était de son vivant.

— Vous allez bientôt écrire des livres entiers sur les chanteuses d'opéra et les actrices.

Lord Wrexham m'indiqua de m'asseoir puis me tendit une feuille de papier.

— Je veux l'assurance que mon nom n'apparaîtra dans aucun

article que vous écrirez, ni ne sera mentionné de quelque façon que ce soit. Est-ce clair ?

J'écrivis la déclaration, la signai et la datai.

Il la lut avant de la mettre de côté.

— Que voulez-vous savoir ?

Cela pourrait être plus facile que je ne l'avais pensé.

— Vous étiez présent aux obsèques de Pearl. Pourquoi ?

Il cligna des yeux, surpris.

— J'ai eu de l'affection pour elle autrefois. Je voulais lui dire adieu.

— À quelle période avez-vous été ensemble ?

— Nous avons commencé à nous voir début 1895 et la relation s'est terminée près de deux ans plus tard.

— Qui y a mis fin ?

— Je ne m'en souviens pas.

J'attendis, mais il n'ajouta rien à sa réponse.

— Quand l'avez-vous vue pour la dernière fois ?

— Au moment où notre liaison s'est terminée.

— Ce n'est pas vrai.

Il se hérissa.

— Me traitez-vous de menteur ?

— Pearl Westwood vous a rendu visite entre Noël et le Nouvel An.

Ses narines frémirent mais il ne nia pas.

— De quoi avez-vous parlé ? demandai-je.

— Cela ne vous regarde pas !

Je jetai un coup d'œil à ma déclaration manuscrite.

— Nous avons un accord.

Sa mâchoire se crispa tandis qu'il tentait de contenir sa fureur montante.

— Nous avons parlé du temps.

— Vous a-t-elle demandé de l'argent ?

Ses lèvres s'entrouvrirent dans un halètement silencieux. Il était surpris que j'en sache autant. Mais il ne répondit pas.

— Vous a-t-elle dit que quelqu'un la faisait chanter au sujet de *votre* relation avec elle ?

Il eut un rire sans joie.

— Vous êtes une imbécile, Miss Fox.

Ce fut mon tour d'être surprise. Pourquoi pensait-il cela ? Puis je compris. Si quelqu'un connaissait sa relation avec elle, il ne ferait pas chanter Pearl, il ferait chanter Lord Wrexham. Il avait plus à perdre et davantage de moyens pour payer.

Ainsi, la tentative de chantage n'avait rien à voir avec sa relation avec Wrexham ou, pour la même raison, avec Lord Rumford. Alors de quoi s'agissait-il ?

Je ne pouvais répondre à cela à moins que cet homme n'admette qu'elle lui avait demandé de l'argent.

— À quoi devait servir l'argent ? insistai-je.

— Elle n'est pas venue ici pour de l'argent. Elle est venue remuer le passé.

Je laissai échapper un rire.

— Allons donc ! Elle rend visite à son ancien amant en plein jour quand sa femme est à la maison simplement pour ressasser de vieux souvenirs avec lui ? Je ne suis tout de même pas *si* sotte, milord.

Il se contenta de me sourire. Les plaies sur son visage rendaient ce sourire sinistre.

Je n'allais pas obtenir de réponse au sujet de cette rencontre, et je doutais d'en obtenir une pour ma prochaine question non plus, mais elle devait être posée.

— Où étiez-vous lundi dernier, le jour où Pearl est morte ?

Il fronça les sourcils.

— Pourquoi ?

— C'est juste une question.

— Une question inutile, à mon avis. Elle s'est suicidée. Qu'est-ce que cela a à voir avec mes allées et venues ?

— Malgré tout, pouvez-vous me dire où vous étiez ?

Il renifla avec dédain.

— Je ne m'en souviens pas.

Je désignai l'agenda ouvert sur son bureau.

— Pourquoi ne vérifiez-vous pas ?

Il le referma brusquement et posa sa main sur la couverture.

— Pour quel journal travaillez-vous ?

La froideur soudaine de sa voix me glaça.

Je jetai un coup d'œil à la feuille que j'avais signée.

— Nous avons un accord.

— Je vous ai posé une question.

— Et je vous ai demandé…

Il abattit sa main sur l'agenda.

Je me levai brusquement pour dissimuler mon tressaillement. Il était temps de partir de toute façon. Je trépignai.

Je me tournai pour partir, mais Lord Wrexham fut étonnamment rapide et atteignit la porte avant moi. Il la bloqua.

— Pour qui travaillez-vous, Miss Fox ?

— Laissez-moi sortir, dis-je avec un calme que je n'éprouvais pas.

Il abattit son poing contre la porte.

— Répondez-moi, ou, par Dieu, vous regretterez d'être venue ici !

CHAPITRE 9

*J*e serrai les dents.

— Laissez-moi sortir ou je me mets à hurler.

Ses lèvres se retroussèrent, découvrant un sourire cruel.

— Je suis le maître de cette maison. Vous imaginez que des domestiques oseraient me contrarier ?

— Peut-être pas, mais votre femme, si. Je doute qu'elle ait envie d'assumer les conséquences s'il arrivait quoi que ce soit à la nièce de Sir Ronald Bainbridge dans cette maison.

La mention du nom de mon oncle le figea, les yeux rivés sur moi. De toute évidence, le majordome ne lui avait pas dit qui j'étais.

— Écartez-vous, je vous prie, dis-je avec une douceur affectée.

Sa poitrine se soulevait et s'abaissait au rythme de ses profondes inspirations.

— Pourquoi la nièce de Sir Ronald écrit-elle des articles à scandale dans les journaux ?

Quelqu'un frappa à la porte.

— Tout va bien, monsieur ? appela le majordome.

— Sir Ronald sait-il seulement que vous êtes ici ? me demanda-t-il.

Je déglutis péniblement.

On frappa de nouveau.

— Monsieur ?

Le sourire de Lord Wrexham s'élargit. Il s'écarta et ouvrit la porte.

— Veillez à ce que Miss Fox trouve le chemin de la sortie.

Je passai devant lui d'un pas impérieux et me retrouvai entre le majordome et M. Adams en descendant l'escalier. La porte du bureau de Lord Wrexham claqua et le bruit résonna dans toute la maison.

Sur le palier du deuxième étage, un mouvement dans une pièce voisine attira mon regard. Une femme se tenait dans le salon, ses jupes bruissant comme si elle venait de se lever du sofa.

— Attendez, dit-elle.

Je m'arrêtai, et mes sbires en firent autant. Le majordome avait l'air pris au dépourvu, sans savoir que faire. Obéir à son maître ou à sa maîtresse ?

— Nous étions justement en train de raccompagner Miss Fox, dit-il.

La femme s'approcha de la porte sans toutefois sortir de la pièce. Elle portait une robe violet foncé ornée de nœuds blancs aux manches, et un large saphir brillait à son doigt. C'était une femme sans beauté particulière, beaucoup plus jeune que son mari. D'après ce que M. Adams nous avait dit de sa réclusion, je m'étais attendue à voir sur son visage une difformité semblable à celle de son mari, ou des signes de maladie, mais elle me sembla en parfaite santé.

— Et qui êtes-vous, Miss Fox ?

Mon mensonge au sujet des journaux n'avait finalement pas trompé Lord Wrexham et, bien que je songeasse à le reprendre, je n'en avais pas envie.

— J'enquête sur la mort de Pearl Westwood. Ce n'était peut-être pas un suicide.

— Une femme détective ? Vous ne travaillez donc pas pour la police.

— Non. Avez-vous jamais rencontré Miss Westwood ?

Sa main se mit à trembler. Lorsqu'elle vit que je l'avais remarqué, elle la cacha derrière elle.

— Pour quelle raison aurais-je eu à rencontrer une actrice ?

Je jetai un regard au majordome, qui se tenait raide à côté de moi.

— Puis-je vous parler en privé, Lady Wrexham ?

Les cils de Lady Wrexham battirent. Elle fit un léger signe de tête.

Je la suivis dans le salon et elle ferma la porte. L'ameublement me rappela celui du salon de ma suite à l'hôtel : élégant, coûteux et parfaitement assorti, comme si tout avait été acheté en une seule fois plutôt qu'au fil des ans. Elle déplaça le tambour à broder qu'elle avait posé sur le coussin du canapé et m'invita d'un geste à m'asseoir.

— J'ai à vous poser des questions très personnelles, et je tiens à m'en excuser d'avance, dis-je. Mais elles sont nécessaires pour découvrir l'identité du meurtrier de Miss Westwood.

Elle posa ses mains jointes sur ses genoux. L'une d'elles tremblait encore légèrement.

— J'ai lu ce qu'on disait de la mort de cette actrice. C'est une tragédie, mais je ne puis pas dire que j'en sois désolée. Je sais pourquoi vous êtes ici, Miss Fox. Je sais que vous cherchez à découvrir si mon mari l'a tuée.

Elle leva les yeux vers moi.

— Ou si c'est moi.

Sa franchise était plus troublante que la fureur de Lord Wrexham. Dans ses veines coulait de la glace, tandis que celles de son mari brûlaient de feu.

— Vous dites ne l'avoir jamais rencontrée. Pourtant, vous connaissiez la liaison de votre mari avec elle.

Elle acquiesça d'un signe de tête.

— Miss Westwood est venue ici entre Noël et le Nouvel An.

Ses cils battirent de nouveau et je compris qu'il s'agissait d'un tic, sans savoir s'il était nerveux ou non.

— Je crois que oui, mais je ne l'ai pas vue. Elle a parlé à mon mari en privé. J'ignore ce qu'ils se sont dit.

— Était-ce la première fois qu'ils se revoyaient depuis la fin de leur liaison ?

— À ma connaissance, oui.

— Qu'avez-vous pensé de sa venue ici ce jour-là ?

Elle me lança un regard chargé d'ironie.

— Et vous, qu'en pensez-vous, Miss Fox ?

— Je pense que vous la détestiez.

— Ah. Ainsi, vous m'accusez donc de son meurtre. Si vous pensez que je l'ai tuée par jalousie, vous vous trompez. Leur liaison a pris fin il y a des années. Pourquoi l'aurais-je tuée maintenant ?

— Parce que leur liaison reprendre.

Elle laissa échapper un rire bref.

— Vraiment ? J'en doute. D'après ce que j'ai cru comprendre, Miss Westwood tirait davantage de Lord Rumford que de mon mari.

— Vous êtes très bien informée sur sa vie.

Lady Wrexham se crispa.

— Voulez-vous savoir autre chose, Miss Fox ?

— Où étiez-vous dans l'après-midi du lundi 15 ?

— Le jour de sa mort ?

Elle fronça les sourcils en réfléchissant.

— J'étais chez Harrods, à faire des achats. Je crains, toutefois, que personne ne puisse en attester. Je n'ai rien acheté et j'ai pris un fiacre pour l'aller comme pour le retour, puisque mon mari avait la voiture. Si vous êtes une très bonne enquêtrice, vous pourrez probablement retrouver le cocher.

Je la remerciai puis me levai.

Elle tendit la main vers la sonnette, à côté du fauteuil, puis hésita.

— Malgré ce que vous pouvez penser, je ne reproche pas à Miss Westwood sa liaison avec mon mari. J'espère sincèrement que vous trouverez son meurtrier.

Elle tira sur le cordon à glands, et la porte s'ouvrit aussitôt. Le majordome me lança un regard noir jusqu'à ce que je sorte, et je le sentis peser sur moi tout le long de l'escalier et jusqu'à la porte d'entrée. Elle claqua derrière moi.

Je rentrai chez moi en hâte, ressassant ce que j'avais appris. Cela ne faisait pas grand-chose. Mes deux suspects s'étaient montrés évasifs, ce qui, en soi, était suspect. Mais le plus troublant, peut-être, était que Lady Wrexham n'avait pas paru surprise un seul instant lorsque j'avais dit que Pearl avait été assassinée, alors même que la police avait conclu au suicide.

* * *

JE PARTIS à la recherche d'Harmony après avoir déjeuné seule dans ma suite et la trouvai au troisième étage, en train de nettoyer l'une des chambres. Je me glissai devant son chariot, garé près de la porte, et entrai dans la chambre.

— Te voilà.

Elle se retourna avec un sursaut qui se transforma rapidement en un air soulagé lorsqu'elle comprit que c'était moi. Elle me tournait peut-être le dos, mais j'avais aperçu qu'elle glissait quelque chose dans la grande poche sur le devant de son tablier.

— Tu m'as fait peur.

— Tu croyais que c'était Mme Short ?

Elle fronça les sourcils et reprit son époussetage du bureau.

— Comment cela s'est-il passé avec les Wrexham ?

— Aussi bien qu'on pouvait s'y attendre.

— Si mal que ça ?

Je m'approchai d'elle et jetai un regard dans la poche de son tablier. Je souris.

— De quoi parle le livre ?

Elle fronça encore plus les sourcils.

— Tu ferais mieux de ne pas fouiner.

— Je ne peux plus m'en empêcher. C'est plus fort que moi, maintenant.

Elle sortit le livre et me le tendit. C'était un roman gothique à la couverture froissée et aux pages cornées.

— Je l'ai trouvé chez un bouquiniste, sur le marché de Leather Lane.

Je parcourus la quatrième de couverture.

— Il a l'air intéressant. Je pourrai te l'emprunter quand tu l'auras fini ?

Elle me l'arracha des mains et le remit dans sa poche.

— Tu ne l'aimeras pas.

— Et pourquoi donc ?

— Il n'est pas écrit pour les gens comme toi.

Je me braquai.

— Que veux-tu dire par *les gens comme moi* ?

Elle retourna vers le chariot et accrocha le plumeau au crochet à son extrémité.

— Les gens intelligents.

— C'est absurde. Tu es intelligente, toi, et tu le lis bien.

J'étais plutôt satisfaite de ma réplique. Elle ne pouvait pas contester cela.

— Les gens instruits, rétorqua-t-elle.

Je croisai les bras sur ma poitrine.

— Pourquoi les gens instruits ne pourraient-ils pas le lire ?

— Ils le trouveraient trop bête.

— Ne puis-je pas juger par moi-même si je l'aimerais ou non ?

Elle retira des draps blancs pliés du chariot et retourna dans la chambre d'un pas résolu.

— Qu'ont dit Lord et Lady Wrexham ? demanda-t-elle en déployant le drap de dessous.

Je saisis l'autre bout et commençai à le déplier sur le lit défait.

Harmony se redressa.

— Que fais-tu ?

— Je t'aide. Ou bien les gens instruits ne savent-ils pas non plus faire les lits correctement ?

— Je réserverai mon jugement jusqu'à la fin.

Nous fîmes le lit ensemble, puis Harmony rectifia mon côté, rentrant les draps plus serrés et s'assurant qu'aucun pli ne subsistait avant d'étaler le couvre-lit par-dessus. Au moment où elle eut terminé, je lui avais raconté tout ce qui s'était passé chez les Wrexham.

— Je n'ai aucune idée de ce qu'il faut faire ensuite, conclus-je.

Harmony se percha sur le bord de la coiffeuse et posa les mains de chaque côté.

— Tu pourrais reparler au cocher ? Tu peux lui offrir plus d'argent pour qu'il te dise où il a conduit Lord Wrexham cet après-midi-là.

Je secouai la tête.

— Il tient trop à son emploi. Pareil pour le majordome.

Je claquai des doigts.

— Je pourrais donner de l'argent à l'ami de Victor pour qu'il consulte l'agenda de Lord Wrexham. C'est mieux que mon autre idée.

— Laquelle ?

— Quelque chose qui comportait trop de risques.

J'avais envisagé de m'introduire par effraction dans l'hôtel particulier et de mettre la main sur cet agenda, mais c'était bien trop dangereux. Je pourrais peut-être supporter le risque si je me faisais prendre, mais pas Victor, et j'avais besoin de ses talents de crocheteur pour entrer.

Son ami, M. Adams, travaillait là-bas et avait déjà prouvé qu'il pouvait être acheté.

— Miss Fox !

Je me retournai pour voir Mme Short debout dans l'embrasure de la porte, l'air furibonde. Fidèle à son nom, elle mesurait moins d'un mètre cinquante et était aussi ronde qu'un baril. Ses cheveux gris étaient tirés en un chignon serré, lui étirant les yeux en amande. Sa bouche se pinçait de désapprobation.

— Que faites-vous ici ? demanda-t-elle.

— Je parlais juste avec Harmony. Je ne la distrayais pas. Elle a continué à travailler tout le temps.

Son front se plissa.

— *Pourquoi* parlez-vous à Harmony ?

— Pour avoir de la compagnie.

— Miss Fox, j'apprécierais que vous ne distrayiez pas mes femmes de chambre pendant qu'elles travaillent.

— Mais…

— Dois-je rapporter à Sir Ronald ce comportement inapproprié ?

— Nous ne faisions que parler.

— Elle avait besoin d'un drap propre, lâcha Harmony.

Mme Short et moi la regardâmes.

— Elle vient juste d'entrer pour me demander si j'en avais un de rechange. J'allais vérifier.

Elle s'éclaircit la gorge et attendit que Mme Short s'écarte pour la laisser passer jusqu'au chariot.

Je suivis, me faufilant devant Mme Short qui fronçait les sourcils. Harmony se pencha pour vérifier le contenu de son chariot.

— Je peux m'en passer. Pas besoin d'aller à l'armoire à linge.

Elle se redressa.

— Je monterai dans un instant pour changer le lit, Miss Fox.

Mme Short tendit la main pour prendre le drap.

— Je vais le faire.

Harmony hésita puis s'apprêta à lui passer le drap. Je le lui arrachai avant qu'elle ne puisse.

Les sourcils de Mme Short s'arquèrent si fortement qu'ils rejoignirent presque sa ligne de cheveux.

— Que faites-vous ?

— Je fais mon lit, et si vous me demandez pourquoi, je devrai parler à mon oncle de votre intérêt inapproprié pour mes affaires personnelles. Bonne journée, madame Short.

Ce fut immensément satisfaisant de voir la mâchoire de l'intendante se relâcher et ses yeux s'écarquiller. Ma satisfaction s'évanouit après l'avoir entendue gronder Harmony pour avoir frayé avec un membre de la famille Bainbridge.

* * *

APRÈS AVOIR LAISSÉ le drap propre sur ma coiffeuse, je passai un moment à explorer la bibliothèque. La petite pièce attenante au salon principal regorgeait de volumes destinés à un public distingué, mais il ne s'y trouvait pas un seul ouvrage médical. Cela n'avait d'ailleurs guère d'importance, car je doutais de pouvoir découvrir ce qui n'allait pas avec le visage de Lord Wrexham en recherchant simplement le symptôme. C'aurait été une tâche quasi impossible.

En quittant la bibliothèque, je pris soin de vérifier que le salon était vide et de m'assurer que ma tante et ma cousine n'y étaient pas. Je ne voulais pas être invitée au thé de l'après-midi. Pas quand j'avais un rendez-vous à 17 h.

Heureusement, je ne reconnus personne et pus partir sans être arrêtée. Mon chapeau, mes gants et mon manteau déjà en main, je me dirigeai vers la porte d'entrée, puis changeai d'avis et obliquai vers Peter. La réception était calme à cette heure. Les nouveaux arrivants s'étaient déjà enregistrés pour la journée et la plupart des clients prenaient le thé ou étaient sortis.

Il sourit en me voyant.

— Des progrès dans l'enquête aujourd'hui ?

Goliath entra dans l'hôtel et s'approcha d'un pas nonchalant.

— Frank est de mauvaise humeur.

— Quand ne l'est-il pas ? marmonna Peter.

— C'est bien vrai. Alors, où en est l'enquête, Miss Fox ?

— Elle avance lentement, mais je suis contente que vous soyez tous les deux là. L'un de vous connaît-il quelqu'un qui pourrait suivre Lady Wrexham pendant quelques jours ? Je paierais tous les frais de déplacement et un petit salaire journalier.

— Mon petit frère le ferait, dit Peter.

— Ne devrait-il pas être à l'école ?

— Essayez donc de lui dire ça.

— J'ai un cousin qui le ferait, dit Goliath. Un grand gaillard qui sait se débrouiller.

— Ça ne va pas du tout, non ? répliqua Peter en levant les yeux au ciel. On ne verra que lui.

Il se tourna vers moi.

— Vous ne voulez pas quelqu'un qui détonnera dans une rue de Belgravia. Mon frère cire des chaussures quand il ne fait pas de bêtises. Il peut installer un stand près de la maison.

— Et si Lady Wrexham part pendant qu'il a un client ? demanda Goliath.

— Il est vif, répondit Peter en haussant les épaules. Il trouvera bien quelque chose.

Je donnai l'adresse à Peter puis sortis, saluant Frank de la main en passant devant lui. J'arrivai au Nag's Head à 17 h 05 et repérai M. Adams assis seul dans le même box que la dernière fois. Il leva les yeux lorsque je me glissai sur le siège en face de lui.

— Vous voilà sans votre chaperon, Miss Fox. Est-ce sage ?

— Nous sommes dans un pub fréquenté et plein de monde. Pourquoi ne le serait-ce pas ?

— Vous avez mis mon maître très en colère aujourd'hui. Peut-être enverra-t-il quelqu'un vous donner une leçon.

Me menaçait-il ? M'avertissait-il ? Ou se jouait-il simplement de moi ? Que dirait Harry Armitage s'il était là ? Je n'en étais pas sûre, mais je savais qu'il ne se laisserait pas provoquer. Je pris mon courage à deux mains et soutins le regard de M. Adams.

— J'ai une tâche pour vous. Voulez-vous savoir laquelle ?

— Ça vous coûtera.

Je sais parfaitement que vous ne faites rien sans récompense.

Il sourit autour de sa cigarette avant d'ôter le court mégot entre son pouce et son index.

— Je ne suis pas assez riche pour avoir des principes.

Il souffla la fumée sans prendre la peine de la détourner de moi.

— Alors, quelle tâche avez-vous pour moi ?

— Lord Wrexham garde un agenda de rendez-vous dans son bureau. J'en ai aperçu un aujourd'hui. Je veux que vous le consultiez et que vous voyiez où il se trouvait dans l'après-midi du lundi 15.

Il contempla sa cigarette avant d'en tirer une nouvelle bouffée.

— Je n'entre pas dans son bureau. Ce sont les femmes de chambre qui le nettoient, et Wrexham envoie le majordome s'il veut qu'on lui apporte quelque chose de là-bas.

— Alors je demanderai à l'une des femmes de chambre.

Je ramassai mon sac et me levai.

Sa main jaillit et saisit mon avant-bras.

— Asseyez-vous.

Je m'assis.

Il me lâcha.

— Je peux le faire, mais ça vous coûtera plus cher que la dernière fois.

— Je vous donne la même somme.

Je sortis un souverain de mon sac et le fis glisser sur la table.

— Si mes conditions ne vous conviennent pas, je demanderai à une femme de chambre. Je crois qu'elles sont moins payées que vous et travaillent davantage, alors je suis sûre de trouver une espionne consentante. Probablement plus aimable, aussi.

— Vous ne voulez pas quelqu'un d'aimable. Vous voulez quelqu'un de retors.

Il empocha la pièce, ce que je pris pour une acceptation de mes conditions.

— Venez me faire votre rapport ici demain à la même heure.

Je me levai.

— J'attends que mon argent soit bien employé.

Je sortis du pub d'un pas décidé, me sentant bien mieux après cette rencontre avec M. Adams qu'après la précédente.

* * *

LE LENDEMAIN MATIN, Harmony arriva pour me coiffer. Elle n'était pas seule : Danny l'accompagnait.

Il s'attarda sur le seuil de ma chambre, ne sachant trop s'il devait entrer ou non. C'était compréhensible, étant donné que je portais ma robe de chambre et que mes cheveux tombaient librement sur mes épaules.

Harmony n'avait pas de tels scrupules. Elle lui saisit le bras et le tira dans la chambre.

— Danny souhaite te parler.

Danny étudia la coiffeuse comme s'il n'avait jamais rien vu d'aussi intéressant.

— Mon ami, Perry Alcott du Playhouse, voulait que je vous dise qu'il a trouvé quelque chose qui pourrait vous intéresser.

— Ah ? De quoi s'agit-il ?

Il s'éclaircit la gorge et son regard croisa brièvement le mien avant qu'il ne détourne les yeux à nouveau.

— Il rangeait la loge de Miss Westwood au théâtre et a trouvé une lettre qui prouverait qu'elle voyait quelqu'un d'autre.

— Quelqu'un d'autre que Rumford ? Voilà qui change tout. Merci, Danny. Sais-tu si M. Alcott sera au théâtre ce matin ?

— Il devrait y arriver en fin de matinée, je pense. Voulez-vous que je lui envoie un message pour lui faire savoir que vous le retrouverez là-bas ?

— Oui, s'il te plaît. On n'a qu'à dire 11 h.

Je passai le temps avec Flossy jusqu'à ce qu'il soit l'heure de partir pour le rendez-vous. Elle voulait savoir où j'allais et si elle pouvait m'accompagner. Elle changea d'avis quand je lui dis que je me rendais au Muséum d'histoire naturelle.

Les portes d'entrée principales du Théâtre de Piccadilly étaient fermées à clé, mais une porte latérale s'ouvrit à 11 h précises et l'élégant M. Alcott me fit signe d'entrer.

— Quel plaisir de vous revoir, Miss Fox. Si seulement c'était pour des raisons plus heureuses.

— Danny m'a dit que vous aviez trouvé une lettre.

— En effet. Cela pourrait nous mettre sur une piste.

Il parlait à voix basse bien que nous fussions seuls tandis que nous traversions le foyer.

Certains objets du service commémoratif de Pearl demeuraient, bien que la plupart aient été retirés. Les affiches annonçant *Cat and Mouse* montraient toujours son visage, bien qu'une bande portant le nom de Dorothea Clare ait été collée par-dessus celui de Pearl. J'interrogeai M. Alcott à ce sujet.

— Dotty déteste que Pearl figure encore dessus, dit-il à voix basse. Elle ne cesse de s'en plaindre à Culpepper, mais il refuse de faire faire de nouvelles affiches.

Nous passâmes une porte portant l'inscription « RÉSERVÉ AU PERSONNEL » et entrâmes dans un long couloir. Il n'y avait personne, bien que des coups de marteau résonnassent au loin. Nous marchâmes rapidement devant des portes fermées, certaines avec des étiquettes, d'autres non, nos pas étouffés par la moquette. Finalement, nous atteignîmes une porte avec un morceau de papier collé dessus. « Miss Clare », pouvait-on y lire d'une écriture soignée. M. Alcott souleva le papier pour me montrer le nom de Pearl peint sur la porte en dessous.

— Encore une chose que Dotty déteste, dit-il.

— Pourquoi le nom de Pearl n'a-t-il pas été recouvert de peinture ?

— Pearl était adorée ici. C'est difficile de faire son deuil.

Il poussa la porte, dévoilant la loge de l'actrice principale. Comme dans l'appartement de Pearl, une grande partie du mobilier était tapissée de rose poudré, du canapé au fauteuil en passant par les coussins. Une odeur de parfum flottait dans l'air, mais il ne masquait pas complètement l'odeur de fumée de cigarette. Un paravent peint de fleurs printanières séparait un coin de la pièce. Une robe de chambre en soie crème était accrochée dessus et une paire de pantoufles avait été disposée à proximité.

J'eus l'impression d'être une intruse.

— Devrions-nous être ici ?

— Dotty n'est pas encore arrivée. Pendant des jours, elle a demandé à Culpepper de débarrasser les affaires de Pearl, mais elle a finalement renoncé et m'a demandé de le faire, puisque j'étais l'ami le plus proche de Pearl au Playhouse. J'ai commencé hier, et c'est à ce moment-là que j'ai trouvé ceci.

Il disparut derrière le paravent et émergea portant une boîte. Il la posa sur la coiffeuse à côté d'un vase rempli de pivoines corail et de roses. La boîte semblait pleine de sous-vêtements féminins et d'autres effets personnels : un chapeau, des mouchoirs, des peignes et des brosses, un miroir à main et de nombreuses cartes.

J'en ouvris une et la lus. Elle provenait d'un admirateur de Pearl lui déclarant sa dévotion éternelle. Elle était signée de son nom complet et de son adresse. La carte suivante était similaire.

— Pearl connaissait-elle ces hommes ?

M. Alcott secoua la tête.

— C'étaient des inconnus, des gens qui la regardaient sur scène et tombaient amoureux d'elle. Ou croyaient l'être. Elles ne viennent pas toutes d'hommes non plus. Certaines sont de femmes.

— Pourquoi Pearl les gardait-elle si elle ne connaissait pas les expéditeurs ?

Il haussa les épaules.

— Un rappel de sa popularité, je suppose.

— Avait-elle besoin qu'on le lui rappelle ?

— Nous en avons tous besoin, de temps en temps. Les acteurs et les actrices se nourrissent d'adoration. Sans elle, nous ne sommes que des gens ordinaires.

Il eut un sourire narquois.

— Et si nous ne sommes que des gens ordinaires, à quoi bon ?

Il le dit sur un ton léger, mais ses paroles m'attristèrent. Pearl se demandait-elle à quoi bon vivre ? S'était-elle finalement tuée parce qu'elle sentait que l'adoration déclinait ? En regardant les dizaines de cartes, il était difficile d'imaginer qu'elle pût se sentir ordinaire et mal-aimée, mais parfois ce n'était pas la quantité d'amour mais la qualité qui déclinait.

— Tenez.

M. Alcott me tendit un morceau de papier plié, mais il garda quelque chose dans sa main.

— Lisez.

C'était une lettre, mais sans destinataire et sans signature. En effet, elle semblait être un brouillon, avec des mots barrés et une ponctuation manquante. Cela ressemblait à une lettre d'amour. Elle commençait par la confession d'amour de l'auteur pour le destinataire anonyme et continuait en le suppliant de patienter et d'attendre encore un peu avant qu'ils ne puissent être ensemble ouvertement. Elle se terminait au milieu d'une phrase par « Je n'aime pas R, je t'aime toi, mais il doit penser… »

R faisait très probablement référence à Lord Rumford.

— Pearl a écrit cela ?

— C'est son écriture. Je la connais bien.

— À qui pensez-vous qu'elle l'écrivait ?

Il reprit la lettre.

— Je ne sais pas. Cela m'a pris par surprise. Je croyais qu'elle me disait tout, mais il semble qu'elle m'ait caché le nom de son véritable amour. Je n'avais aucune idée qu'elle tenait à quelqu'un d'autre que Rumford. Elle l'a bien dissimulé. Mais il y a autre chose.

Il ouvrit sa paume pour me montrer ce qu'il avait gardé. C'était une chevalière d'homme en onyx noir à monture carrée, sertie sur un anneau d'or simple.

— Cela se trouvait à l'intérieur de la lettre pliée, et les deux étaient enfouis sous ses dessous dans le tiroir de gauche.

Il indiqua la coiffeuse avec son tiroir central étroit et ses tiroirs profonds de chaque côté.

— La lettre pourrait avoir été écrite il y a un certain temps. Depuis combien de temps occupait-elle cette loge ?

— Des années. Depuis que je la connaissais, elle l'avait toujours eue.

Il regarda autour de lui et soupira.

— Il ne me semble pas convenable que Dotty l'utilise si tôt après, mais elle a insisté. Culpepper et elle se sont disputés à ce sujet, et il semble qu'elle l'ait emporté.

— J'imagine que si elle s'en allait maintenant, la production serait compromise.

— Sa remplaçante n'est pas encore prête. Mais Dotty ferait mieux de se montrer plus prudente si elle veut que Culpepper la garde sur le long terme.

— Peut-être ne prévoit-elle pas de rester aussi longtemps. Peut-être espère-t-elle qu'un homme viendra l'enlever pour la mener vers une autre vie.

Il plissa les yeux.

— Vous voulez dire qu'elle veut davantage que le poste de Pearl ? Elle veut aussi son protecteur ?

La porte s'ouvrit et Dotty Clare s'immobilisa sur le seuil en nous voyant. Elle me dévisagea un instant, comme si elle ne parvenait pas à me situer, puis entra.

— Vous êtes là de bonne heure, Perry.

— Je voulais finir ici avant votre arrivée, mais je vois que vous êtes en avance vous aussi.

J'avais un rendez-vous avec M. Culpepper.

M. Alcott me désigna d'un geste.

— Vous vous souvenez de Miss Fox, de l'hommage à Pearl.

— Comment allez-vous ?

Elle posa son sac sur la coiffeuse et jeta son manteau sur le canapé.

— Êtes-vous venue aider Perry ?

— Oui, acquiesçai-je.

— Dieu merci.

Elle se laissa choir sur la chaise et s'examina dans le miroir de la coiffeuse.

— Je veux que tout disparaisse. Absolument tout. Disparu. Je ne veux pas voir ne serait-ce qu'un cil d'elle dans cette pièce.

— Je ne suis pas votre domestique, Dotty, dit-il d'un ton glacial.

— Je sais que vous ne l'êtes pas, mon cher, mais je tombe sur les affaires de cette femme partout. C'est très dérangeant.

— Vous pouvez prononcer son nom. Ou avez-vous peur que si vous le dites, elle revienne vous hanter ?

Elle fit une grimace à son reflet.

— Ne plaisantez même pas avec ce genre de choses. Je jure que je sens sa présence ici.

Elle agita la main vers le carton.

— C'est pour cela que je veux que tout disparaisse. Avec un peu de chance, son esprit partira avec ses affaires. Dieu sait qu'il y a assez de souvenirs d'elle partout ici, je n'ai pas besoin qu'on m'en ajoute d'autres.

M. Alcott glissa discrètement la lettre et la bague dans le carton et le souleva.

— Elle a été une vedette ici pendant longtemps, Dotty. Vous ne pouvez pas l'effacer à peine une semaine après sa mort.

— Je ne veux pas l'effacer, Perry, mais Culpepper en fait trop. Il ne fait cela que pour la publicité, vous savez.

— Fait quoi ? demandai-je.

— Garder ses affaires dans les parages. Sa photo sur les affiches, des photographies dans le foyer, son nom sur ma porte. Tant que les journaux parleront encore d'elle, il continuera à l'associer au Playhouse. Les ventes de billets sont bonnes depuis sa mort. Le saviez-vous ?

Elle me regarda par-dessus son épaule avant de se retourner vers le miroir.

— La salle est comble, alors qu'elle était à moitié vide auparavant.

M. Alcott posa le bord du carton sur la coiffeuse et fixa son reflet dans le miroir d'un regard furieux.

— Êtes-vous en train de suggérer que Culpepper l'a tuée pour la publicité ?

Elle haussa une épaule.

— Je n'ai jamais dit cela. Mais soyons honnêtes entre nous. Son étoile n'allait pas continuer de briller bien longtemps. Il ne lui restait que quelques années avant que sa beauté ne commence à se faner. Quand cela se serait produit, le public serait passé à autre chose et M. Culpepper aurait eu besoin d'une nouvelle vedette pour attirer de nouveau le public. Les amants auraient disparu aussi, bien sûr.

— Les amants ? demandai-je. Au pluriel ?

Dotty leva les yeux vers moi à travers ses cils et sourit.

— Elle aurait été bien sotte de n'en avoir qu'un.

— Cela ne risquait-il pas de provoquer des jalousies ?

— Si ! Mais n'est-ce pas là tout le plaisir d'être belle ? Allons, Miss Fox. Ne prenez pas cet air choqué. Je suis sûre que Pearl s'est bien amusée, mais elle savait aussi que cela ne pouvait pas durer éternellement. Elle serait la première à admettre qu'il valait mieux pour elle mourir maintenant, au sommet de sa gloire.

— Dotty ! s'écria M. Alcott.

Elle retira une épingle à cheveux et une mèche de boucles blondes retomba sur son épaule.

— Même si je suis certaine qu'elle aurait souhaité mourir d'une manière différente.

Elle frissonna.

— Son cri alors qu'elle tombait était à glacer le sang.

— Vous étiez ici au théâtre quand elle est morte ? demandai-je.

— Bien sûr. Nous y étions tous. Nous avions une représentation ce soir-là.

— Où étiez-vous ?

— Aux toilettes, si vous voulez tout savoir. Je venais de sortir quand j'ai entendu son cri. Puis il y eut le silence. C'était très étrange. Presque surnaturel.

— Il a fallu quelques instants à tout le monde pour comprendre d'où venait le cri et ce qu'il signifiait, dit doucement M. Alcott. Puis Pearl a été retrouvée et... ce fut le chaos.

— Qui l'a trouvée ?

— Culpepper a été le premier sur les lieux, dit Dotty. Il l'a secouée comme s'il ne pouvait pas croire qu'elle était partie. Puis, quand il se rendit enfin à l'évidence, il la prit dans ses bras.

M. Alcott essuya une larme.

— Je ne supporte pas d'en parler plus. Pardonnez-moi, Miss Fox, mais je crois qu'il vaut mieux en rester là.

Je le suivis dehors et nous remontâmes le couloir ensemble.

— Que ferez-vous de ses affaires ? demandai-je.

Il contempla le carton dans ses bras.

— Les donner à sa sœur, je suppose.

J'étais sur le point de lui demander si je pouvais garder la lettre et la bague quelque temps lorsque la porte devant laquelle nous passions s'ouvrit soudain et M. Culpepper faillit me heurter.

— C'est bien Miss Fox, n'est-ce pas ?

Il fronça les sourcils.

— Que faites-vous ici ?

— Miss Fox est venue me voir, dit M. Alcott.

Il avait répondu avant que je ne puisse parler. Il indiqua le carton.

— J'ai vidé la loge de Pearl.

— Je vais prendre cela.

Il tendit la main vers le carton.

M. Alcott l'écarta.

— J'allais le donner à Mme Larsen.

— Je le lui transmettrai après l'avoir examiné. Les biens appartenant au théâtre doivent rester ici.

M. Alcott lui remit le carton et nous poursuivîmes notre chemin dans le couloir. Une fois hors de portée de voix de M. Culpepper, il dit :

— J'espère qu'il ne détruira pas la lettre.

— Moi aussi.

Ce ne serait toutefois pas une catastrophe complète s'il le faisait. J'avais reconnu la bague.

CHAPITRE 10

 ’avais gardé la clé de l’appartement de Pearl dans mon sac à main, donc je n’eus pas besoin de retourner à l’hôtel pour la récupérer. Son appartement était exactement le même, avec toutes ses affaires à la même place, comme si Pearl venait simplement de sortir, ce qui me facilita la tâche.

J’allai droit à la table où se trouvaient toutes les photographies et me penchai pour les examiner. Sur celle que je cherchais, Pearl se tenait au centre, vêtue d’une *stola* de noble romaine, sans manches et ceinturée, un bandeau d’or dans les cheveux et un autre autour du bras. D’un côté d’elle, une main posée sur son épaule, se trouvait un homme vêtu d’un costume de gladiateur romain. Je le reconnus : c’était, d’après les affiches du foyer du Playhouse, l’acteur principal de *Cat and Mouse*. De l’autre côté de Pearl se tenait un autre homme, lui aussi la main posée sur son épaule. Il n’était pas en costume, mais portait un complet à fines rayures. À son auriculaire, il portait une bague ornée d’une pierre carrée sombre.

J’emportai la photographie encadrée et retournai au Playhouse, qui n’était qu’à quelques minutes à pied. La porte latérale était toujours ouverte, et je me glissai à l’intérieur avant de suivre le couloir qui menait aux bureaux et aux loges.

Je m’arrêtai devant la porte de M. Culpepper et frappai doucement avant de changer d’avis.

— Un instant ! lança-t-il d’une voix épaisse, étouffée.

J’attendis et, quelques instants plus tard, la porte s’ouvrit. Je crois que je fus aussi choquée de voir M. Culpepper qu’il le fut de me voir. Je m'étais certes attendue à ce qu'il ouvrît la porte, mais non à trouver ses yeux rouges et gonflés. Il avait pleuré.

Cela me décontenança. Je ne savais plus très bien comment commencer.

— Que faites-vous ici ? demanda-t-il.

Au moins, il ne m'invita pas à entrer. Je n'avais aucune envie de pénétrer dans son bureau. Si j'allais le confronter à ce que je savais, je préférais le faire dans le couloir. Je regardai à gauche et à droite, mais il n'y avait personne.

— J'ai quelques questions à vous poser, dis-je.

Il agrippa le bord de la porte et se pencha contre elle, comme si c'était la seule chose qui le maintenait debout.

— Vous persistez à croire qu'on l'a tuée ?

— Pourquoi êtes-vous si certain que ce n'est pas le cas ?

Il soupira.

— Parce que je crois que Rumford l'a poussée à se donner la mort. C'est évident. Il s'est passé quelque chose entre eux, ils se sont disputés, il allait la quitter… quelque chose dans ce genre-là.

— Vous n'y croyez pas vraiment, monsieur Culpepper.

Il baissa les yeux vers le tapis.

— Vous n'y croyez pas, parce que vous savez qu'elle ne s'est pas tuée à cause de Rumford. Elle n'était pas amoureuse de lui.

Sa pomme d'Adam tressaillit tandis qu'il déglutissait avec effort.

— Qu'est-ce qui vous fait dire cela ?

— Elle était amoureuse de vous.

Il releva la tête. Ses yeux débordaient de chagrin et d'autre chose encore… Du remords ?

— M. Alcott m'a montré la lettre dans laquelle Pearl déclarait son amour à un homme dont elle taisait le nom. Elle n'a jamais eu la chance de la lui remettre, et c'est tragiquement cruel.

Il déglutit de nouveau.

— Je viens moi-même de la lire. C'était très émouvant. Pourquoi pensez-vous que je sois l'homme à qui elle écrivait ?

— La bague enveloppée avec la lettre est la vôtre, n'est-ce pas ?

Je lui montrai la photographie.

— La lui avez-vous donnée comme gage de votre amour ?

Il ferma les yeux et rejeta la tête en arrière. Il expira avant de me regarder de nouveau.

— Toutes ces années à dissimuler notre relation, et voilà qu'une parfaite inconnue la découvre.

Il laissa échapper un léger rire sans joie.

— Pearl aurait trouvé cela amusant.

— Vous l'aimiez, et c'est pour cela que vous ne pouvez pas vous résoudre à débarrasser sa loge ni à changer les affiches.

Il serra les lèvres, mais cela ne les empêcha pas de trembler.

— Parlez-moi de votre relation. Quand a-t-elle commencé ?

Il s'écarta, m'invitant à entrer.

— Je préfère rester ici.

Il fronça davantage les sourcils, puis son expression s'éclaira lorsqu'il comprit.

— Vous pensez que *je* l'ai tuée et que je vous tuerai aussi pour avoir découvert notre secret ?

Il secoua la tête.

— Pearl aurait trouvé cela amusant. Je ne l'ai pas tuée, Miss Fox. Je l'aimais. Vous venez vous-même de le dire.

— Vous deviez être jaloux de sa relation avec Lord Rumford.

Comme il ne répondait pas, je poursuivis.

— J'imagine que c'est pénible pour vous, mais si vous voulez me faire croire que vous ne lui avez pas fait de mal, il faut parler. Mais je resterai juste ici.

Il passa le pouce et l'index sur sa fine moustache.

— Je n'étais pas jaloux de Lord Rumford. Je n'avais aucune raison de l'être. Je savais qu'elle ne l'aimait pas. Cette lettre le prouve.

— Mais vous n'avez jamais reçu cette lettre.

— Je n'avais pas besoin de la lire pour le savoir. Écoutez. Pearl et moi étions ensemble depuis quelques années. Quand elle a quitté Wrexham, j'ai cru que nous allions enfin être ensemble. J'espérais que nous ne serions plus qu'elle et moi, et je lui ai même demandé sa main. Elle m'a dit qu'elle le ferait, mais pas tout de suite. Elle était à l'apogée de sa carrière et ne voulait pas abandonner tout cela. Puis, peu après Wrexham, elle s'est liée à Lord Rumford. Elle disait que les cadeaux et les attentions lui manquaient. Il lui payait un bel appartement, l'emmenait dans des restaurants onéreux et ils allaient ensemble à des bals et à des réceptions. Elle a rencontré des princes et des ducs grâce à Wrexham, puis à Rumford.

Il semblait plus impressionné que jaloux par la vie qu'elle avait menée, sans pouvoir lui offrir ces choses.

— Ça a dû vous faire mal qu'elle vous promette de rester avec vous, pour finir par s'attacher à Lord Rumford.

Je me rappelai quelque chose qu'avait dit M. Alcott.

— Vous vous êtes disputés à ce sujet, n'est-ce pas ?

— Nous nous sommes disputés à ce sujet, et à propos de bien d'autres. Nous avions des rapports tumultueux.

Il eut un rire creux.

— Avec nous, on ne s'ennuyait jamais.

Il dut se rendre compte de l'effet de ses paroles, car il secoua vite la tête.

— Je n'ai jamais voulu sa mort. Nos disputes ne faisaient que prouver la force de nos sentiments. Si nous ne nous disputions pas, cela voulait dire que nous étions indifférents l'un à l'autre, et l'indifférence, c'est la fin d'une relation.

Je le crus lorsqu'il dit qu'il l'aimait et ne souhaitait pas sa mort, mais cela ne signifiait pas qu'il ne l'avait pas tuée dans le feu de l'action, provoquant peut-être sa chute mortelle sans l'avoir voulu.

— Où étiez-vous quand elle est morte ?

— Ici, au théâtre.

— Je veux dire où exactement. Vous deviez être tout près si vous êtes arrivé le premier près du corps.

Il fronça les sourcils.

— Ce n'était pas moi. Perry Alcott était déjà là quand je suis arrivé auprès d'elle.

Si c'était vrai, pourquoi M. Alcott n'avait-il pas corrigé Dotty lorsqu'elle avait affirmé que M. Culpepper avait été le premier sur les lieux ?

— Pouvez-vous me montrer où ?

— Je n'ai pas le temps.

— Je vous en prie, monsieur Culpepper. C'est pour Pearl. Si on l'a tuée, elle mérite justice.

Ses yeux se remplirent de larmes. Il hocha la tête.

— Suivez-moi.

Il nous précéda dans le couloir, dépassant les loges et une réserve où un membre du personnel astiquait un chandelier. Il poussa une porte et nous débouchâmes dans le parterre. Quatre acteurs sur scène levèrent les yeux de leurs scripts.

— Miss Fox ? dit M. Alcott. Vous voilà de retour !

— J'avais quelques questions à poser à M. Culpepper, dis-je sans m'arrêter.

M. Culpepper n'avait pas de longues enjambées, mais elles étaient résolues et rapides.

M. Alcott et Dotty Clare échangèrent un regard, puis M. Alcott sauta de la scène. Il aida Dotty à descendre à son tour, puis tous deux nous suivirent dans l'allée centrale.

M. Culpepper s'arrêta huit rangées plus loin.

— Ici.

Il désigna la rangée.

— Les places 7 à 10.

Il déglutit et détourna les yeux.

— À quelle heure est-ce arrivé ?

— 15 h 30 ?

Il se tourna vers les autres, qui hochèrent la tête.

Dotty lui prit la main.

— Est-ce vraiment nécessaire, Miss Fox ?

— Pouvez-vous tous m'indiquer où vous vous trouviez lorsque vous avez entendu le cri de Pearl ?

M. Alcott porta la main à sa gorge, mais c'est lui qui répondit le premier.

— J'étais derrière le rideau de scène. Quand je l'ai entendue, je suis sorti et j'ai regardé autour de moi. Comme je ne voyais rien, j'ai sauté de la scène et j'ai commencé à vérifier les rangées.

— Vous avez été le premier à arriver près du corps, dis-je en l'observant attentivement.

— Vraiment ?

Il haussa les épaules.

— Je ne m'en souviens pas. Tout était si chaotique. Si horrible.

— Y avait-il quelqu'un avec vous dans les coulisses ?

— Non.

— Avez-vous vu quelqu'un ici ?

Il désigna M. Culpepper d'un signe de tête.

— Il est sorti par cette porte, dit-il.

Il indiqua une porte latérale située plus en retrait. Il y en avait une identique de l'autre côté du théâtre. Les mots « SORTIE DE SECOURS » étaient peints sur les deux.

— J'étais dans les toilettes des actrices, dit Dotty. Je venais d'en sortir quand j'ai entendu le cri de Pearl. J'ai essayé de me diriger vers l'endroit d'où je pensais qu'il venait et je suis ressortie par cette porte.

Elle désigna la porte à l'arrière du théâtre par laquelle le public entrait et sortait.

— J'ai vu Perry et M. Culpepper debout ici. Je n'ai compris ce qui s'était passé qu'en m'approchant.

Elle pressa le dos de sa main contre ses lèvres tremblantes.

— Merci, dis-je. Je sais combien c'est difficile pour vous, mais je suis sûre que cela sera utile.

M. Culpepper s'excusa et s'éloigna précipitamment, mais pas avant que je ne voie ses yeux se remplir de larmes.

L'une des actrices sur scène appela Dotty.

— J'ai besoin d'aide pour cette scène.

Dotty soupira.

— Elle n'y arrivera jamais.

Les mains sur les hanches, elle se dirigea vers la scène.

M. Alcott la regarda partir.

— La jeune fille est la doublure de Dotty. Elle est plutôt douée, mais Dotty déteste l'admettre. Je crois qu'elle s'inquiète.

— Merci pour votre aide aujourd'hui, dis-je.

— Trouver cette lettre a été une révélation.

— Je pensais qu'elle serait importante. J'aurais aimé savoir à qui elle était destinée.

— Vous n'avez aucune idée ?

Il secoua la tête.

— Je ferais mieux de partir aussi. Bonne journée, Miss Fox.

Je levai la tête pour regarder la balustrade des premières loges. Il semblait peu probable que quiconque puisse tomber par accident, mais je voulais me rendre compte de la hauteur du balcon par moi-même.

Je remontai la travée mais, au lieu d'aller jusqu'au fond du parterre et de sortir par la porte que Dotty disait avoir empruntée, je jetai un coup d'œil vers la scène pour voir si quelqu'un regardait, puis poussai la porte de sortie de secours. Comme je l'avais supposé, il y avait des escaliers.

Je soulevai mes jupes et montai, puis poussai la porte du deuxième niveau. J'émergeai dans les sièges des premières loges. Je me penchai par-dessus le balcon. Il m'arrivait à la ceinture et, d'après ce que j'avais pu déduire des costumes de Pearl, elle devait être à peu près de ma taille. Personne ne pouvait trébucher et tomber par-dessus accidentellement. Pearl avait été poussée, ou bien elle s'était jetée dans le vide.

Je retournai à l'hôtel, l'esprit en effervescence tandis que je repassais ce que j'avais appris. Il y avait des incohérences dans les trois récits que je venais d'entendre. N'importe lequel d'entre eux aurait pu se trouver à l'étage dans les premières loges, pousser Pearl par-dessus le balcon et redescendre sans être vu. M. Alcott était seul dans les coulisses mais personne ne l'avait vu, donc il ne pouvait pas le prouver. Il avait aussi été le premier à rejoindre le corps, bien qu'il ait apparemment oublié ce détail lorsque Dotty l'avait mentionné. Était-ce parce qu'il ne voulait pas que je sache qu'il était le plus proche et donc que je suppose qu'il était le meurtrier ?

Concernant Dotty, elle n'avait pas utilisé la porte la plus proche des loges des dames. Nous étions passés devant les toilettes des actrices dans le couloir et elles n'étaient nulle part près de l'entrée qu'elle disait avoir utilisée. Cette entrée menait justement aux premières loges et au balcon supérieur.

Et je venais de prouver que la sortie de secours donnait également accès aux niveaux supérieurs. Il aurait été très facile pour M. Culpepper de pousser Pearl par-dessus le balcon et de dévaler les escaliers en entendant son cri. Non seulement cela, mais des trois, il avait le motif le plus fort : la jalousie. Il était difficile de croire son affirmation selon laquelle il n'était pas jaloux de Pearl et de Rumford. Aucun homme n'aimait partager sa maîtresse, et cela avait dû l'ulcérer que Rumford puisse lui offrir ce qu'elle désirait alors que lui ne le pouvait pas – un style de vie luxueux où elle côtoyait la crème de la société.

Au lieu de retourner à l'hôtel, je pris un omnibus pour le Muséum d'histoire naturelle, en partie pour ne pas avoir à mentir à Flossy sur la façon dont j'avais passé ma journée et en partie parce que je trouvais les musées à la fois inspirants et apaisants. Déambuler parmi les expositions me donnait le temps de réfléchir. Cela occupa également le reste de la journée jusqu'à ce qu'il soit temps de retrouver M. Adams au Nag's Head.

— Ne prenez pas la peine de vous asseoir, dit-il alors que je m'approchais de son box. Ce ne sera pas long.

Je m'assis quand même sur le siège. À l'expression de son visage, je devinai qu'il n'avait pas réussi.

— Si vous n'avez pas pu entrer dans son bureau, je voudrais récupérer mon argent.

— J'y suis entré.

Il redressa les épaules, bombant le torse.

— Il n'y a pas une serrure à Londres qui puisse résister à Thomas Adams.

— Avez-vous trouvé l'agenda ?

— Oui.

Il se pencha en avant, les coudes sur la table, et retira la cigarette qui pendait de ses lèvres avec son pouce et son index. La fumée s'échappait de sa bouche pendant qu'il parlait.

— Mais la page pertinente manquait.

— Manquait ?

— Arrachée. Il ne restait qu'un bord déchiqueté. Elle n'était pas dans la corbeille à papier, les tiroirs, nulle part.

Il haussa les épaules.

— Désolé, mais vous ne récupérerez pas votre argent. J'ai fait ce que vous m'avez demandé, à mes risques et périls, et je n'ai rien trouvé.

— Merci, marmonnai-je.

Je partis, mais mon abattement ne dura pas tout le trajet de retour. À défaut d'autre chose, cette page d'agenda manquante m'indiquait que Lord Wrexham ne voulait pas que je découvre où il se trouvait le jour de la mort de Pearl.

* * *

Je me tournai et retournai dans mon lit une bonne partie de la nuit, incapable de dormir. Tous les indices que j'avais rassemblés jusqu'à présent s'emmêlaient dans ma tête jusqu'à ne plus avoir aucun sens. À 3 h, je renonçai et enfilai une robe de chambre avant de descendre. La bibliothèque serait ouverte, tout comme le salon qu'il fallait traverser pour y accéder.

Je baissai le gaz de ma lampe pour que la lumière ne soit pas trop vive, mais qu'elle suffise à me permettre de descendre les escaliers en toute sécurité. L'hôtel était silencieux, mes pas résonnant étrangement dans la cage d'escalier. Lorsque j'atteignis le palier du troisième étage, je me rendis compte que je n'étais pas seule dans l'escalier. On aurait dit plusieurs personnes qui descendaient rapidement en dessous de moi.

— On veut ce qui nous est dû, siffla une voix de femme avec un accent cockney.

— On sait que t'as notre argent, sale fumier, alors crache ! gronda une autre femme.

— Fichons le camp d'ici d'abord, dit un homme. Je vais pas traîner. La dernière fois, on a failli se faire surprendre par la nièce du patron.

Je m'arrêtai et éteignis la lampe. Mon cœur cognait à tout rompre et j'osais à peine bouger. Quelques instants plus tard, les pas s'éloignèrent complètement et je trouvai le courage de continuer, bien que plongée dans l'obscurité.

Lorsque j'atteignis le rez-de-chaussée, je risquai un regard au coin du mur. La lumière était faible dans le foyer, mais je pus distinguer trois hommes. Celui qui refermait la porte était le portier de nuit, James, qui assurait toutes les fonctions de la réception durant la nuit. Il venait certainement de laisser quelqu'un sortir de l'hôtel. Les femmes ?

Le deuxième homme était M. Hirst. Il accepta ce qui semblait être des billets de banque d'un troisième homme dont je ne distinguai pas le visage. Cet homme toucha le bord de sa casquette et s'éloigna. Il remit également quelque chose à James avant de quitter l'hôtel. James ne lui avait pas tenu la porte.

Si seulement j'avais vu son visage. Bien qu'il fût habillé comme l'homme au nez crochu que j'avais vu quelques jours plus tôt et qu'il eût une carrure similaire, il était impossible de savoir s'il s'agissait du même individu. J'étais assez certaine qu'il ne s'agissait pas de M. Clitheroe, le client que M. Hirst avait prétendu que j'avais vu cette fois-là, et qui avait lui aussi un nez proéminent. D'une part, il avait quitté l'hôtel, et d'autre part, je n'avais jamais entendu un client de l'hôtel parler avec un accent cockney.

M. Hirst disparut dans le couloir du personnel supérieur et James déambula dans le foyer. L'idée de lui demander qui venait de partir me traversa l'esprit, mais j'y renonçai. L'inconnu lui avait donné quelque chose, et si c'était de l'argent en échange de son silence, James ne me le dirait pas.

J'abandonnai mon projet de prendre un livre et remontai les escaliers, me guidant d'une main sur la rampe. Les femmes et l'homme étaient apparus dans la cage d'escalier au deuxième étage, alors je m'engageai dans ce couloir. Tout était silencieux. S'ils avaient été dans une ou plusieurs chambres, les occupants dormaient très probablement maintenant.

À moins que les chambres n'aient été vides.

* * *

JE PARVINS ENFIN à dormir quelques heures, pour être réveillée à 8 h par Harmony, qui tenait mon plateau de petit déjeuner. Je la laissai entrer et me glissai à nouveau dans mon lit.

Elle me suivit dans la chambre.

— Il y avait ça pour toi dans le couloir, dit-elle.

Elle posa le plateau sur la table de toilette.

— Pourquoi n'as-tu pas encore mangé ?

— Parce que je n'arrivais pas à dormir et que maintenant je suis fatiguée.

— Tu ne résoudras pas l'affaire en restant au lit toute la journée.

— Je ne veux pas rester au lit toute la journée, seulement une heure de plus.

— Je dois te coiffer avant de m'occuper de mes tâches.

— Je ferai ça moi-même aujourd'hui.

Elle se tint là, une main sur la hanche.

— J'ai quelque chose d'intéressant à te raconter.

— Écris-moi une lettre et laisse-la sur le bureau. Je la lirai plus tard.

Secouant la tête, elle tendit la main vers les rideaux.

— Ne fais pas ça !

Elle écarta brusquement les rideaux, laissant entrer la lumière terne d'un matin d'hiver londonien. Cela m'aurait fait le même effet que la plus radieuse des journées. Je ramenai les couvertures sur ma tête.

Harmony les tira d'un coup vers le bas.

— Allons, Miss Fox. Tu te sentiras mieux après avoir mangé et t'être passé de l'eau sur la figure.

— Si tu me jettes de l'eau dessus, je ne partagerai plus jamais mon petit déjeuner avec toi.

Elle sourit.

— Je sais qu'il est difficile de se lever quand on n'a pas beaucoup dormi. Crois-moi, je ne le sais que trop bien. Mais tu as vraiment besoin d'entendre les commérages que j'ai pour toi. Ça va te réveiller.

Je soupirai et m'assis.

— Tu sais qu'il n'existe pas de meilleur moyen d'attirer mon attention que de me promettre des commérages croustillants. Alors, qu'as-tu appris ?

Elle prit le plateau du petit déjeuner, le posa en travers de mes genoux, puis s'assit près de mes jambes et s'empara d'une tranche de pain grillé froid.

— Goliath m'a dit que son ami du Savoy Hotel avait surpris un client de l'hôtel en train de raconter qu'il avait vu Lady Rumford au théâtre.

— La rumeur a pris un drôle de chemin. Devons-nous nous fier à cette information ?

— La femme prétendait être une amie de Lady Rumford. On pourrait penser qu'elle saurait reconnaître sa propre amie. Ça mérite qu'on s'y penche, c'est pourquoi j'ai dit à Goliath de demander à son ami d'en apprendre davantage.

— Excellente idée. Cela me laisse libre de suivre d'autres pistes.

— Lesquelles ?

Je soupirai en épluchant un œuf à la coque.

— Je l'ignore encore. Peut-être que l'inspiration me viendra avant la fin du petit déjeuner.

L'inspiration finit par venir, et je quittai l'hôtel le cœur plus léger. Cette enquête s'annonçait peut-être compliquée, avec tant de suspects par rapport à la précédente, mais il valait mieux en avoir trop que pas du tout. C'était du moins ce que je me répétais.

Les événements de la veille au soir occupaient aussi mes pensées. En vérité, ils gênaient mon enquête sur le meurtre. Il n'y avait qu'un moyen d'y remédier : transmettre ces informations à quelqu'un d'autre. Par chance, la personne que je comptais voir pouvait m'aider sur ce point et me conseiller sur ce qu'il convenait de faire au sujet des apparitions de Lady Rumford qui, d'après son mari, n'était pas censée se trouver à Londres.

Je passai la tête dans le Roma Café et adressai un sourire à Luigi et à ses deux clients habituels.

— Il n'est pas là, me dit Luigi.

Je montai l'escalier à côté et frappai à la porte du bureau de M. Armitage. Il me fit entrer, l'air quelque peu déçu de me voir moi plutôt qu'un client potentiel.

— Les affaires marchent bien ? demandai-je gaiement en prenant place.

— Je croule sous le travail.

Un journal était ouvert devant lui, mais son bureau était par ailleurs bien rangé. Sa veste était accrochée à côté de son manteau et de son chapeau sur le portemanteau près de la porte, ce qui signifiait qu'il n'attendait personne.

— À n'en pas douter, dis-je, en tâchant de ne pas lui montrer que je savais qu'il mentait.

Il replia le journal et le mit de côté.

— Avez-vous encore besoin de mes services pour vous accompagner au Nag's Head ?

— Non, merci. J'ai déjà parlé à M. Adams à deux reprises depuis notre dernière rencontre.

J'écartai les bras.

— Comme vous pouvez le constater, il ne m'est rien arrivé.

Il se renversa sur sa chaise, le coude posé sur l'accoudoir, et se passa un doigt sur la lèvre supérieure.

— Vous avez progressé. Bravo. Je savais que vous y parviendriez.

— Je n'ai pas encore élucidé l'affaire, mais j'ai besoin de votre aide.

— Je devrais peut-être commencer à vous faire payer.

— Ou bien vous pourriez tout simplement accepter de faire de moi votre associée, et nous partagerions les honoraires par moitié.

Il rit.

— Vous n'abandonnez jamais, n'est-ce pas ?

— C'est une habitude agaçante, à ce qu'on m'a dit.

J'ouvris mon réticule.

— Puisque vous refusez toujours, pour l'instant, de devenir mon associé, je suis prête à vous dédommager pour votre temps.

Il secoua la tête quand j'essayai de lui tendre de l'argent.

— Rangez cela, Miss Fox. C'était une plaisanterie. Je ne veux pas être payé pour vous accompagner quand vous allez parler à des individus douteux. Pour quel genre d'homme me prenez-vous donc ?

— Pour quelqu'un qui croit que j'attaque son orgueil.

Je remis l'argent dans mon sac.

— Je ne veux pas que vous m'accompagniez où que ce soit, cette fois. Je veux votre avis.

Ma remarque sur son orgueil l'avait vexé et réduit au silence, et je regrettai aussitôt mes paroles. Il m'arrivait parfois de devoir me retenir avant de dire la première chose qui me passait par la tête.

— Je suis désolée, marmonnai-je. Mais je veux vraiment votre avis sur quelque chose. Sur deux choses, en fait. Comme vous avez travaillé de nombreuses années dans un hôtel de luxe, je pense que vous pouvez m'apporter un éclairage unique et précieux.

— Excuses acceptées. Inutile d'insister.

Je lui lançai un regard noir.

— Je n'insiste pas tant que ça.

Je changeai de position sur ma chaise, soudain mal à l'aise sous son regard.

— Il s'agit de Lady Rumford. Deux personnes différentes ont maintenant affirmé l'avoir vue, l'une à l'opéra, l'autre au théâtre. Mais elle ne séjourne dans aucun des hôtels les plus réputés. Lord

Rumford n'a pas de résidence à Londres, elle doit donc loger quelque part.

— Chez une amie ?

— Mais cette amie n'en aurait-elle pas informé Lord Rumford ?

— Une amie à elle, mais pas à lui, peut-être.

C'était certainement possible, même s'il me paraissait étrange que personne ne sache où la trouver.

— Si elle séjournait chez une amie, n'aurait-elle pas revu d'autres amis pendant son séjour à Londres ? Jusqu'ici, nous n'avons eu que quelques apparitions furtives, ce qui ne fait qu'attiser les ragots.

Il joignit les doigts en forme de clocher et fit se toucher ses pouces par petites tapes.

— Il existe une autre possibilité. Quelque chose qui, si c'est vrai, voudrait dire qu'elle ne tient pas à ce que ses amis sachent qu'elle est ici.

— Parce qu'elle est venue à Londres pour commettre un meurtre.

Je me penchai en avant.

— Continuez.

— Elle pourrait séjourner dans un hôtel sous un faux nom.

— C'est possible. Si elle est venue ici avec l'intention de tuer Pearl, elle ne se sera pas enregistrée sous son propre nom. C'est une brillante déduction, monsieur Armitage.

— À mon sens, vous partez sur une mauvaise piste.

Je levai les yeux.

— Pourquoi ?

— Si elle avait tué Pearl, elle aurait été bien sotte de ne pas quitter Londres immédiatement. Mais surtout, qu'aurait-elle eu à gagner en la tuant ?

— Se débarrasser de sa rivale dans l'affection de son mari, bien sûr.

Il laissa échapper un *humpf* méprisant.

— Qu'est-ce qui vous fait rire ? demandai-je, sur la défensive.

— Vous. Je ne vous imaginais pas romantique.

J'ignorais s'il voulait m'offenser ou pas, aussi gardai-je le silence.

— Vous avez dit qu'il y avait deux choses dont vous vouliez discuter avec moi, poursuivit-il. Quelle est la seconde ?

Je lui racontai ce que j'avais vu et entendu dans l'escalier puis dans le foyer de l'hôtel, la veille au soir. Il m'écouta avec attention, un petit pli se formant sur son front. Mais pas pour la raison que j'avais supposée.

— Pourquoi êtes-vous venue ici, Miss Fox ? demanda-t-il quand j'eus terminé.

Je restai un instant interdite.

— Pour vous parler de l'homme qui semblait rétribuer M. Hirst et le veilleur de nuit.

— Vous n'avez aucune preuve d'un quelconque méfait, seulement des soupçons et des conjectures. En outre, vous auriez pu en parler à mon oncle.

Je me hérissai.

— La prochaine fois, je le ferai. J'ai simplement pensé que cela vous intéresserait de pousser l'enquête plus loin. Je vois que je me trompais. Et puis, l'autre raison de ma visite était de vous demander votre avis au sujet de Lady Rumford. Sur ce point, vous avez effectivement été fort utile.

— Vous auriez trouvé cela toute seule. Ou, encore une fois, vous en auriez parlé avec mon oncle. Il a plus d'expérience que moi en ce qui concerne les clients d'hôtel.

Il se pencha en avant et croisa les bras sur le bureau. Son sourire avait quelque chose de franchement malicieux.

Quelque chose se serra dans ma poitrine. Il avait réussi à me déstabiliser avec un simple sourire. Je n'étais pas certaine d'aimer cela.

— Alors pourquoi êtes-vous venue ici, Miss Fox ?

— Je n'en suis plus très sûre.

Il rit doucement.

— Vous vous moquez de moi, peut-être ?

Il leva les mains en signe de reddition.

— Je ne m'y risquerais pas.

Je me levai.

— Bien le bonjour, monsieur Armitage. Merci de votre aide.

Je me retournai et sortis.

Comment cette entrevue avait-elle pu tourner court aussi rapidement ? M. Armitage se montrait délibérément provocant, et j'étais incapable de comprendre pourquoi. Nous nous entendions bien jusque-là, et j'avais espéré que nous pourrions devenir amis. De toute évidence, cela ne l'intéressait pas, puisqu'il s'employait à saboter ainsi notre amitié naissante.

Je chassai M. Armitage de mon esprit et réfléchis à la suite de mon enquête. Il me fallait réduire le nombre de suspects. Il y en avait trop. La jalousie et la blessure d'un rejet possible semblaient constituer de solides mobiles pour plusieurs d'entre eux, anciens amants comme amants actuels, leurs épouses et même la doublure de Pearl, Dotty Clare. Lord et Lady Wrexham, ainsi que M. Culpepper, connaissaient Pearl depuis plusieurs années, et la personne la plus à même de m'éclairer sur ces anciennes relations serait sa sœur. Elle prétendait ne plus si bien connaître Pearl désormais, mais elle devait bien avoir une opinion sur les gens du passé de sa sœur.

Je sortis de mon sac le papier où elle avait inscrit son adresse. Je ne connaissais pas le quartier, aussi pris-je un fiacre. Quelque quinze minutes plus tard, le cocher me déposa à l'entrée d'une cour entourée sur trois côtés de logements indistincts. De petits enfants jouaient à se poursuivre et une femme étendait du linge, même si je ne voyais pas comment il pourrait sécher par ce temps.

Je lui adressai un signe de tête en passant et sentis son regard sur moi tandis que je m'approchais de Millie, assise sur le seuil. La petite fille fredonnait pour elle-même et fixait droit devant elle, son corps se balançant au rythme de sa mélodie.

— Bonjour, Millie, dis-je.

Elle cessa de fredonner et leva les yeux, sans toutefois me regarder directement.

— Tu te souviens de moi ? Je suis Miss Fox. Je t'ai rencontrée chez ta tante.

Elle recommença à fredonner.

— Ta mère est-elle à l'intérieur ?

— Vous n'en tirerez rien, lança la femme près de la corde à linge. Elle n'est pas sourde, elle ne parle simplement pas beaucoup. Si vous cherchez Mme Larsen, elle est à l'intérieur.

— Merci.

Je frappai et, tandis que j'attendais, pensai à une question pour la voisine.

— Avez-vous jamais vu la sœur de Mme Larsen ici ?

— L'actrice ? Oui, je l'ai vue à Noël. Elle ne venait qu'à Noël.

— Elle vous a paru comment ?

La femme haussa les épaules.

— Bien, selon moi, mais je ne l'ai qu'aperçue. Elle était vraiment très jolie, si élégante avec son manteau de fourrure et son chapeau assorti.

La porte s'ouvrit et Mme Larsen m'accueillit d'un sourire.

— Quelle surprise.

— Je voudrais vous poser quelques questions au sujet de Pearl.

— Entrez.

Elle claqua la langue à l'adresse de Millie, qui bloquait le passage.

— Laisse passer Miss Fox.

Millie continua de fredonner et ne bougea pas.

— Millicent ! Pousse-toi !

Elle frappa l'épaule de Millie du revers de la main et Millie se décala sur le côté.

Je me glissai devant elle.

— Pardonnez-moi, mais je vais être obligée de vous recevoir dans la cuisine. Nous faisons faire des travaux dans le salon.

Elle me conduisit le long du couloir, passant devant des portes fermées et l'escalier, jusqu'à la cuisine où il faisait chaud. Une tourte cuisant au four emplissait toute la maison de son odeur délicieuse.

— Vous vous souvenez de mon mari, aux funérailles ?

M. Larsen se leva. Il m'adressa un signe de tête avant de rassembler la botte qu'il réparait ainsi que ses outils, et sortit.

— C'est un homme de peu de mots, dit Mme Larsen, avec une certaine gêne. Du thé ?

— Merci, c'est très aimable.

Je m'assis et la regardai remplir des tasses de thé à partir de la théière qui restait au chaud sur le fourneau. La cuisine était spacieuse, avec une grande table centrale que Mme Larsen avait utilisée pour pétrir la pâte. Une grande tourte avait été mise de côté, prête à être enfournée lorsque l'autre serait cuite. C'était trop de nourriture pour une famille de trois personnes. Peut-être que Mme Larsen en préparait pour des voisins ou en vendait.

Sur le mur au-dessus de la table se trouvait une étagère pleine de bocaux soigneusement étiquetés, et au-dessus était suspendue une croix de bois. Un vase en verre rose trônait, vide, près de la fenêtre, comme s'il attendait les premiers signes du printemps pour se remplir de fleurs. C'était un très joli vase qui paraissait déplacé dans cette cuisine modeste. Il correspondait davantage au goût de Pearl qu'à celui de sa sœur.

Mme Larsen avait dû le prendre dans l'appartement le jour où je l'y avais rencontrée. Je me demandai ce qu'elle avait emporté d'autre, et combien elle en avait déjà vendu.

Elle me tendit une tasse avec sa soucoupe.

— Je suis vraiment désolée, mais je n'ai pas de gâteau aujourd'hui.

— C'est très aimable à vous de me recevoir. Je vous prie de m'excuser de venir chez vous sans prévenir.

— Comment puis-je vous aider ?

— Que pouvez-vous me dire au sujet des anciennes relations de Pearl – de *Nellie* ? Celles d'avant l'arrivée de Lord Rumford. Et celles d'après.

Ses lèvres se pincèrent. Ce n'était pas une conversation qu'elle souhaitait avoir.

— Je sais très peu de choses. Comme je vous l'ai dit, ma sœur et moi n'étions pas proches. Elle me confiait rarement quoi que ce soit.

— Que savez-vous ?

— Elle était avec un autre lord avant Rumford. Je ne me souviens pas de son nom. Elle ne l'aimait pas beaucoup, et lorsque je lui ai demandé pourquoi elle ruinerait sa réputation pour quelqu'un qu'elle n'aimait pas, elle s'est mise en colère contre moi. Elle m'a dit qu'elle avait besoin de lui si elle voulait réussir dans la vie.

Elle baissa les yeux vers sa tasse de thé, qu'elle tenait entre ses mains.

— Nellie n'était pas satisfaite de la vie qu'elle avait. Elle voulait plus d'éclat, plus de distractions. Elle détestait s'ennuyer, alors elle faisait des histoires, juste pour se divertir.

— Quel genre d'histoires ?

— Toutes sortes. Comme voir un homme alors qu'elle en avait déjà un autre.

— Par exemple… ?

Elle me considéra par-dessus sa tasse de thé.

— C'est ce que vous avez dit. Vous vouliez savoir qui était l'homme ou les hommes qu'elle voyait *pendant* qu'elle voyait Rumford.

— Pouvez-vous me donner leurs noms ?

Elle contempla son thé.

— Je ne donne pas de noms. Je ne suis pas une commère. Mais vous devriez interroger ce directeur de théâtre. Ils étaient très liés.

— Assez proches pour qu'il soit jaloux qu'elle voie d'autres hommes ?

— Je n'en sais rien.

Je lui laissai le temps de digérer l'information, mais comme elle n'ajoutait rien, je décidai de changer de tactique.

— Nellie a-t-elle jamais mentionné les épouses de ses bienfaiteurs ?

Elle renifla.

— Si Nellie se souciait d'elles, elle ne l'a jamais montré.

— Vous ne pensez pas qu'elle prenait leurs sentiments en considération ?

— Non. Ce n'est pas entièrement de sa faute, remarquez. Les lords doivent endosser une part de responsabilité. La plus grande part, je suppose.

Elle soupira et reposa sa tasse de thé.

— Nellie faisait simplement ce qui lui venait naturellement. Elle traversait la vie en flirtant et en souriant, prenant tout ce qu'elle pouvait tant qu'elle le pouvait. Je suppose que l'un de ses amants a mis fin à sa vie par jalousie.

Elle secoua tristement la tête.

— Si égoïste. Tellement égoïste.

Je n'étais pas certaine qu'elle fît allusion à Pearl ou au meurtrier.

Un silence pesant s'installa entre nous, chacune perdue dans ses pensées. Il ne fut rompu que par le fredonnement de Millie.

La fillette s'approcha le long du couloir, la main glissant sur le mur. Elle s'arrêta en atteignant la cuisine.

— J'ai faim.

— Pas maintenant, Millie, nous avons une invitée.

Millie sembla réfléchir.

— Est-ce que je mangerai à l'école ?

Mme Larsen fit claquer sa langue.

— Ça suffit ! Je suis fatiguée d'entendre parler de cet endroit.

Elle prit sa fille par les épaules et la tourna vers le couloir.

— Retourne dehors.

Comme Millie ne bougeait pas, elle lui donna une petite poussée.

— Va !

Millie s'éloigna en fredonnant pour elle-même.

— Elle semble être une enfant heureuse, dis-je.

— Elle est simple d'esprit.

Mme Larsen se rassit.

— Les enfants simples d'esprit sont souvent heureux.

— Est-ce pour cela qu'elle va à l'école si jeune ? J'ai entendu dire que cela peut être bon pour les enfants qui ont des difficultés d'apprentissage, pour leur offrir les meilleures chances. Quel âge a-t-elle ?

• Elle aura quatre ans en mars.

Elle ne répondit pas à mon autre question, et je me demandai si elle était sensible au fait que Millie se développait plus lentement que d'autres enfants de son âge. Mais ce n'était pas cela qui m'intriguait à propos de la fillette.

Je reposai ma tasse de thé et observai Mme Larsen très attentivement. Je voulais observer chaque battement de ses cils, chaque tressaillement, au moment où je dirais ce qui me trottait dans la tête.

— Elle ressemble à sa mère.

Le regard de Mme Larsen se durcit et un muscle tressaillit dans sa joue.

— Nous avons la même forme de visage, et j'étais blonde aussi, à son âge.

Ce tressaillement me donna suffisamment d'indices pour comprendre que j'étais sur une piste. Je poursuivis, bien que ce fût l'une des questions les plus délicates que j'aie jamais posées à quelqu'un.

— C'est la fille de Nellie, n'est-ce pas ?

Elle faillit laisser tomber la tasse de thé. Celle-ci heurta la soucoupe.

— C'est *mon* enfant. Si ce n'était pas le cas, pensez-vous que je la garderais ? Je la rendrais à sa mère, même si cette mère était ma propre sotte de sœur.

Ses paroles dures ne sonnaient pas comme celles d'une mère. Ou plutôt, elles ne ressemblaient pas à celles d'une mère *aimante*. Il y avait cependant un accent de vérité en elles. Je ne pouvais imaginer Mme Larsen recueillant un enfant simple qui ne fût pas le sien. Elle ne semblait pas avoir un cœur assez généreux pour cela. Cela anéantissait la théorie qui m'était venue depuis que j'avais vu Millie s'avancer dans le couloir – à savoir que Pearl avait demandé à récupérer sa fille et que Mme Larsen l'avait tuée pour l'en empêcher.

— Je suis désolée de vous avoir posé la question, dis-je. Je dois examiner toutes les possibilités.

Les lèvres de Mme Larsen se pincèrent.

— Encore du thé, Miss Fox ?

— Non. Je dois partir.

Je me levai et pris congé.

M. Larsen se tenait près d'une charrette avec Millie assise à l'arrière. Il lui apprenait un jeu de mains qui consistait à l'imiter puis à ajouter quelque chose à la séquence, qu'il répétait ensuite. Il avait beaucoup de patience et Millie avait rapidement saisi le rythme. Un instant plus tard, elle l'avait transformé en quelque chose d'aussi rythmique mais différent.

Il lui sourit puis m'aperçut. Il hocha la tête. Je lui rendis son salut et quittai la cour.

Quelques minutes plus tôt, j'avais deux candidats potentiels pour le père de Millie, d'après son âge – Lord Wrexham et M. Culpepper. Après avoir observé M. Larsen avec elle, j'en avais désormais un troisième.

Malgré les protestations de Mme Larsen, j'étais absolument convaincue qu'elle n'avait pas mis Millie au monde. C'était sa sœur. Mais pour une raison ou une autre, Pearl – Nellie – ne pouvait pas, ou ne voulait pas, l'élever.

CHAPITRE 11

M. Culpepper n'était pas dans son bureau au Théâtre de Piccadilly. Je suivis le couloir en direction des loges et réalisai rapidement qu'en milieu d'après-midi, le théâtre bourdonnait d'activité. Acteurs et actrices commençaient à arriver, se faufilant devant moi dans l'étroit corridor pour rejoindre leurs loges. La voix d'un homme emplissait l'espace confiné tandis qu'il effectuait des exercices vocaux, et un groupe de femmes parlait fort pour se faire entendre par-dessus lui – et les unes par-dessus les autres. Le personnel de scène me dépassait à la hâte, portant accessoires, costumes et éléments de décor. Aucun ne sembla se soucier de la présence d'une personne supplémentaire parmi eux, et personne ne m'arrêta.

Je frappai à la porte de la loge de Dotty Clare. Comme elle ne répondait pas, je poursuivis mes recherches et la trouvai dans la grande loge commune des femmes. La porte était ouverte bien que l'une des actrices ne portât que son corset et un pantalon bouffant.

— Miss Fox ? fit la voix familière de M. Alcott derrière moi. Que faites-vous ici ?

— Je cherche M. Culpepper.

— Je ne l'ai pas vu. Avez-vous essayé son bureau ?

Dotty nous rejoignit, vêtue d'un peignoir de soie et de pantoufles. Elle s'adossa au chambranle de la porte et leva langoureusement un bras pour désigner la porte qui menait à la scène.

— Il est là-bas avec ma remplaçante. Cette fille a encore du travail à faire. Honnêtement, je pense qu'il devrait en trouver une autre.

— Il est trop tard pour en chercher une autre, dit-il. Une nouvelle n'aurait pas le temps d'apprendre son texte. Et si vous tombiez malade demain ? Ou si vous aviez un accident ?

— Vous comptez me pousser d'un balcon vous aussi, Perry ?

Il en eut le souffle coupé.

Dotty se tourna vers moi, un sourire satisfait sur les lèvres.

— Avez-vous déjà vu mon spectacle, Miss Fox ?

— *Votre* spectacle ? ricana-t-il.

— Trouvez des billets pour Miss Fox, voulez-vous, Perry ?

Elle lui tapota la joue.

— Brave garçon.

Elle s'éloigna, les hanches ondulant de façon séduisante et le peignoir de soie flottant autour de ses chevilles.

M. Alcott secoua la tête.

— Elle devient chaque jour plus insupportable. Elle ferait mieux de faire attention, sinon quelqu'un finira par la pousser d'un balcon. *Sa* doublure, peut-être.

Je laissai échapper une petite exclamation et il me lança un regard appuyé, un sourcil levé.

— Vous semblez troublée par nos petites querelles, Miss Fox. De toute évidence, vous n'avez pas passé beaucoup de temps avec des acteurs.

— C'est toujours aussi méchant ?

— Ça, ce n'est pas méchant. Ce n'est pas pour autant que Dotty et moi sommes amis. J'ai cependant noué de grandes amitiés au théâtre. Pearl, par exemple.

Il laissa échapper un souffle tremblant et cligna des yeux pour retenir ses larmes.

— Je commence à réaliser qu'elle ne remontera plus jamais sur cette scène.

M. Culpepper émergea par la porte de la scène puis s'arrêta en me voyant.

— Je n'ai pas le temps pour vos questions.

Il passa devant moi à grandes enjambées.

Je me précipitai derrière lui.

— Ce ne sera pas long.

— Pas maintenant, Miss Fox.

Il s'arrêta devant la porte de son bureau.

— Je suis trop occupé. Bonne journée.

Il n'y avait qu'une chose à faire – lui dire ici et maintenant dans le couloir.

— Pearl a eu un enfant.

Sa mâchoire se relâcha.

— L'enfant a été adopté par sa sœur et son beau-frère, les Larsen. Ils l'élèvent comme s'il était le leur.

Son regard se détourna et il fronça les sourcils d'un air pensif. Après un instant, comme si on l'avait remonté comme un automate, il m'invita à entrer. Il referma la porte derrière moi, mais je restai près d'elle tandis qu'il posait les mains sur le bureau.

Il baissa la tête.

— Je n'ai jamais vu la petite. Je ne connais même pas son nom.

— C'est Millie. Elle aura quatre ans en mars.

Il s'assit lourdement sur la chaise du bureau et se frotta le menton. Les doigts de son autre main tapotaient légèrement le bureau. Il calculait l'année de naissance de Millie et peut-être le moment où elle avait dû être conçue. Ses doigts cessèrent de tapoter et il déglutit péniblement.

— Pearl a arrêté de travailler pendant quelques mois durant l'hiver 1896. Elle m'avait dit qu'elle était malade et qu'elle allait se rétablir chez sa sœur.

J'avais donc eu raison. Millie était l'enfant de Pearl. Un doute persistant s'était attardé après que Mme Larsen l'eut nié.

— Vous n'avez jamais vu Pearl durant cette période ?

— Elle ne voulait pas me voir. Elle m'avait écrit qu'elle était trop malade et que la maladie la rendait laide.

Il esquissa presque un sourire, mais celui-ci n'aboutit pas tout à fait.

— Elle s'inquiétait toujours de son apparence, même avec moi.

Il passa les deux mains sur son visage. Lorsqu'elles retombèrent, il leva les yeux vers moi.

— Mon Dieu. Vous m'avez choqué, Miss Fox. Je… je ne peux pas croire qu'elle ne me l'ait pas dit !

Je ne pouvais pas tout à fait le croire non plus. Mais si M. Culpepper mentait, c'était un excellent comédien.

— La petite est-elle de moi ? demanda-t-il.

— J'espérais que vous pourriez me le dire.

Il haussa une épaule.

— Les dates correspondent. Nous étions certainement ensemble à ce moment-là, mais…

Il ferma les yeux avec force.

— Mais elle était aussi avec Lord Wrexham, terminai-je.

Il acquiesça légèrement.

— Elle me l'aurait dit si l'enfant était de moi. N'est-ce pas ?

Il semblait se poser la question à lui-même, ou peut-être au fantôme de Pearl. Son regard devint lointain.

— Quand elle est revenue travailler, elle était plus heureuse que jamais. Wrexham et elle allaient à beaucoup de fêtes alors. Elle faisait toujours attention à ne pas les mentionner devant moi, mais j'en entendais parler. C'était presque comme si elle avait décidé de profiter au maximum de ce qui s'offrait à elle, et un véritable banquet était dressé devant elle.

Cela ne ressemblait pas au comportement de quelqu'un qui venait d'abandonner son bébé. À moins qu'elle n'ait pas voulu de cet enfant.

— Pourquoi ne me l'a-t-elle pas dit ? murmura-t-il.

Je me mordis l'intérieur de la lèvre. La seule raison pour laquelle elle ne lui aurait pas dit, c'était parce qu'elle savait, ou soupçonnait, que l'enfant n'était pas de lui.

J'allai ouvrir la porte derrière moi, mais songeai à une dernière question.

— Pearl vous a-t-elle déjà demandé de l'argent ?

Il se passait la main dans les cheveux et, lorsqu'il s'arrêta, ils se dressèrent en mèches ébouriffées.

— Non.

— Même pas tout récemment ?

Il secoua la tête.

— Elle savait que je ne pouvais rien lui donner. Et puis, Rumford lui donnait tout ce qu'elle pouvait désirer. Pourquoi en aurait-elle eu besoin ?

Je le remerciai et me glissai dehors, le laissant me fixer d'un regard vide. J'étais heureuse de lui avoir parlé. Ses réponses m'avaient éclairée. Et pourtant, certains éléments ne concordaient pas. Comment avait-il pu ignorer que sa maîtresse avait un bébé ? Il aurait forcément remarqué l'arrondi de son ventre lorsqu'ils se voyaient avant sa réclusion volontaire. Et il n'aurait sûrement pas accepté sans broncher son prétexte selon lequel elle était malade. S'il l'aimait, il aurait cherché à la voir pendant sa maladie.

Je ne croyais pas non plus qu'il fût sans argent. Il était le directeur de l'un des théâtres les plus prestigieux de Londres. Même s'il n'avait pas sur lui de quoi donner à Pearl ce dont elle avait besoin, il pouvait emprunter. À tout le moins, Pearl se serait d'abord adressée à l'homme qu'elle aimait avant d'aller trouver Lord Wrexham.

Si elle avait demandé de l'argent à M. Culpepper pour reprendre son enfant, il avait dû se mettre en colère en découvrant qu'elle ne lui avait jamais parlé de Millie. Peut-être s'étaient-ils disputés et l'avait-il tuée au cours de la confrontation. Peut-être toute la conversation que je venais d'avoir avec lui n'était-elle qu'une invention, qu'un jeu d'acteur. Il n'était peut-être pas acteur, mais cela ne voulait pas dire qu'il ne savait pas jouer la comédie au besoin.

Plus j'y songeais, plus cette hypothèse gagnait en crédibilité. Depuis que j'avais compris que Millie était la fille de Pearl, je ne pouvais plus penser à autre chose. Pour quelle autre raison Pearl aurait-elle voulu de l'argent ? Elle comptait rembourser sa sœur et élever elle-même Millie.

Ce qui désignait *Mme Larsen* comme la meurtrière. Elle pouvait avoir tué Pearl de peur de perdre la petite qu'elle élevait comme sa fille depuis bientôt quatre ans.

— Miss Fox ! Attendez !

M. Alcott se hâta le long du couloir derrière moi, agitant en l'air plusieurs morceaux de papier. Lorsqu'il se rapprocha, je vis qu'il s'agissait de billets. Il me les tendit.

— Ce sont des billets pour la représentation de ce soir. Les meilleures places de la salle.

— Merci. Je m'en réjouis d'avance.

Il se pencha en avant et murmura :

— Dotty n'arrivera pas à la cheville de Pearl.

La mention de Pearl me rappela combien ils avaient été proches.

— Puis-je vous poser une question très personnelle au sujet de Miss Westwood ?

— Ça a l'air grave. De quoi s'agit-il ?

— Vous a-t-elle jamais dit qu'elle avait eu un enfant ?

— Mon Dieu ! murmura-t-il. Non, jamais. Quand cela ?

Je n'aimais pas répandre des ragots, mais j'avais besoin de réponses, et cet homme pouvait peut-être me les donner.

— L'enfant aura quatre ans en mars. La sœur de Pearl et son beau-frère l'élèvent comme si c'était la leur.

Il secoua la tête.

— J'en reste abasourdi. Non seulement Pearl ne m'en a jamais parlé, mais...

Il secoua de nouveau la tête.

— Continuez.

— Mais comme je vous l'ai dit, je n'en ai jamais eu le moindre soupçon. Même maintenant que vous me l'avez appris, je ne me rappelle pas un seul moment où Pearl ait laissé entendre que cet enfant était le sien. Il n'y avait dans sa loge aucune photographie d'elle, aucun dessin d'enfant. J'ignore même son prénom.

— Millie.

— Elle lui a acheté un cadeau à Noël, de cela je suis certain. C'était un ours en peluche. Elle m'a demandé si je trouvais que c'était un bon cadeau pour un tout-petit, mais vous dites que la fillette a presque quatre ans.

Il secoua la tête encore et encore.

— Comment a-t-elle pu ne pas me le dire ?

Plus il parlait, plus ma théorie s'effritait.

— Il n'y a donc jamais eu de moment où vous l'avez trouvée triste ? Comme si elle regrettait d'avoir abandonné l'enfant ?

— Pearl n'était jamais triste. Elle était toujours heureuse. Elle avait tout ce qu'elle pouvait souhaiter, à ce que je savais : des hommes qui l'adoraient, un généreux protecteur qui la couvrait de cadeaux. Si elle regrettait quoi que ce fût, elle ne me l'a jamais montré, et j'étais son meilleur ami.

Un meilleur ami qui n'avait rien su de la relation de Pearl avec M. Culpepper. Il n'avait donc peut-être pas davantage connu les véritables sentiments de Pearl à propos du bébé.

Mais tout ce qu'il me disait d'elle correspondait à ce que les autres disaient aussi. Pearl était heureuse. Elle profitait de la vie. Elle ne se comportait pas comme une femme à qui son enfant manquait et qui voulait le reprendre. Si tel avait été le cas, son amant et son ami l'auraient su, ou du moins auraient aperçu quelque petit signe.

Mais Pearl semblait n'avoir ni regrets ni chagrins. Elle n'avait pas comblé sa petite fille de cadeaux et, lorsqu'elle lui en avait acheté un pour Noël, ce n'était pas ce qu'une enfant de son âge aurait souhaité. D'ailleurs, d'après la voisine des Larsen, Pearl ne venait qu'une fois par an, à Noël. Ce n'était pas l'attitude d'une femme à qui son enfant manquait et qui voulait le reprendre. Si Millie était bien la fille de Pearl, alors Pearl avait le cœur singulièrement froid.

Peut-être Mme Larsen disait-elle la vérité et Millie était-elle bien son enfant, et non celui de Pearl. Dans ce cas, ma théorie selon laquelle elle avait tué Pearl pour l'empêcher de reprendre Millie tombait en lambeaux.

Je repris le chemin de l'hôtel, le cœur lourd. Il me semblait que plus j'en apprenais, plus la vérité s'éloignait.

* * *

Le Théâtre de Piccadilly offrait un visage différent la nuit. Avec toutes les lumières du foyer allumées et les spectateurs vêtus de leurs plus beaux atours, il se transformait en un lieu féerique et fastueux, tout comme l'Hôtel Mayfair. M. Alcott m'avait donné cinq billets, un pour chacun des Bainbridge et moi-même. Oncle Ronald avait d'abord décliné, mais après avoir découvert que les places se trouvaient dans une loge du deuxième balcon, il avait changé d'avis. M. Alcott avait raison lorsqu'il affirmait que c'étaient les meilleures places, et mon oncle n'allait pas renoncer à l'occasion de se montrer.

Le spectacle était un peu fade, l'histoire manquait de quelque chose que je ne parvenais pas tout à fait à définir. Les prestations étaient excellentes, en revanche, bien que Floyd ne fût pas de cet avis.

— Pearl Westwood était meilleure.

Assis entre Flossy et moi, il m'avait semblé apprécier le spectacle, jusqu'à ce qu'il bâille.

Flossy le poussa du coude.

— Tu dis ça seulement parce qu'elle était plus jolie que Dotty Clare.

Tante Lilian frappa l'épaule de Flossy.

— Si tu veux parler, baisse la voix. Les gens nous regardent.

Flossy fit la moue.

— C'est lui qui a commencé.

— Ça suffit, Florence. Tu es une dame ; comporte-toi comme telle.

Floyd renifla, ce qui lui valut un nouveau coup de coude de Flossy.

Oncle Ronald se pencha en avant.

— J'attends mieux de toi, Floyd.

— Je sais…

Floyd avait marmonné à voix basse pour que ses parents ne puissent l'entendre, et il ajouta :

— Je ne suis jamais assez bien.

Flossy pressa le bras de son frère et lui adressa un sourire compatissant.

Nous reçûmes des visiteurs dans notre loge pendant l'entracte comme si nous étions des membres de la famille royale recevant des courtisans. Un couple fit remarquer notre chance d'avoir obtenu une loge. Personne ne mentionna que j'avais reçu les billets.

Je fus présentée à d'autres amis encore. Ma famille semblait connaître tout le monde et je fus surprise qu'il restât encore des gens à Londres qu'ils ne m'avaient pas présentés auparavant. Ils avaient un cercle très étendu. Tout le monde se montrait si aimable avec moi, m'invitant à prendre le thé en compagnie de tante Lilian et de Flossy.

— Mon Dieu, regardez qui est là, dit l'une des amies de ma tante.

Elle scrutait par-dessus le balcon et l'appela :

— Viens voir, Lilian. N'est-ce pas Lady Rumford ? La femme avec la robe bleu-vert et la plume dans les cheveux.

Je portai mon regard sur la dame en bleu-vert, assise au parterre en contrebas.

Tante Lilian laissa échapper une exclamation.

— C'est bien elle. Elle est donc à Londres. Comme c'est étrange qu'elle ne séjourne pas à l'hôtel.

Son amie la regarda de biais.

— Voyons, Lilian. Est-ce vraiment si étrange étant donné qui y séjourne ?

Tante Lilian agita son éventail devant son visage tout en continuant de fixer le public.

— Avec qui est-elle ?

La femme semblait seule. Elle ne parlait à personne d'autre.

La cloche annonçant la fin de l'entracte retentit et nos invités se retirèrent, à l'exception d'un ami de Floyd, que j'avais rencontré au bal du Nouvel An de l'hôtel. Jonathon s'assit sur le siège à côté de moi et s'installa pour le deuxième acte.

— J'espérais vous croiser à nouveau, Miss Fox.

J'en doutais. Il aurait pu venir à l'hôtel à de nombreuses reprises et m'y voir. Selon Flossy, ce gentleman aux yeux bleus et aux cheveux blonds était quelque peu vaurien. Floyd et lui avaient tous deux une réputation de coureurs de jupons et d'habitués des fêtes d'un cercle mondain frivole. Il y avait néanmoins un certain charme chez lui, et je soupçonnais qu'il y avait quelque substance derrière ses manières aisées et son sourire charmeur.

— On dirait que vous avez réussi, dis-je sans détacher mon regard de Lady Rumford.

— Appréciez-vous le spectacle ?

— Oui. Et vous ?

— Pas particulièrement. C'est la deuxième fois que je le vois. Je voulais comparer les interprétations de Miss Clare et de Miss Westwood. Jusqu'à présent, je dois dire que je suis déçu.

— Pourquoi ? Parce qu'elle n'est pas aussi jolie que Miss Westwood ?

Il se pencha plus près.

— Vous pensiez que j'allais dire ça, mais en réalité, elle n'est simplement pas aussi bonne. Elle peine à atteindre les notes aiguës et sa voix ne porte pas aussi bien. Miss Westwood était une excellente chanteuse. On l'entendait distinctement, peu importe où l'on était assis.

— Vous avez l'air d'un admirateur.

— Je l'étais.

Il parlait d'une voix si basse que je me tournai vers lui.

— La connaissiez-vous ? Sur un plan personnel, je veux dire.

— Bien sûr que non.

Son ton embarrassé me disait le contraire. Il semblait bien que Dotty Clare avait raison, et que Pearl avait plusieurs amants.

Les lumières s'atténuèrent et il ne me fut plus possible de voir Lady Rumford. Je regardai le reste du spectacle. Quand les applaudissements cessèrent, que les rideaux tombèrent et que les lumières se rallumèrent, je la cherchai immédiatement du regard. Elle ne parla à personne en partant.

— Je me demande si Rumford sait qu'elle est ici, dit Floyd en suivant mon regard.

— S'en soucie-t-il ? demanda Jonathon.

Floyd eut un sourire en coin.

— J'ai entendu dire qu'il cherchait une remplaçante pour Miss Westwood. Peut-être devrait-il demander à Miss Clare.

Flossy plissa le nez.

— Franchement, Floyd, tu es obligé d'être si vulgaire ?

— Tu parles comme Mère.

Il attira l'attention de son ami.

— Qu'en dis-tu, Jonathon ? Rumford devrait-il engager Miss Clare dans le rôle de sa prochaine maîtresse ?

Jonathon se leva et me tendit la main.

— Nous ne devrions pas discuter de telles choses devant des dames.

Floyd regarda sa sœur, puis son ami, et suivit le regard chaleureux de Jonathon jusqu'à moi. Il eut un petit rire.

— Allons, Flossy, nous les retrouverons en bas.

Mon cœur se serra. Flossy suivit son frère hors de la loge, sachant parfaitement pourquoi il tenait à me laisser seule en présence de Jonathon. Même ma tante et mon oncle s'éclipsèrent après avoir vu Jonathon me tendre le bras. Mon oncle avait l'air ravi.

Je pris le bras de Jonathon et le laissai m'escorter hors de la loge puis dans l'escalier. Nous rejoignîmes le flot des spectateurs qui se déversait vers le foyer. J'avais totalement perdu ma famille.

Jonathon me vit tendre le cou.

— Ne vous inquiétez pas, nous les retrouverons.

Il tapota ma main, posée sur son bras.

— Et sinon, je vous raccompagnerai à l'hôtel. Ce n'est pas loin.

— Et votre famille ? Vous n'êtes pas venu avec eux ?

— Oui, mais je vais vous confier un secret.

Il pencha la tête vers la mienne.

— J'ai l'âge de rentrer seul chez moi.

— Très drôle.

— À vrai dire, j'ai même l'âge de raccompagner de jeunes dames jusque chez elles.

— On va jaser.

Ses yeux brillèrent d'amusement.

— Qu'ils parlent.

Je n'aimais pas la chaleur de sa voix. Elle était bien trop familière, bien trop pleine d'espoir. Notre chemin se mêla à celui des spectateurs qui sortaient de la salle depuis le parterre du rez-de-chaussée. Je scrutai la mer de têtes, espérant apercevoir ma famille ou ne serait-ce que Lady Rumford.

— L'agencement de ce théâtre est déplorable, dit Jonathon tandis que nous avancions avec la foule. Avez-vous votre ticket de vestiaire ?

Je lui tendis mon ticket de vestiaire et il me laissa près du comptoir des rafraîchissements, avec un petit groupe d'autres dames qui attendaient elles aussi qu'on leur rapporte leur manteau. Je me hissai sur la pointe des pieds, mais ne parvins pas à voir ma famille. Je me résignai à rentrer à pied avec Jonathon ; j'aurais un mot à dire à Flossy le lendemain matin au sujet de sa manie de m'abandonner dès que Jonathon rôdait dans les parages.

Une silhouette familière, au milieu de la foule, leva soudain les yeux et balaya les visages du regard. M. Armitage était si grand qu'il me repéra bientôt. Il me salua d'un signe de tête, puis l'inclina pour dire quelque chose à la personne qui se tenait à son côté. Un instant plus tard, il se dirigea vers moi.

— Bonsoir, Miss Fox. Le spectacle vous a plu ?

— Oui, merci. Nous avions une excellente vue sur la scène.

— Je sais. Je vous ai vue là-haut dans la loge, comme la famille royale.

Je ris.

— Les billets étaient gratuits. Quelqu'un a dû se désister au dernier moment et je me trouvais au théâtre au bon moment.

Les parents de M. Armitage émergèrent de la foule, mais restèrent à une certaine distance. Je leur adressai à tous deux un sourire et un signe de tête, et reçus en retour un sourire de l'inspecteur Hobart et un bref hochement de tête de son épouse. Elle ne m'avait toujours pas pardonné d'avoir fait perdre à son fils son emploi à l'hôtel.

— Comme c'est agréable que vous soyez venu avec vos parents, dis-je.

— C'était mon cadeau de Noël pour eux.

M. Armitage tendit le cou pour mieux voir la foule.

— Vous cherchez les Bainbridge ? Parce qu'ils viennent justement de partir.

Je poussai un soupir.

— Dites à votre père qu'il va y avoir un autre homicide.

— Quoi ?

— Je vais tuer Flossy dès que je la verrai.

Il rit doucement.

— Je ne vous aurais pas crue si théâtrale.

Il y réfléchit, puis haussa les épaules.

— En fait, je retire ce que j'ai dit. La manière dont vous avez quitté mon bureau en trombe ce matin valait une scène tout droit sortie du Théâtre de Piccadilly.

Je relevai le menton pour le regarder.

— Je ne suis pas sortie en trombe. Vous vous moquiez de moi, alors j'ai pensé qu'il valait mieux partir avant que notre amitié ne se fissure davantage.

— Je ne me moquais pas de vous.

Sa voix grave et mélodieuse ne contenait pas la moindre trace d'amusement. Elle résonnait comme des tambours lointains et me parcourait, sourde et profonde.

— Et notre amitié est bien vivante, si vous souhaitez qu'elle le soit.

J'ouvris la bouche pour répliquer, mais les mots moururent sur mes lèvres. Je n'avais pas envie de lancer une répartie futile. Je voulais qu'il me regarde ainsi toute la nuit. Comme s'il n'y avait eu personne d'autre autour de nous.

— Votre manteau, Cleo.

Les paroles de Jonathon crevèrent la bulle qui nous entourait comme une épingle éclate un ballon.

Je pris le manteau et m'éclaircis la gorge. Comme M. Armitage ne s'éloignait pas immédiatement, je dus les présenter. En effet, M. Armitage parut un peu décontenancé à l'arrivée d'un inconnu portant mon manteau.

Il s'avéra qu'ils ne semblaient pas être des inconnus l'un pour l'autre.

— Vous me dites quelque chose, dit Jonathon. Êtes-vous une connaissance des Bainbridge ?

— En quelque sorte.

M. Armitage nous souhaita le bonsoir et rejoignit ses parents.

Jonathon m'aida à enfiler mon manteau.

— Ce n'est pas un ami de Floyd, sinon je le saurais. Armitage, Armitage…

Il secoua la tête.

— Qui est-ce ?

— C'était le directeur adjoint de l'hôtel jusqu'à récemment.

Sa main s'arrêta à mon col.

— Je vois.

Il prononça ces mots d'un ton sombre.

Jonathon me conduisit dehors. Il n'y avait aucune trace de M. Armitage, mais la voiture des Bainbridge m'attendait. Il semblait donc que je n'aurais pas à assassiner Flossy, après tout.

* * *

IL N'Y avait qu'une chose à faire à ce stade de l'enquête, qu'une seule ligne de conduite. Le fait que je n'avais aucune envie de la suivre ne signifiait pas que je m'en abstiendrais. Je rassemblai mon courage et me rendis à Belgravia pour rendre visite à Lord et Lady Wrexham.

J'étais si nerveuse que je ne pus rien avaler au petit déjeuner. J'évitai les reproches d'Harmony pour ne pas avoir tout terminé et sortis en direction de Belgravia au milieu de la matinée. Un garçon avait installé un stand de cirage de chaussures de l'autre côté de la rue et polissait la chaussure d'un gentleman assis sur le tabouret, journal à la main et cigare à la bouche comme s'il se trouvait dans le fumoir de l'hôtel. Ce devait être le frère de Peter.

Au lieu de tenter ma chance en frappant à la porte de l'hôtel particulier des Wrexham, j'attendis non loin de là. J'avais emporté un journal comme déguisement, en quelque sorte, et feignis de le lire tout en surveillant la maison. Je renonçai à aborder le frère de Peter lorsque son client s'en alla. Si j'étais repérée par la maisonnée, je ne voulais pas que le garçon soit lui aussi chassé.

Heureusement, la pluie se tint à l'écart. J'attendis pendant des heures, mais ma patience fut enfin récompensée lorsque la voiture aux portières vertes s'arrêta devant la maison. J'attendis que la porte de l'hôtel particulier s'ouvre et que Lord Wrexham émerge, puis traversai la rue. Il jura en me voyant.

— Un mot avant votre départ, je vous prie, milord.

— Je n'ai pas le temps.

— Je pense que vous en trouverez, du temps, lorsque vous entendrez ce que j'ai à vous dire.

Il enfonça sa canne dans ma poitrine, m'arrêtant net.

— Hors de mon chemin.

La porte s'ouvrit de nouveau et le majordome apparut.

— Vous ! Partez ou je fais venir les agents.

— Faites-le, dis-je à Lord Wrexham. Appelez la police. Je serai ravie de leur apprendre que vous êtes le père de l'enfant de Pearl Westwood.

Lord Wrexham abaissa lentement sa canne. Son regard ne quitta pas le mien, mais son expression ne trahit rien. Je ne pouvais dire s'il était choqué d'apprendre que Pearl avait un enfant ou que je savais qu'il en était le père.

— Monsieur ! Voulez-vous que je fasse venir un agent ? demanda le majordome.

Lord Wrexham secoua la tête.

— Laissez-nous.

Le majordome sembla réticent à partir, mais il n'eut pas besoin qu'on le lui dise deux fois.

Lord Wrexham attendit que la porte se referme avant de parler.

— Que voulez-vous, Miss Fox ?

— La même chose que la dernière fois. Des réponses.

Il étira le cou, mal à l'aise dans son col.

— Vous semblez penser que je les ai. Je vous assure que non. Par exemple, je ne sais même pas si l'enfant est de moi.

— Pourquoi Pearl vous aurait-elle menti ?

— L'argent.

Sa réplique avait été immédiate, mais teintée d'une grande amertume.

— Est-ce pour cela qu'elle est venue vous voir ce jour après Noël ? Elle voulait de l'argent de votre part pour Millie ?

Il frappa le bout de sa canne sur le trottoir et posa ses deux mains sur le pommeau.

— Oui. C'était la première fois que j'entendais parler de cette enfant. Elle a dit qu'elle était née il y a presque quatre ans. Et que sa sœur l'élevait.

— A-t-elle dit pourquoi elle avait besoin de cet argent maintenant ?

— Non.

— Avait-elle l'intention de reprendre l'enfant et de l'élever elle-même ?

Il souleva sa canne.

— Je l'ignore. Elle n'a donné aucune explication et je n'ai pas posé de questions. Elle m'a dit que l'enfant était de moi et que j'avais l'obligation de subvenir à ses besoins. Mais elle ne pouvait apporter aucune preuve, alors j'ai refusé.

Une rage monta en moi. Ce n'était pas à cause de son arrogance, bien que celle-ci fût certainement exaspérante. C'était pour son indifférence cruelle envers une femme pour qui il avait autrefois eu de l'affection et qui avait besoin de son aide. Mais j'étais encore plus en colère pour Millie. C'était son enfant, sa responsabilité. En refusant de croire Pearl, il privait Millie de la possibilité de vivre une vie confortable. Il était pathétique et mesquin.

Je serrai les dents.

— C'est une petite fille, milord, pas une chose. Veuillez la désigner par *elle*, pas par *ça*.

Il grimpa dans la voiture et saisit la poignée de la portière.

— Si cela ne vous dérange pas, j'ai un rendez-vous.

Je me plaçai de manière à ce qu'il ne puisse fermer la portière.

— Où étiez-vous l'après-midi où Pearl est morte ?

— Je n'étais pas au théâtre. Cette réponse devra suffire.

— Cela ne me suffit *pas*. Où étiez-vous ?

Il tira sur la portière, mais je ne bougeai pas.

— En route !

Le cocher se pencha depuis son siège et me vit debout là.

— Mais monsieur...

— J'ai dit en route !

Le cocher me lança un regard d'excuse puis pressa les chevaux d'avancer. Je bondis en arrière pour éviter la roue, trébuchai sur le caniveau et atterris sur mon postérieur. Si la voiture avait démarré plus brusquement, j'aurais été écrasée. Le cocher m'avait épargné cela.

La porte de l'hôtel particulier s'ouvrit et le majordome se tenait là. Il me regarda de haut.

— Lady Wrexham souhaite vous voir.

Je jetai un coup d'œil à la fenêtre du deuxième étage, là où se trouvait le salon. Elle devait avoir observé la scène. J'époussetai mes jupes, ramassai mon parapluie et mon journal tombés à terre, et me dirigeai vers les marches. Je tendis au majordome mon parapluie et mon journal avec un sourire.

Il les remit à M. Adams, le valet de pied, comme s'il s'agissait de chiffons sales.

— Êtes-vous blessée, Miss Fox ? demanda M. Adams.

— Merci, non. C'est très aimable à vous de demander.

Plutôt surprenant, à vrai dire. Je ne pensais pas qu'il m'appréciait beaucoup, mais il semblait m'apprécier un peu plus que le majordome.

À en juger par la moue dédaigneuse du vieil homme, la barre n'était pas placée très haut.

Il me conduisit jusqu'au salon et m'annonça à la porte avant de nous laisser. Lady Wrexham ne lui demanda pas d'apporter du thé, j'en conclus que cela ne serait pas traité comme une visite mondaine. Je devais me préparer à quelques passes d'armes.

Mais cette fois, je comptais sur le succès. J'étais venue armée d'informations.

CHAPITRE 12

ady Wrexham était assise sur le sofa comme une statue. Même sa poitrine ne bougeait pas au rythme de sa respiration. On aurait dit qu'elle se raidissait de tout son être, s'efforçant d'empêcher son sang-froid de se fissurer. Ou peut-être le moindre mouvement lui causait-il de la souffrance. Si elle était malade, c'était possible.

Elle ne m'invita pas à m'asseoir, mais je m'assis tout de même, et reçus un regard dédaigneux pour mon impertinence.

— Je vois que vous avez parlé à mon mari, dit-elle. À quel sujet ?

J'avais d'abord éprouvé de la sympathie pour cette femme, qui avait un mari entretenant des maîtresses, mais plus je la voyais, moins j'en ressentais. Cela me rendait plus facile d'être honnête avec elle.

— Je lui ai dit que je savais qu'il était le père de l'enfant de Miss Westwood.

Une ombre passa sur son visage. De la surprise, certainement, mais pas du choc. Elle devait être au courant pour Millie.

— Mon mari dit que vous êtes journaliste. Vous a-t-il offert de l'argent pour que vous n'écriviez pas à ce sujet ?

Ainsi, il pensait toujours que j'écrivais pour les journaux. Elle semblait le croire désormais elle aussi.

— Non. Mais soyez assurée que je n'ai aucune intention de mentionner son nom dans mon article. Je veux simplement découvrir la vérité sur la mort de Pearl. Je suis convaincue qu'elle ne s'est pas suicidée.

Elle tripota la grosse bague à son doigt.

— Pourquoi est-ce important ? Miss Westwood n'est plus. Laissez-la reposer en paix maintenant.

Elle semblait fatiguée, comme si toute cette histoire avec Pearl l'avait épuisée.

— Cela importe à ceux qui l'aimaient. Sa fille y sera sensible, un jour.

— J'en doute. La petite est simplette.

— Comment le savez-vous ?

Comme elle ne répondait pas, j'insistai.

— Vous avez entendu Pearl le dire à votre mari ce jour-là où elle est venue ici après Noël, n'est-ce pas ? Vous l'auriez également entendue lui demander de l'argent pour subvenir aux besoins de Millie.

Elle ne sembla pas se soucier que j'eusse deviné qu'elle avait écouté aux portes. Elle continua simplement à jouer avec la bague à son doigt.

— Étiez-vous en colère contre votre mari pour avoir engendré l'enfant d'une autre femme ? demandai-je. Vous en êtes-vous prise à Pearl ? Assez pour la tuer, peut-être ?

Elle ricana.

— Ne soyez pas ridicule. Je ne l'ai jamais rencontrée. Je n'ai jamais été dans la même pièce qu'elle.

— Peut-être a-t-elle menacé de révéler aux journaux que votre mari était le père de son enfant s'il refusait de lui donner de l'argent pour subvenir aux besoins de Millie.

— Elle n'a proféré aucune menace de la sorte. Il a refusé de croire que l'enfant était de lui et lui a ordonné de partir. Il ne lui a rien donné, ne lui a rien promis.

— Et comment a-t-elle réagi ?

Elle releva le menton.

— Je n'en sais rien.

— Bien sûr que si.

— Elle est partie, Miss Fox. Comme vous devriez le faire.

La dernière fois que j'étais venue ici, elle m'avait appelée dans cette même pièce après que j'avais été dans le bureau de Lord Wrexham. Pearl aurait dû passer devant en sortant elle aussi. Lorsque l'entretien dans le bureau de Lord Wrexham s'était terminé, peut-être Lady Wrexham s'était-elle précipitée dans le salon pour éviter d'être surprise en train d'écouter aux portes, puis avait-elle appelé Pearl au passage.

Je me demandai comment cette conversation s'était déroulée. L'épouse sans enfant et la maîtresse qui avait abandonné sa fille mais voulait maintenant de l'argent pour la reprendre. Une nouvelle idée me vint à l'esprit, bien qu'elle me révulsât.

— Avez-vous offert de l'argent à Pearl en échange de Millie ? demandai-je.

Tout son corps sembla trembler sous l'effet de sa réaction, des lèvres jusqu'aux pieds.

— Si vous me demandez si je voulais élever l'enfant de mon mari, la réponse est un non catégorique. Si vous le croyez, Miss Fox, vous ignorez tout des usages du monde.

La véhémence de son démenti me frappa comme un coup. J'admets que les gens de la haute société étaient pour moi comme une autre espèce, mais ils devaient sûrement avoir les mêmes émotions humaines fondamentales que le reste d'entre nous. Il est probable que cette femme ressentait une certaine jalousie : Pearl avait eu un enfant de Lord Wrexham, tandis qu'elle-même, Lady Wrexham, n'en avait pas eu.

— Alors expliquez-le-moi, dis-je.

— L'enfant a déjà trois ans, presque quatre. Il est trop tard pour la faire passer pour la nôtre. Mais je serais prête à le faire, d'une manière ou d'une autre, si ce n'était que l'enfant elle-même est déficiente.

— Déficiente ? m'exclamai-je.

— Je l'ai rencontrée, et elle est très douce.

Ses narines se dilatèrent et les sillons aux coins de sa bouche se creusèrent. Si je l'avais trouvée quelconque auparavant, je la trouvais à présent positivement laide.

— Je suis contente que la petite ne soit pas mienne. Si vous voulez mon avis, c'est la façon qu'a Dieu de punir cette putain. Elle a eu ce qu'elle méritait.

Je fus si stupéfaite par son éclat qu'il me fallut plusieurs instants avant de pouvoir parler à nouveau. Quand je le fis, je me levai et la toisai du regard.

— Si nous recevions tous ce que nous méritons, alors Millie aurait des parents qui l'aiment. Vous, en revanche, Lady Wrexham, avez exactement le mari que vous méritez.

La main de Lady Wrexham se plaqua sur sa bouche, mais pas avant qu'un hoquet d'horreur ne lui eût échappé.

Je me dirigeai à grands pas vers la porte, mes jupes s'emmêlant autour de mes jambes dans ma hâte de m'éloigner d'elle.

* * *

JE NE M'ÉTAIS pas calmée lorsque j'arrivai à l'hôtel. Pour épargner à tout le monde ma présence maussade, je m'enfermai dans ma suite et dînai seule. Je ne vis personne, hormis le valet de pied qui m'apporta mon repas, jusqu'au lendemain matin, quand Harmony arriva avec Victor.

Dès que la porte s'ouvrit, elle le poussa à l'intérieur et referma derrière elle.

— Allez, dis-le à Miss Fox, dit-elle.

— C'était mon plateau de petit déjeuner, devant la porte ? demandai-je.

Harmony se posta devant la porte.

— Le petit déjeuner attendra. Victor n'en aura pas pour longtemps.

— Je n'ai pas envie qu'il refroidisse.

Elle croisa les bras. Je soupirai et suivis Victor jusque dans le petit salon. La main posée nonchalamment sur le couteau glissé dans l'étui de sa ceinture de travail, le corps légèrement campé, il aurait eu l'air d'un cow-boy de l'Ouest américain, si ce n'était sa tenue blanche de cuisinier.

— Il n'y a pas lieu de se presser, dit-il à Harmony, qui nous avait suivis dans le salon. J'ai du temps avant de prendre mon service.

— Mais Miss Fox a du travail, et tu ne devrais pas être ici.

— Qui le saura ?

— Moi !

Elle agita la main dans sa direction.

— Vas-y.

Il s'inclina légèrement.

— Oui, *Madame*.

Harmony plissa les yeux, mais ne répliqua pas.

— Thomas Adams est passé me voir hier soir, dit-il.

Voilà qui éveilla aussitôt toute mon attention.

— Et alors ?

— Et il m'a dit qu'il avait parlé au cocher de Lord Wrexham, mais avec subtilité, comme s'ils bavardaient simplement pour passer le temps au pub. Le cocher a laissé échapper qu'il conduisait souvent son maître dans une clinique de Harley Street.

Il sortit un papier plié de sa poche et me le tendit.

— Thomas a noté les détails et m'a demandé de vous les remettre.

Je lus le billet et en retins l'adresse.

— Il y a autre chose, ajouta Victor. Thomas dit que le cocher a conduit Lord Wrexham à la clinique l'après-midi du meurtre, mais quand Thomas a essayé de lui soutirer une heure précise, l'homme s'est renfermé et a cessé de parler.

— S'il était chez le médecin cet après-midi-là, il a un alibi pour le meurtre.

Je soupirai.

— Ce n'est pas lui.

— À moins qu'il ne soit allé directement de la clinique au Théâtre de Piccadilly.

Harmony lut la note par-dessus mon épaule.

— Harley Street compte quantité de médecins, dont beaucoup se spécialisent dans telle ou telle affection. Celui-ci a-t-il une spécialité ?

Victor haussa les épaules.

Je glissai le papier dans mon réticule.

— Je le découvrirai. Merci, Victor, c'est extrêmement utile. Je ferais mieux de rendre visite à Thomas au Nag's Head et de le remercier en personne. Il a risqué sa place en parlant au cocher, et je ne le lui ai même pas demandé.

— Je ne crois pas que vous devriez y aller, dit Victor. Thomas a des vues sur vous.

Je fronçai les sourcils.

— Je ne vois pas le rapport entre les deux.

— Vous ne devriez pas trop vous en rapprocher.

Harmony parut plus offensée par cette remarque que moi.

— Miss Fox ne va tout de même pas se laisser prendre par un homme comme ton ami, Victor. Elle a bien plus de jugement que cela et peut trouver infiniment mieux, merci bien.

— Je suis d'accord. Je dis seulement : méfiez-vous de Thomas. Vous n'avez pas intérêt à ce qu'il vous apprécie un peu trop, Miss Fox, si vous voyez ce que je veux dire.

Je ne le voyais pas. Pas vraiment.

— Je crois que tu te trompes à son sujet. S'il m'a adressé des compliments, ils étaient sacrément bien déguisés.

— C'est sa façon d'être. Mais il vous apprécie, n'en doutez pas, sinon il ne se serait pas donné tant de mal pour vous aider sans rien attendre en retour.

— Alors je le paierai pour ce renseignement, afin qu'il ne puisse y avoir aucun malentendu.

Victor passa la main sur le manche de son couteau.

— En temps ordinaire, je n'approuve pas qu'on paie quelqu'un qui ne l'a pas demandé, mais en l'occurrence, je crois que ce serait prudent. Thomas n'est pas quelqu'un à qui il faut envoyer des signaux ambigus.

Harmony claqua la langue.

— Je savais bien qu'un de tes amis finirait par causer des ennuis.

— Nous ne sommes plus amis.

Elle se dirigea vers la porte.

— Tu aurais dû prévenir Miss Fox avant.

— Je ne savais pas qu'il finirait par s'enticher d'elle, dit Victor en lui emboîtant le pas.

Harmony se retourna vivement, les yeux étincelants.

— Et pourquoi ne l'admirerait-il pas ? Elle a quantité de qualités.

— Ce n'est pas ce que je voulais dire.

Pour la première fois depuis que je le connaissais, Victor parut décontenancé. Il était curieux, et plutôt charmant, qu'Harmony fût celle qui froissât ainsi son assurance d'ordinaire si lisse.

— Je voulais seulement dire que j'ignorais qu'il fût capable d'admirer qui que ce soit. Si on lui ouvrait la poitrine, je serais surpris d'y trouver un cœur humain battant plutôt qu'un dispositif mécanique.

Je ris, pour voir aussitôt Harmony reporter sur moi son regard sévère.

— Il n'y a vraiment pas de quoi rire. Thomas Adams a tout l'air d'un individu abominable. Je suis bien contente de ne pas avoir affaire à lui. Si tu dois absolument lui rendre visite, Cleo, emmène encore M. Armitage avec toi. Je me sentirai plus rassurée si tu es accompagnée d'un homme.

Elle sortit la première, ramassa mon plateau de petit déjeuner et s'écarta pour laisser passer Victor.

— Veille à ce que personne ne te voie quitter cet étage.

Il la salua et partit.

Elle le suivit des yeux en fronçant les sourcils.

— Il faut qu'il apprenne quelle est sa place.

— Et *quelle* est sa place ?

Elle referma la porte et me suivit jusqu'au petit salon, où elle posa le plateau.

— Dans la cuisine, loin des femmes de chambre.

Je retirai le couvercle et inspectai l'assiette de saucisses et de toasts.

— Elles le trouvent intéressant ?

— Elles le trouvent intéressant. C'est son air dangereux, avec tous ces couteaux et ces cicatrices. Tu sais comme certaines filles peuvent être sottes avec des hommes de ce genre.

J'essayai de garder mon sérieux.

— Pas toi, en tout cas.

— Grand Dieu, non !

Elle plissa les yeux.

— Tu n'es pas de celles-là, n'est-ce pas ? Tu n'aimes tout de même pas les hommes dangereux comme Thomas Adams ?

— Certainement pas. Je suis beaucoup trop sensée.

C'est bien ce qu'il me semblait, mais même les femmes sensées tombent sous le charme de vauriens quand elles cherchent un peu d'excitation.

— Alors nous n'aurons aucun problème. L'ennui est bien le dernier de mes soucis ces temps-ci.

Je lui tendis l'assiette de saucisses.

— À présent, viens t'asseoir et mangez avec moi.

* * *

HARLEY STREET, à Marylebone, devait être le centre médical de Londres. Il semblait y avoir plus de médecins et de praticiens privés dans cette seule rue que dans tout Cambridge. À en juger par les plaques de cuivre fixées près de chaque porte, on y trouvait des dermatologues et des ophtalmologues, des obstétriciens et même un spécialiste des nerfs. Plusieurs autres plaques portaient simplement la mention « médecin » ou « médecin généraliste ». La plaque du numéro 29 était placée sous la sonnette de cuivre. Si elle n'avait pas été marquée « PATIENTS ET VISITEURS », je n'aurais pas su qu'il s'agissait d'un cabinet médical.

Une femme d'âge mûr vêtue de blanc, au regard bienveillant, ouvrit la porte.

— Oh. Je vous ai prise pour notre prochain patient, mais vous n'êtes manifestement pas lui.

Elle sourit.

— Souhaitez-vous prendre rendez-vous ?

— Non. Je veux seulement savoir quel genre de maladies sont traitées ici.

Son sourire s'évanouit.

— Je crains de ne pouvoir discuter de cela avec vous. Bonne journée.

Je glissai mon pied dans l'entrebâillement pour l'empêcher de fermer la porte.

— Mais si je veux prendre rendez-vous ? Me le direz-vous alors ?

— Pourquoi prendriez-vous rendez-vous sans savoir ce que le docteur Martin soigne ? Voilà un raisonnement bien étrange, Mademoiselle… ?

— Pourquoi ne voulez-vous pas répondre ? C'est juste une simple question.

— Mais pourquoi voulez-vous le savoir ?

Je serrai les dents en inspirant brusquement. Cette femme faisait une gardienne redoutable. Un peu trop zélée. Je tentai de regarder par-dessus son épaule, mais elle me bloqua la vue.

— Je crains de devoir vous demander de partir.

Elle poussa la porte contre mon pied, violemment. Ma bottine n'offrit guère de protection et je sautillai en boitant, les dents serrées sous la douleur lancinante.

La porte claqua à mon nez.

— Quelle impolitesse ! criai-je.

La seule réponse que je reçus vint d'une femme qui passait sur le trottoir. Elle claqua la langue et secoua la tête en signe de désapprobation.

Je descendis les marches en boitant et pris un fiacre pour retourner à l'hôtel.

Je saluai Frank à la porte, mais il me répondit par un froncement de sourcils.

— Pourquoi boitez-vous ?

Je tentai de marcher normalement.

— Une réceptionniste trop zélée a décidé qu'elle n'aimait pas ma question.

Il hocha la tête d'un air entendu en ouvrant la porte.

M. Hobart passait dans le hall, un dossier de cuir sous le bras, quand il m'aperçut et s'arrêta.

— Bonjour, Miss Fox. Êtes-vous sortie ce matin ?

— J'ai dû rendre visite à un médecin à Harley Street.

— Ah. Je vous ai vue boiter. J'espère qu'il a pu vous aider. Avez-vous apprécié le spectacle l'autre soir ?

— C'était très réussi, merci. J'y ai vu votre frère et sa famille.

Il sourit.

— C'est ce que j'ai entendu dire.

Il jeta un coup d'œil alentour et fit un pas de plus vers moi.

— À propos du Playhouse, où en est votre enquête pour Lord Rumford ?

— Je fais des progrès.

— Non pas que je veuille vous presser de tirer des conclusions, mais pensez-vous avoir une réponse pour lui bientôt ? C'est simplement qu'il prévoit de quitter l'hôtel dimanche et aimerait savoir qui était derrière la fin tragique de Miss Westwood avant de quitter Londres.

— Je ferai de mon mieux, mais j'ai du mal à avancer. Personne ne veut me parler, voyez-vous.

— Avez-vous essayé de soudoyer quelqu'un ?

J'étouffai un sourire. Pour une raison quelconque, entendre cet homme droit et bienveillant m'encourager à graisser des pattes m'amusa.

— Malheureusement, les lords et les ladies ne se laissent pas facilement acheter.

— Vous pourriez essayer le chantage.

— C'est ce que je fais.

— Demandez à Harry de vous aider à nouveau. Il est très doué pour obtenir des réponses des femmes par son charme.

J'arquai les sourcils.

— Vraiment ?

— Vous ne l'avez pas remarqué ?

— Si, mais je n'ai pas fait l'expérience de ce charme directement. Il ne l'a pas employé avec moi.

— Peut-être préfère-t-il que vous voyiez sa vraie nature, avec tous ses défauts.

En parlant de défauts…

— Vous connaissez beaucoup de choses sur cette ville, monsieur Hobart. Peut-être pouvez-vous m'aider. Il y a un médecin à Harley Street sans plaque sur sa porte indiquant sa spécialité.

— Est-ce un médecin généraliste ?

— Il n'y a même pas de plaque mentionnant cela. Sa réceptionniste ne voulait pas non plus me laisser entrer à moins que je ne sois prête à prendre rendez-vous. Quand j'ai dit que je voulais simplement savoir quelle était la spécialité médicale du docteur, elle m'a claqué la porte au nez.

Il baissa les yeux vers mes bottines.

— Au nez ou au pied ?

— Les deux.

Il cala le dossier de cuir plus haut sous son bras.

— D'après mon expérience, si un cabinet médical est assez secret pour ne pas afficher sa spécialité sur la porte et ne même pas laisser entrer les visiteurs qui ne sont pas patients, le médecin doit être du genre à traiter des maladies de nature délicate.

Il s'éclaircit la gorge et ses joues rosirent légèrement.

— Si vous voyez ce que je veux dire.

— Je crois comprendre.

Le médecin devait traiter des patients souffrant d'affections touchant des parties du corps qu'on préférait ne pas mentionner.

— Je connais les noms d'un grand nombre de spécialistes, dont certains ont des cabinets à Harley Street. Parfois, des clients me demandent de leur recommander un médecin. En effet, certains viennent même à Londres et séjournent au Mayfair pendant qu'ils se font soigner. Peut-être que si vous me dites le nom de ce médecin, je saurai ce qu'il fait.

— Le docteur Martin, au numéro 29.

Ses joues prirent une teinte rose plus vive.

— Ah. Voilà qui est intéressant.

— Dites-m'en plus.

Il tripota sa cravate et se mordilla l'intérieur de la lèvre. Il jeta un coup d'œil alentour et se pencha vers moi.

— C'est le médecin le plus éminent du pays pour traiter la syphilis.

Pas étonnant qu'il soit mal à l'aise de me le dire. La maladie sexuellement transmissible n'était pas un sujet que l'on aimait mentionner dans la conversation.

— Je vois. Merci, monsieur Hobart. C'est très utile. Très utile en effet.

Je le regardai se diriger vers l'ascenseur où il pressa le bouton et attendit. Je demeurai sous le lustre central quelques minutes, réfléchissant à ce qu'il m'avait dit.

Je savais deux choses sur la syphilis. Elle était contagieuse, mais se transmettait uniquement entre partenaires sexuels, et c'était une maladie terriblement défigurante sans remède. La maladie devait être à l'origine des plaies sur le visage de Lord Wrexham.

— À quoi pensez-vous ? dit Goliath en affichant l'un de ses larges sourires ouverts.

— Je réfléchissais à l'affaire. Que sais-tu de la syphilis ?

Son sourire s'effaça.

— Rien ! Je le jure.

— J'espérais que tu en saurais plus que moi.

Je baissai la voix.

— Te rappelles-tu que l'un de nos suspects est Lord Wrexham, l'ancien amant de Pearl ? Il a cette maladie.

Il fit une grimace.

— Sale affaire, la syphilis. Je n'en sais pas grand-chose, mais Peter en sait peut-être davantage. Son voisin l'avait, m'a-t-il dit un jour.

Peter était penché sur le registre des clients au comptoir de réception. Il n'y avait personne au guichet, bien que quelques clients s'attardaient à voix basse près du bureau de poste.

— Miss Fox veut en savoir plus sur la syphilis, dit Goliath. Je lui ai dit que c'était à toi qu'il fallait demander.

Peter hocha la tête, sans la moindre gêne, contrairement à Goliath.

— Mon voisin l'avait. Il est mort maintenant. La maladie a fini par l'emporter.

Je lui parlai de la visite de Lord Wrexham chez le docteur Martin, notamment l'après-midi de la mort de Pearl, et de la probabilité qu'il ait la syphilis.

— Je sais qu'il n'existe aucun remède, alors pourquoi un homme atteint de cette maladie consulterait-il un médecin ? À quoi bon ?

— On la traite souvent avec du mercure, mais ça ne marche pas. En tout cas, pas pour mon voisin. Il prenait des pilules de mercure et ne faisait que s'affaiblir de plus en plus jusqu'à ce qu'il meure.

Il s'appuya sur le comptoir, les bras croisés.

— Si c'est pour cela que Wrexham consulte le médecin, ça ne lui servira à rien. Le docteur ne fait que prendre son argent et lui donner de faux espoirs, si vous voulez mon avis.

— Wrexham ne me semble pas particulièrement malade, à part les plaies.

— La maladie viendra plus tard. Peut-être pas avant quelques années encore. Cela peut être une mort longue, lente et cruelle.

Goliath passa une main sur sa bouche et sa mâchoire.

— Avec la défiguration entre-temps.

— Quel rapport avec l'affaire ? demanda Peter.

Je tapotai du doigt sur le comptoir en réfléchissant.

— Si Lord Wrexham tenait Pearl pour responsable de la maladie, alors peut-être l'a-t-il tuée par colère ou vengeance. Aurait-elle pu être infectée sans présenter de plaies ou d'autres signes extérieurs ?

— Je ne sais pas, mais je sais qu'elle ne la lui a pas donnée. Pas à moins qu'ils n'aient été, euh, ensemble, ces deux derniers mois.

Devant mon froncement de sourcils perplexe, il ajouta :

— Les plaies apparaissent quelques semaines après que la maladie a été contractée. S'ils ont mis fin à leur relation il y a *des années*, alors elle ne la lui a pas donnée.

— Et s'ils n'y ont pas mis fin à ce moment-là ? demanda Goliath. Ou s'ils ont repris leur relation récemment ?

C'était possible. Elle était allée voir Lord Wrexham après Noël. Aurait-elle pu lui demander de l'argent pour traiter la maladie qu'elle avait contractée de lui ? Ou lui d'elle ?

— Il y avait des factures médicales dans son appartement. Elles ne disent pas pour quoi elle était soignée, mais ce n'est pas le genre de chose qu'on écrirait sur une facture, n'est-ce pas ?

— La visite de Wrexham à la clinique du médecin n'est-elle pas son alibi pour l'heure du meurtre ? demanda Peter.

— Nous ne connaissons pas l'heure exacte à laquelle il s'y trouvait.

Goliath claqua des doigts.

— Et sa femme ? Et si elle avait aussi la maladie ? Si elle avait tenu Miss Westwood pour responsable, elle aurait pu la tuer par colère.

Selon Thomas Adams, Lady Wrexham était malade, et pourtant je n'avais vu aucun signe de cette maladie. Si elle avait contracté la syphilis de son mari, la maladie n'était peut-être pas aussi avancée chez elle que chez lui. Ses plaies pourraient venir plus tard, ou peut-être les avait-elle maintenant en des endroits où elles pouvaient être dissimulées par des vêtements.

Si mon mari m'avait donné une maladie aussi terrible que la syphilis, j'aurais moi aussi eu envie de tuer quelqu'un. J'aurais certainement crié après la personne qui me l'aurait transmise. Je me serais probablement emportée contre mon mari, cependant, pas contre sa maîtresse.

Mais je n'étais pas Lady Wrexham.

— Merci à vous deux.

Je me penchai par-dessus le comptoir et embrassai Peter sur la joue. Même sur la pointe des pieds, j'étais encore trop petite pour embrasser Goliath sur la joue, alors je me contentai de lui tapoter le bras.

— Vous m'avez été d'une aide merveilleuse.

Peter rougit et sourit.

Goliath me suivit jusqu'à la porte.

— Où allez-vous maintenant ?

— Je ne peux pas confronter Lord et Lady Wrexham avec cette information. Ils m'ont dit très peu de choses jusqu'à présent et ne vont guère m'en dire davantage maintenant. Je vais rendre visite à l'inspecteur Hobart à Scotland Yard. Il est temps que la police reprenne l'enquête.

Il eut l'air déçu.

— Mais c'est votre affaire. C'est à vous que devrait revenir la gloire de l'avoir résolue.

— J'ai progressé aussi loin que je le pouvais seule.

— Alors vous allez vous présenter à Scotland Yard et espérer qu'il vous recevra ?

Je me mordis la lèvre. Cela semblait en effet un peu naïf de penser qu'il me recevrait immédiatement. Et s'il n'était pas là ? Je ne voulais pas parler à un autre détective. Je voulais parler à quelqu'un qui me connaissait.

— Je demanderai à M. Armitage ce que je dois faire, dis-je tandis qu'il me tenait la porte. Après tout, qui connaît mieux son père que lui ?

* * *

Je trouvai M. Armitage dans son bureau, en train de peindre le mur. Vêtu d'une salopette, les manches retroussées jusqu'aux coudes et une trace de peinture sur la joue, il paraissait encore plus séduisant, ce que j'avais cru totalement impossible jusqu'à présent.

— Qu'est-ce qui n'allait pas avec la couleur précédente ? demandai-je.

— Elle était trop quelconque.

Je promenai mon regard sur les murs, presque achevés dans les tons blanc cassé qu'il avait choisi.

— Par opposition à cette teinte vibrante ?

— Il y avait une vieille tache d'eau dans le coin qui avait besoin d'être retouchée.

— Je ne l'avais pas remarquée.

— Alors vous n'êtes pas très observatrice, à ce que je vois. C'était une horreur.

— Ou bien vous vous ennuyez tout simplement ?

— Je suis très occupé. Je reçois sans cesse des demandes grâce à mon annonce dans le journal.

J'ouvris le carnet de rendez-vous sur son bureau pendant qu'il avait le dos tourné.

— Vous n'avez pas un seul rendez-vous d'inscrit.

— Je n'ai pas un seul rendez-vous *pour l'instant*.

Il posa le pinceau sur le pot de peinture et essuya ses mains sur un chiffon.

— Êtes-vous venue critiquer ma façon d'occuper mon temps ou avez-vous besoin de mon aide ?

— La seconde option. Vous pouvez employer votre temps comme bon vous semble. Bien que vous devriez passer un peu plus de temps à réfléchir au choix des couleurs. Vous savez, Flossy a l'œil pour les couleurs. Vous auriez dû lui demander conseil.

Il rit.

— La prochaine fois que je voudrai peindre un mur, je demanderai à la fille de mon ancien employeur qui m'a renvoyé. Merci pour le conseil, Miss Fox.

Je fis la moue.

— Elle serait heureuse de vous aider. Elle a beaucoup de respect pour vous.

Il haussa les sourcils d'un air défiant.

En vérité, je ne savais pas ce que Flossy pensait de M. Armitage. Nous n'en avions jamais parlé.

— Avez-vous des vêtements sous cette salopette ? demandai-je.

Il me lança un sourire en coin.

— Je n'arrive pas à croire que nous en soyons déjà là si tôt dans notre amitié.

— Très amusant. J'aimerais que vous m'accompagniez pour rendre visite à votre père à Scotland Yard. Je veux lui parler de ma théorie concernant le meurtre de Pearl. Je pense que Lord ou Lady Wrexham l'a tuée, mais aucun des deux ne me révélera ses secrets. Votre père saura comment obtenir des réponses.

— Pourquoi avez-vous besoin de moi ?

— Je pensais que votre présence pourrait avoir un effet persuasif.

— Pourquoi avez-vous besoin d'une influence persuasive ? Votre théorie comporte-t-elle des failles ?

— C'est une très bonne théorie. Vous souvenez-vous que Lord Wrexham a des plaies sur le visage ? Je crois qu'elles sont causées par la syphilis qu'il aurait pu attraper auprès de Pearl.

— Je croyais que leur relation était terminée depuis des années. S'il a ces plaies maintenant, il l'a attrapée plus récemment.

— Peut-être ont-ils repris leur relation.

— Peut-être ? Le savez-vous avec certitude ?

— Eh bien, non.

— Et savez-vous si Pearl avait la syphilis ?

— Non. Mais il y a des factures de médecin dans son appartement.

— De médecins spécialisés dans la syphilis ?

— Je ne le savais pas, mais…

— Donc vous n'avez aucune preuve, seulement des spéculations.

Il déboutonna le devant de sa salopette, révélant une chemise en dessous.

— Vous voilà encore à tirer des conclusions hâtives, Miss Fox ?

Ce n'était pas juste de sa part de me rappeler l'épisode où je l'avais accusé de meurtre et lui avais ainsi involontairement fait perdre son emploi à l'hôtel. J'essayai de paraître provocante, mais je soupçonnai que c'était peine perdue. Cela devait être le cas, car il me lança un regard compatissant.

Il retira la salopette et la plia. Il ne portait plus qu'un pantalon, des bretelles et une chemise aux manches retroussées jusqu'aux coudes. Sa cravate et son gilet étaient accrochés au portemanteau près de la porte.

— Miss Fox ? Vous m'écoutez ?

Je me rendis compte que j'avais fixé ses avant-bras, suivant le jeu des muscles sous la peau lisse de la face interne de ses bras.

— Bien sûr.

Je m'éclaircis la gorge.

— Rafraîchissez-moi la mémoire.

Il eut un sourire narquois.

— Je disais que vous avez besoin de preuves si vous voulez l'aide de mon père. D'une part, la mort de Pearl Westwood a été classée en suicide, et vous n'avez pas assez de preuves pour suggérer le contraire. D'autre part, mon père n'a pas supervisé l'enquête. Si vous voulez qu'il annule une décision prise par l'un de ses collègues, il vous faudra quelque chose de solide.

Je poussai un soupir.

— Ce que je n'ai pas.

Il me lança un sourire navré.

— Désolé.

— Et il est aussi peu probable que je l'obtienne. Lord et Lady Wrexham restent impénétrables et je n'ai aucune autorité sur eux.

Il s'assit sur le bord du bureau, près de moi.

— Asseyez-vous.

Je m'assis, curieuse de savoir pourquoi il paraissait si sérieux.

— Je vais vous révéler un secret.

— Vous avez toute mon attention.

— Je vais vous révéler le secret de la manière dont j'ai gagné le respect du personnel de l'hôtel, même si je n'avais ni l'ancienneté de mon oncle ni le statut de Sir Ronald.

— Si vous me dites que c'est l'arrogance, je le sais déjà en vous observant.

Lorsqu'il me lança un regard assassin, je marmonnai des excuses et pinçai les lèvres.

— Pour imposer le respect, vous n'avez pas vraiment besoin d'avoir la moindre autorité. Vous devez faire semblant de l'avoir.

— Je ne comprends pas.

— Vous devez parler et agir comme si vous étiez au-dessus d'eux. Vous devez même le penser, parfois. Quand vous êtes intimidée, ne le montrez pas. Quand ils vous parlent de haut, placez-vous au-dessus d'eux, métaphoriquement parlant. Je pense que vous seriez plutôt douée pour cela. Vous avez déjà une certaine assurance. Il vous faut juste un peu plus de sang-froid.

— Si vous parlez de maîtriser mon tempérament, je crains que ce ne soit impossible. Je me suis mise très en colère contre Lady Wrexham hier.

Il remonta la manche de son bras gauche.

— C'est une question d'entraînement, en tout cas.

Je me levai.

— Merci pour le conseil, mais je ne pense pas que cela fonctionnera avec les Wrexham. Peu importe à quel point je fais semblant, je ne suis pas à leur niveau, et ils le savent.

— Allons donc. Vous êtes la nièce de Sir Ronald Bainbridge. Si cela n'ouvre pas les portes ici à Londres, quoi d'autre le fera.

Il s'arrêta de dérouler sa manche et me regarda, un pli entre ses sourcils.

— Vous le savez, n'est-ce pas ?

Je haussai légèrement les épaules, mais je n'écoutais pas vraiment. Je ne voyais pas en quoi mentionner le nom de mon oncle allait encourager Lord Wrexham à me parler de sa maladie. J'avais à peine réussi à le faire parler de sa relation avec Pearl. Aborder la syphilis, c'était aller trop loin.

Je quittai le bureau de M. Armitage en me sentant moins sûre de moi que lorsque j'étais arrivée. Il avait raison. Je n'avais aucune preuve. Pire encore, je ne savais pas comment l'obtenir.

L'enquête était dans une impasse. Il était temps de dire à Lord Rumford que j'abandonnais, que je ne pouvais pas affirmer avec certitude si Pearl s'était suicidée ou non. Je ne me réjouissais pas de le décevoir.

Mais ce que je redoutais vraiment, c'était de lui dire que son amante avait non seulement eu un enfant d'un autre homme, mais qu'elle avait très probablement aussi la syphilis, et qu'elle la lui avait peut-être transmise.

CHAPITRE 13

M. Hobart me suggéra d'utiliser son bureau pour parler à Lord Rumford. Il nous laissa ensuite seuls avec discrétion et promit que nous ne serions pas dérangés. Je m'assis dans le fauteuil de M. Hobart et regardai Lord Rumford assis de l'autre côté du bureau. Je crois qu'il comprit en voyant mon visage que je n'apportais pas de bonnes nouvelles.

— Vous renoncez, n'est-ce pas ? demanda-t-il.

— Je crains de ne pas avoir le choix. Les personnes à qui je dois parler refusent de me répondre.

— Et de qui s'agit-il ?

Je joignis les mains sur le bureau et me penchai en avant.

— Avant de vous le dire, je veux que vous sachiez que je suis de votre avis au sujet de la mort de Pearl. D'après tout ce que j'ai appris, elle était heureuse; il est donc peu probable qu'elle se soit suicidée.

— J'espère que vous avez appris davantage que cela, Miss Fox, dit-il.

Je serrai les mains plus fort et pris une inspiration pour me donner du courage.

— J'ai appris que Pearl avait eu un enfant il y a quatre ans, en mars.

Ses lèvres s'entrouvrirent. Il n'était pas au courant.

— M. et Mme Larsen élèvent l'enfant comme si c'était le leur, poursuivis-je. Pearl a-t-elle jamais mentionné que sa nièce pouvait en réalité être sa propre fille ?

— Elle n'a jamais mentionné sa nièce, sauf une fois, en passant.

— D'après ce que j'ai pu comprendre, Pearl ne voulait pas de cet enfant. Il est toutefois possible qu'elle ait changé d'avis récemment.

Il secoua la tête.

— Elle me l'aurait dit si tel avait été le cas, dit-il.

J'en doutais, mais je n'en dis rien.

— Il est possible qu'elle ait demandé de l'argent à Lord Wrexham pour subvenir aux besoins de Millie.

La mention de l'ancien protecteur de Pearl ne provoqua aucune surprise sur son visage. Il avait déjà très vite déduit l'âge de Millie et compris qui était son père.

— Vous oubliez que Pearl m'a demandé de l'argent à moi aussi.

— *Après* que Wrexham a refusé. Mais je ne crois pas que Pearl ait été tuée pour cela. Je pense que sa mort a plutôt un rapport avec une maladie qu'elle a soit attrapée auprès de Wrexham, soit transmise à Wrexham.

Cette fois, son expression ne laissait aucune place au doute. Le dégoût s'y lisait ouvertement.

— Pearl n'avait aucune maladie, Miss Fox, et votre insinuation est abjecte.

— Lord Wrexham a la syphilis…

Il se leva d'un bond.

— Je crois en avoir assez entendu. L'état de santé de Wrexham ne me regarde pas. S'il est malade, ce n'est pas la faute de Pearl. Elle ne l'a pas approché depuis des années.

— Vous ne pouvez pas le savoir…

— Si, je peux, lâcha-t-il entre les dents. Pearl n'était avec personne d'autre quand elle était avec moi.

— Ce n'est pas vrai. Sans pouvoir affirmer avec certitude qu'elle fréquentait encore Wrexham, je sais en revanche qu'elle avait un autre amant, qu'elle voyait depuis des années. Il savait pour vous, et pour Wrexham.

Sa bouche se tordit et sa mâchoire se crispa, comme s'il ne savait pas quoi dire ensuite. Je ne pouvais imaginer ce qui lui passait par la tête. De la jalousie ? De la colère ? Se représentait-il Pearl conduisant son autre amant dans l'appartement qu'il payait pour elle ?

Enfin, il retrouva sa voix.

— Elle n'était pas avec Wrexham. Et elle n'avait aucune maladie. Croyez-moi, Miss Fox, je le saurais. Avec Wrexham, le problème, c'est qu'il aime exhiber ses maîtresses. Il n'est pas discret. Il est de notoriété publique, dans certains cercles, que sa maîtresse la plus récente est une danseuse. Il est également de notoriété publique qu'elle a disparu de la scène il y a quelques mois, et l'on suppose qu'elle est malade. Si quelqu'un a transmis la syphilis à Wrexham, c'est elle.

Je lui concédai ce point. Rien ne m'avait donné à penser que Pearl et Wrexham avaient repris leur liaison. On ne les avait pas vus ensemble, hormis cette seule fois après Noël, et il n'y avait aucune lettre de lui parmi ses affaires. Tout indiquait qu'elle était satisfaite de Lord Rumford, et elle aurait été folle de compromettre cela en renouant avec Wrexham. S'ils ne s'étaient pas revus récemment, elle n'avait pas pu lui transmettre la syphilis. Wrexham l'aurait su, ce qui signifiait qu'il n'avait aucune raison de la tuer.

Il restait toutefois Lady Wrexham. Elle ignorait peut-être que son mari avait attrapé la maladie auprès d'une autre femme.

Lord Rumford se dirigea à grands pas vers la porte, mais avant de l'ouvrir, il se retourna vers moi. Le regard qu'il posa sur moi était glacé.

— M. Hobart vous a recommandée et, malgré ma réticence, je vous ai engagée. J'aurais dû suivre mon instinct et vous renvoyer sur-le-champ. Je savais que ce serait trop difficile pour une femme. Une femme détective privée ferait mieux de se cantonner aux maris volages plutôt que de se mêler de traquer des meurtriers.

Je le regardai sortir du bureau en coup de vent, en me mordant la langue jusqu'à en avoir mal. Bien qu'il entretînt une maîtresse, j'avais bien aimé Lord Rumford. Enfin, ce n'était peut-être pas tout à fait exact. Il serait plus juste de dire qu'il ne me déplaisait pas. Jusqu'à présent.

Avec un soupir, je quittai le bureau de M. Hobart et retournai au foyer, où Peter s'occupait de nouveaux clients en train de s'enregistrer. Goliath se tenait à proximité, attendant qu'on lui indique dans quelle chambre monter un chariot débordant de bagages, et m'adressa un discret signe de tête à mon passage. M. Hobart était plongé dans une conversation soutenue avec deux clients et ne me remarqua pas tandis que je me dirigeais vers l'escalier.

— Miss Fox, dit Frank derrière moi. Il y a un garçon qui veut vous parler. Il dit qu'il est le frère de Peter.

Je le suivis dehors, où il me montra du doigt le garçon debout à quelques pas, une besace passée sur l'épaule et un tabouret à la main.

— Je vous connais, dit-il. Je vous ai vue entrer dans la maison.

— Je m'appelle Cleo Fox.

Je lui tendis la main et il la serra en se présentant comme William.

— Es-tu venu me dire d'abandonner l'enquête ?

— Non, mademoiselle ! Je viens vous rendre compte au sujet de la maîtresse de maison. Elle est sortie ce matin et je l'ai suivie.

Je me redressai légèrement.

— Je t'écoute.

— Elle est allée dans une boutique à Shoreditch. Une toute petite échoppe, cachée dans une cour derrière un pub. Elle y est restée quelques minutes et en est ressortie avec quelque chose dans un sac en papier. Puis elle est rentrée directement chez elle.

— Que vend cette boutique ?

— Des potions, autant que j'ai pu en juger. Je parierais bien que la boutiquière est une sorcière.

Il fit une grimace.

— Elle en avait vraiment l'air.

Il me donna l'adresse, sur Sclater Street, et je le payai pour le dérangement.

Il enfouit l'argent dans sa poche.

— Chaque fois que vous aurez besoin de faire surveiller une maison, je suis votre homme.

— Je n'en doute pas. Merci.

— Travailler dans un bureau ou dans un bel hôtel, ce n'est pas pour des gars comme moi. Je laisse ça à Peter et aux gens comme lui.

Je ne compris pas très bien ce qu'il voulait dire. Je ne pensais pas que William lui-même le savait. Il ne devait pas avoir plus de douze ans. Il me fit un clin d'œil avant de s'éloigner en sifflotant.

Souriante, je retournai à l'hôtel chercher mon manteau et un parapluie. Dix minutes plus tard, je pris un fiacre pour Sclater Street, à Shoreditch. La boutique où William avait vu Lady Wrexham entrer était difficile à trouver. On y accédait par un passage voûté à côté du pub, qui débouchait sur une petite cour, et elle n'avait qu'une seule fenêtre crasseuse, surmontée du mot « HERBALIST », peint en lettres majuscules.

Je sentis l'odeur de l'encens avant même d'ouvrir la porte. Tant d'odeurs s'y mêlaient qu'il était difficile d'en distinguer une seule. La boutique ressemblait à un laboratoire d'apothicaire médiéval. Des bottes d'herbes, de fleurs et de baies en train de sécher pendaient aux poutres, certaines si basses qu'elles frôlèrent mon chapeau lorsque je passai dessous. Derrière le comptoir se dressait un grand meuble à petits tiroirs, tandis que le comptoir lui-même était couvert de petits pots de lotions, ainsi que de savons et de sachets. Une balance en laiton se trouvait à une extrémité, à côté d'un panier rempli de pattes de lapin séchées.

Je me penchai pour examiner le contenu d'un assortiment de bocaux en verre posés sur une table, puis reculai brusquement lorsqu'une paire d'yeux morts me fixa en retour. Les bocaux contenaient des têtes d'animaux sectionnées et des corps entiers de petites créatures, suspendus dans un liquide destiné à les conserver.

— Ils ne sont pas à vendre, lança derrière moi une voix rauque.

La vieille femme avait dû sortir de la pièce attenante, accessible par la porte près du comptoir. Elle n'avait fait aucun bruit. Rien d'étonnant à ce que William la qualifiât de sorcière. Elle avait le profil classique des contes, avec son nez crochu, son menton pointu et ses yeux de fouine. Il ne lui manquait plus qu'un balai et un chapeau noir pointu.

— Vous n'avez pas rendez-vous, dit-elle.

— Vous donnez des rendez-vous ? demandai-je. Pour quoi faire ?

Elle passa derrière le comptoir et tira d'une étagère basse un registre.

— Pour des consultations privées. Vous m'expliquez ce dont vous souffrez, et j'adapte un traitement à vos besoins particuliers. La consultation est gratuite et vous n'êtes nullement obligée d'acheter quoi que ce soit.

— Et en quoi consistent vos traitements ?

— Des toniques, des crèmes, des tisanes, des vomitifs... tout dépend du mal à traiter.

— Quels genres de maux pouvez-vous soigner ?

— Tous.

Elle ouvrit le registre et fit glisser son doigt le long de la page.

— J'attends une cliente d'un instant à l'autre, mais je peux vous recevoir dans trente minutes, après elle. Cela vous conviendrait-il ?

— Combien de temps faut-il pour que le remède agisse ?

— Cela varie.

Elle me dévisagea avec méfiance.

— Je vois bien que vous êtes sceptique. C'est compréhensible. Beaucoup viennent me trouver malgré leurs réserves. En général, je suis leur dernier recours. Je soupçonne toutefois qu'au fond de vous, vous pensez que la médecine moderne nous fait défaut. Les docteurs tournent en dérision l'antique science des plantes, mais elle est efficace.

Elle tapota le couvercle d'un bocal voisin d'un doigt osseux.

— Mes remèdes reposent sur des recettes transmises par les femmes de ma famille depuis des centaines d'années. Ils ne manquent pas leur effet, pourvu qu'on vienne me voir assez tôt.

C'était du boniment pur et simple, à moins que je n'y connaisse rien, mais je voyais parfaitement comment cela pouvait agir sur des gens désespérés qui avaient déjà tout essayé. Le désespoir et l'espoir étaient les armes redoutables du charlatan.

— Vos clients reviennent-ils souvent après leur première consultation ?

— Bien sûr, lorsque leurs réserves s'épuisent. Pas besoin de revenir, à moins qu'on ne le demande.

La porte s'ouvrit et une femme entra. Un côté de son visage était couvert d'une éruption rouge qu'elle tenta de dissimuler en m'apercevant.

— Mademoiselle ?

L'herboriste désigna son registre de rendez-vous.

— Reviendrez-vous dans trente minutes ?

— Pas aujourd'hui, répondis-je.

Je sortis, attendis cinq minutes, puis revins à la boutique. Il n'y avait nulle trace de l'herboriste ni de sa cliente. Je me glissai rapidement derrière le comptoir, tirai le registre de rendez-vous et parcourus la colonne des noms. Il n'y était fait aucune mention de Lady Wrexham, si bien qu'elle était probablement revenue simplement renouveler sa provision du remède de l'herboriste.

Je feuilletai le registre jusqu'au 15, jour de la mort de Pearl. Le nom de Lady Wrexham y figurait, avec l'heure de 15 h 30 inscrite à côté. C'était l'heure exacte à laquelle Pearl avait été poussée du balcon du Théâtre de Piccadilly.

Lady Wrexham ne pouvait pas l'avoir tuée.

Quelque chose me frappa l'arrière du crâne, rabattant mon chapeau sur le front. Je me retournai vivement et attrapai le balai avant que les brins ne me fouettent le visage. L'herboriste m'arracha le balai des mains et le pointa sur ma poitrine comme un fusil de chasse.

Avec son rictus, son visage prit un air plus sorcier encore.

— Je savais bien qu'il y avait quelque chose d'étrange chez vous. Dehors ! Sortez de ma boutique avant que je ne vous jette un sort !

En gardant le comptoir dans mon dos, je me glissai hors de sa portée et me hâtai de quitter la boutique. Je filai jusque dans la rue et ne m'arrêtai qu'une fois installée en sûreté dans un fiacre, en route pour chez moi.

Si l'épreuve n'avait rien eu d'agréable, j'en retirai une appréciation nouvelle pour notre bon médecin de famille de Cambridge, ainsi qu'un indice essentiel qui éliminait Lady Wrexham de ma liste de suspects.

Ce n'était pas grand-chose, mais c'était déjà cela.

Mais j'avais abandonné l'affaire, bien entendu. Ce n'était pas parce que je pouvais rayer Lady Wrexham de ma liste que j'avais envie de m'y remettre.

Cela me contrariait pourtant de laisser la chose inachevée. Lord Rumford avait raison de m'en vouloir d'avoir renoncé. Je regrettais seulement de ne pas voir comment avancer.

— Cleo, te voilà ! s'écria Flossy en m'apercevant dans le foyer de l'hôtel. J'ai demandé à Harmony de te chercher partout dans l'hôtel.

Je retirai mon manteau et le passai sur mon bras.

— Pourquoi ?

— Il est temps de nous préparer pour le dîner des Caldicott, voyons.

— C'est ce soir ?

Elle me lança un regard exaspéré.

— Oui ! Et nous devons toutes les deux aller nous préparer.

— Mais il est à peine 17 h passées.

Elle m'attrapa par le bras et me traîna jusqu'à l'ascenseur. John, le liftier, nous attendait avec un sourire et nous conduisit au quatrième étage.

La porte de ma suite n'était pas verrouillée et Harmony se trouvait à l'intérieur, occupée à disposer diverses choses sur ma coiffeuse.

— Je l'ai trouvée, annonça Flossy. Elle était sortie.

Toutes deux me regardèrent d'un air réprobateur, comme si j'étais une enfant désobéissante qui s'était dérobée à ses corvées.

— Fais de ton mieux avec le temps qu'il te reste, Harmony.

Je regardai Flossy partir, puis me tournai vers Harmony.

— Je ne vois pas pourquoi tant d'embarras. Nous avons plus de deux heures avant de devoir partir.

— Miss Bainbridge veut que je te lave les cheveux, que je les sèche et que je te coiffe. Elle m'a dit de veiller à ce que tu sois à ton avantage ce soir.

Elle fronça les sourcils.

— Y aura-t-il des messieurs ?

— Je le crois.

— Voilà qui explique tout. Nous ferions mieux de commencer.

— Il faut des heures pour que mes cheveux sèchent complètement en hiver. Nous ne les laverons pas ce soir.

Harmony attendit que je prenne mon bain, puis m'aida à enfiler une robe du soir noire, ornée de perles nacrées disposées en volutes et en grappes sur le corsage et le long du devant. Elle était très élégante et convenait parfaitement au deuil. Malgré l'insistance de Flossy pour que je renonce à mes sombres vêtements de deuil, je ne m'y sentais pas encore prête. Ma grand-mère n'était morte que depuis moins de deux mois.

Pendant qu'Harmony me bouclait les cheveux au fer, je lui racontai ce que j'avais appris au sujet des Wrexham et de leur maladie, ainsi que la visite de Lady Wrexham chez l'herboriste.

Cinq minutes avant l'heure où je devais retrouver les autres dans le foyer, on frappa vivement à ma porte. Je l'ouvris et découvris mon oncle, qui avait l'air soucieux. Harmony s'excusa et se glissa dehors.

— Je vais simplement prendre ma cape, dis-je à mon oncle Ronald.

— Je ne suis pas ici pour t'accompagner en bas.

Il entra dans ma suite en refermant la porte.

— Je suis venu te parler de quelque chose de très troublant.

Je me doutais de quoi il s'agissait, mais je lui souris néanmoins avec innocence. Il me faudrait affronter avec aplomb la réprimande qui s'annonçait.

— Tu sais combien nous sommes heureux de t'avoir ici avec nous, Cleo.

— Mais ?

— Mais j'ai reçu une plainte te concernant de la part de Lord Wrexham.

— Je vois.

— Il semble que tu les aies importunés, Lady Wrexham et lui.

— J'ai mené quelques recherches dans le cadre de mon enquête sur la mort de la maîtresse de Lord Rumford.

— Qu'est-ce que les Wrexham ont à voir là-dedans ?

— C'est précisément ce que j'essaie de découvrir.

Il ajusta ses manchettes en attendant la suite. Je me contentai d'attendre, moi aussi.

— Tu dois abandonner cette piste. Wrexham est un homme puissant et je ne tiens pas à m'attirer ses foudres, dit-il enfin.

— Bien sûr. Je n'ai de toute façon aucune preuve contre lui, alors, si c'est bien lui le coupable, il s'en tirera.

Il grimaça.

— Partons du principe qu'il n'y est pour rien. Maintenant, parlons d'autre chose.

— Il y a un autre sujet ? Qui s'est encore plaint de moi ?

À vrai dire, cela pouvait être n'importe qui, de M. Culpepper à la famille Larsen, quoique je doutasse qu'ils s'adressent à mon oncle.

— Mme Short dit que tu sympathises avec les femmes de chambre.

Je clignai des yeux, sans trop savoir s'il fallait le prendre au sérieux. Il avait pourtant l'air tout à fait sérieux.

— Harmony est ma femme de chambre personnelle. Elle me coiffe et nettoie ma chambre. C'est tout. Je ne la distrais pas de son travail.

— Mme Short dit que tu deviens trop familière avec cette fille.

— Est-ce un problème ?

— Je sais bien que les choses étaient différentes pour toi à Cambridge et que tout cela est nouveau. Mais ici, les membres de la famille ne se lient pas d'amitié avec le personnel de l'hôtel. Ce n'est pas prudent.

Il m'adressa un sourire compatissant.

— Je vois que cette idée te contrarie.

— Cela me laisse perplexe. Pourquoi n'est-ce pas prudent ?

Il prit ma main entre les siennes et la tapota doucement.

— Tu es une jeune femme au grand cœur ; il n'est donc pas étonnant que cela ne t'ait jamais traversé l'esprit. Mais il est de mon devoir de te mettre en garde contre les gens qui se rapprochent de toi uniquement pour en tirer avantage.

Je retirai vivement ma main, piquée par son ton condescendant et par une généralisation aussi grossière.

— Ce n'est pas juste. Harmony ne m'a demandé aucune faveur.

— Elle le fera. Je ne l'en blâme pas, bien entendu. Dans sa situation, si l'occasion lui est donnée de se lier avec la nièce de son employeur, elle serait folle de ne pas la saisir.

Il tendit la main pour me tapoter l'épaule, mais je me dégageai.

Ses lèvres se pincèrent.

— Je sais que tes amis de Cambridge te manquent. C'est tout naturel chez une jeune femme aimable et intelligente comme toi. Tu tiens cela de ta mère, sous ce rapport. Elle aimait avoir ses amis autour d'elle. Mais il n'est pas nécessaire d'aller t'en chercher parmi le personnel. Tu as Flossy, naturellement, ainsi que toutes ses connaissances. Cette soirée te fera du bien. J'entends dire que les fils Caldicott sont de très honorables jeunes gens et qu'ils sont en âge de se marier.

Tout mon corps s'affaissa dans un gémissement silencieux. Cela ne pouvait vouloir dire qu'une chose : ils étaient en quête d'épouses. Et Flossy et moi étions menées à l'abattoir comme des agneaux.

J'étais peut-être mélodramatique, mais après une conversation aussi éprouvante avec mon oncle, je n'étais guère encline à l'optimisme.

— Pour remercier ta tante et moi-même, j'aimerais que tu te montres ce soir sous ton jour le plus charmant. Ce dîner est important.

—Pourquoi ?

—Sir Lawrence Caldicott est mon banquier.

Il ne jugea pas utile d'expliquer pourquoi il devait s'attirer les bonnes grâces de son banquier. Je savais bien que l'hôtellerie n'était pas un secteur facile, mais l'hôtel n'était tout de même pas dans une situation financière si désespérée.

Oncle Ronald m'escorta jusqu'au foyer en prenant l'ascenseur. Il engagea la conversation avec l'employé de nuit de l'ascenseur, et je cessai de leur prêter attention. Tout en moi maudissait en silence les Caldicott pour m'avoir invitée à leur infernal dîner, ainsi que Lord Wrexham et Mme Short pour s'être plaints de moi. Lord Wrexham, je pouvais le comprendre, mais Mme Short n'avait aucun droit de se mêler de cela.

Pourquoi ne pouvais-je pas être l'amie de qui je voulais ? Nous n'étions plus au XIXe siècle, et je n'étais pas une débutante mondaine en quête d'un mari convenable. De nos jours, les gens passaient sans cesse d'un rang social à l'autre. Pearl, par exemple, s'était élevée bien au-dessus de sa condition au point d'assister à des soirées en compagnie de princes et de ducs.

Je n'ignorais pas que Pearl n'avait pu assister à ces soirées que parce qu'elle était la maîtresse d'un gentleman.

Je soupirai. J'étais bien sotte d'imaginer que ce siècle était différent du précédent. J'avais eu la chance d'être préservée des pires formes du snobisme anglais, grâce à des parents issus de milieux différents qui avaient défié les soi-disant règles de la société pour se marier. Mais ici, dans ce cadre parmi les plus exclusifs qui soient, j'étais cernée par ce snobisme.

Je chassai ces pensées de mon esprit, ou du moins j'essayai.

J'avais un dîner à subir, et il exigeait toute mon attention. Si je baissais ma garde ne serait-ce qu'un instant, je risquais de me retrouver fiancée à l'un des fils *très honorables* de Sir Lawrence Caldicott.

Il fut clair dès le début qu'on destinait le plus jeune fils pour moi, et l'aîné à Flossy, bien que je sois plus âgée que ma cousine. L'aîné devait sans doute être appelé à hériter de quelque chose que son cadet n'aurait pas ; c'était donc Flossy qu'on lui réservait. En tant que nièce d'oncle Ronald, je n'avais droit qu'au second choix.

Je me souciais assez peu de savoir auprès duquel des deux fils on m'avait placée à table. C'étaient tous deux de fort convenables jeunes gens, bien élevés et instruits. S'ils s'étaient seulement intéressés à autre chose qu'à la finance, j'aurais peut-être davantage goûté leur compagnie.

Bien qu'ils eussent entraîné Floyd dans une conversation sur la Bourse et les transactions immobilières, je soupçonnai que même lui s'en lassa au bout d'un moment. Cela se poursuivit durant tout le dîner. Mon regard rencontra celui de Flossy de l'autre côté de la table, et je levai les yeux au ciel. Elle pinça les lèvres, mais un gloussement lui échappa tout de même.

Mme Mannering, la fille mariée de notre hôte, s'en aperçut.

— Edward, dit-elle d'un ton appuyé au plus jeune frère assis à côté de moi, j'ai entendu dire que Miss Bainbridge et Miss Fox avaient assisté, l'autre soir, à une représentation au Théâtre de Piccadilly. Le théâtre vous intéresse.

Edward se tourna poliment vers moi, bien que je le soupçonnasse de préférer continuer à écouter son père expliquer à l'oncle Ronald la nouvelle entreprise automobile dans laquelle il envisageait d'investir.

— Que joue-t-on au Playhouse en ce moment ?

— *Cat and Mouse*.

— Ah, la production condamnée.

Il haussa les sourcils d'un air qu'il pensait sans doute mystérieux.

— Pourquoi condamnée ?

— L'actrice vedette est morte. Certains disent que la production est désormais maudite.

Mme Mannering se pencha en avant et baissa la voix.

— J'ai entendu dire que son fantôme hante les premières loges.

Les yeux de Flossy s'arrondirent.

— Je ne l'ai pas vue, et nous étions dans l'une des loges.

— Ce sont d'excellentes loges, dit Mme Mannering. Peut-être que le fantôme évite les loges.

Edward prit son verre de vin.

— Qu'avez-vous pensé du spectacle, Miss Fox ?

Il n'écoutait manifestement qu'à moitié pendant que je lui donnais mon avis, aussi abrégeai-je.

— C'était fort bien, quoique je pense qu'une présence fantomatique y ajouterait quelque chose. Je ne suis pas certaine, en revanche, que les acteurs apprécieraient la présence d'un revenant.

— Il lui faudra quelque chose de sensationnel pour relancer la vente des billets. J'ai entendu dire qu'il y avait eu un vif regain d'intérêt après la mort de Miss Westwood, mais cela retombe déjà. C'est dommage. La production s'arrêtera plus tôt que prévu.

— Vont-ils monter autre chose ? demanda Flossy.

— Auront-ils autre chose de prêt ? rétorqua Mme Mannering. Il ne doit pas être facile de changer de cap en pleine saison.

Edward découpa sa viande.

— Il leur faudra bien faire quelque chose, sinon ils risquent de devoir fermer le Playhouse pour toujours. Ou du moins jusqu'à ce qu'un nouveau bailleur de fonds soit trouvé.

Je fronçai les sourcils. Je commençais à soupçonner que son *intérêt* pour le Playhouse, comme l'appelait Mme Mannering, relevait davantage du financier que de l'artistique.

— Il est en difficulté ?

Il hocha la tête, mais je dus attendre qu'il ait fini de mâcher avant qu'il ne réponde.

— Le directeur est client de la banque de Père. Il a hypothéqué tous ses biens jusqu'au dernier sou. Si *Cat and Mouse* s'arrête prématurément et qu'il ne peut rien mettre d'autre à l'affiche, il devra partir en ayant tout perdu. Il ne peut pas se permettre de rester alors que le loyer est si élevé et qu'il n'y a aucune rentrée d'argent. Il fera faillite.

Pauvre M. Culpepper. Il n'était donc pas étonnant que Pearl ne lui ait pas demandé d'argent malgré leur liaison. Elle savait qu'il n'avait pas un sou à lui offrir.

La soirée se poursuivit, mais s'améliora après que Mme Mannering eut forcé ses frères à aborder d'autres sujets que la finance. En vérité, ils se révélèrent d'assez bonne compagnie et nous parlâmes de toutes sortes de choses une fois que les hommes eurent rejoint les femmes au salon après avoir terminé leur cigare.

La pendule sur la cheminée sonna 1 h, juste au moment où je

riais de quelque chose qu'Edward avait dit. J'aperçus oncle Ronald, Sir Lawrence et Lady Caldicott qui m'observaient, souriant avec curiosité. À côté de Lady Caldicott était assise tante Lilian, le regard perdu dans le vide. Les bras serrés contre ses côtés et les doigts entrelacés sur ses genoux, elle semblait lutter pour garder contenance.

Je m'assis de son autre côté.

— Vous allez bien, ma tante ?

Elle toucha sa tempe.

— C'est juste une de mes migraines.

Je croisai le regard de mon oncle.

— Peut-être devrions-nous partir.

— Non, dit tante Lilian. Vous autres, les jeunes, passez un si bon moment. Ne vous inquiétez pas pour moi. Ce n'est rien.

Elle esquissa un sourire, mais personne n'en fut dupe.

Oncle Ronald se leva et tendit la main à sa femme pour l'aider à se mettre debout.

— Cleo a raison, nous devrions partir.

Lady Caldicott prit ma main, me retenant sur le canapé.

— Vous ressemblez tellement à votre tante quand elle était plus jeune, bien que la ressemblance s'arrête là. Vous n'avez pas le même tempérament qu'elle. Elle me dit que vous ressemblez beaucoup à votre mère, en revanche.

— C'est ce qu'on me dit.

Elle me fit un sourire compatissant.

— Votre oncle est très fier de vous. Il n'a cessé de vous complimenter. Apparemment, vous parlez italien.

Je ris.

— Grands dieux, non. Pas vraiment couramment.

— Edward va en Italie cette année pour son Grand Tour. Peut-être pourriez-vous lui apprendre quelques mots, et quand il reviendra, il pourra vous raconter toutes ses aventures.

Oh, ciel. Je sentais le piège se refermer et je devais l'esquiver rapidement. Heureusement, je fus sauvée par Floyd qui me tendit la main.

— Viens, Cleo.

Dans le vestibule, il m'aida à mettre ma cape. Il posa les mains sur mes épaules et approcha sa bouche de mon oreille; je sentais l'alcool dans son haleine.

— Je t'en supplie, murmura-t-il.

— Je n'avais pas besoin d'être sauvée, murmurai-je en retour.

— Ah bon ? Alors tu es tout à fait ravie de l'avoir comme belle-mère ?

— Je ne laisserai pas les choses aller aussi loin.

— Ma pauvre petite cousine, si naïve. Tu n'as aucune idée de la rapidité avec laquelle ces choses peuvent arriver. Cela commence par une rencontre innocente, par politesse envers son hôtesse, et se termine par une marche vers l'autel. Si tu es aussi déterminée à éviter le nœud matrimonial que tu le dis, alors tu dois rester vigilante quand il y a des mères dans les parages. Crois-moi, je sais.

Edward s'approcha, les sourcils froncés.

— À propos de quoi conspirez-vous tous les deux ?

Floyd s'affaira autour de ma cape, lissant de la main les plis sur mon épaule.

— Je donne simplement quelques conseils à Cleo.

— Des conseils financiers ?

Edward prit ma main et s'inclina dessus.

— N'hésitez pas à venir me voir à tout moment si vous avez besoin de conseils de cette nature, Miss Fox. Je serai ravi de vous guider.

— Oh, euh, merci, parvins-je à dire.

Floyd serra la main d'Edward.

— C'est très aimable à vous de proposer. Étant donné que Cleo n'a pas l'intention de se marier, elle appréciera probablement vos conseils. Une femme seule doit songer à son avenir. N'est-ce pas ?

Edward en resta sans voix, ce qui était, je le soupçonnais, l'intention de Floyd.

Mon cousin me guida dehors, derrière ma tante et mon oncle.

— Et maintenant, n'es-tu pas contente que je t'aie sauvée ?

Il m'aida à monter dans la voiture, puis fit de même avec Flossy. Une fois que nous fûmes tous installés et la voiture en route, Floyd poussa un profond soupir.

— Dieu merci, ils ont fini par arrêter de parler d'argent et d'investissements. Je commençais à croire qu'ils ne vivaient et ne respiraient que pour la banque.

— Y a-t-il quelque chose de mal à cela ? lança sèchement son père. Tu pourrais apprendre une chose ou deux des garçons Caldicott.

— Comme comment ennuyer une femme en cinq minutes ? railla Floyd.

Ma tante grimaça et ferma les yeux.

Les yeux de mon oncle brillèrent d'un éclat d'acier froid à la lumière de la lampe.

— Comme comment ne pas ruiner ton avenir.

* * *

L'opinion d'Edward Caldicott sur la situation financière du Théâtre de Piccadilly fut la première chose qui me vint à l'esprit en me réveillant le lendemain matin. Même si j'avais juré que j'abandonnais l'enquête, il semblait que je voulais continuer. Je ne pouvais m'empêcher de penser à la situation de M. Culpepper. Si les choses étaient aussi désastreuses qu'Edward le prétendait, alors M. Culpepper n'avait pas pu être en position d'aider Pearl si elle lui avait demandé de l'argent. Pearl l'avait-elle su et s'était-elle donc abstenue de demander ? Ou était-elle allée voir son amant de longue date d'abord avant de faire appel à Lord Wrexham ? Mais pourquoi serait-elle allée voir M. Culpepper en premier lieu s'il n'était pas le père de Millie ?

À moins qu'il ne le soit.

Il y avait un moyen facile de le découvrir.

Après le petit déjeuner, je demandai à Frank où se trouvait le General Register Office. Il héla un fiacre pour moi, et je me rendis à Somerset House, sur le Strand, où les registres nationaux des naissances, décès et mariages étaient conservés dans l'imposant bâtiment. Après avoir formulé ma demande auprès de l'un des nombreux employés postés au comptoir, il me fallut plus de deux heures pour finalement avoir l'acte de naissance de Millie entre les mains.

Pearl était inscrite comme mère sous son vrai nom, Eleanor, comme je m'y attendais. Le nom du père, en revanche me fit tout reconsidérer. Ce n'était pas Lord Wrexham, mais M. Culpepper, après tout.

Si Pearl fréquentait les deux hommes à l'époque, elle ne pouvait être absolument certaine de qui était le père de Millie, mais il était révélateur qu'elle ait choisi d'inscrire Culpepper plutôt que Wrexham. Le choix qu'elle avait fait il y a près de quatre ans était une chose, mais le choix qu'elle avait fait récemment en était une autre. Elle avait choisi de dire à Lord Wrexham que c'était *lui* le père de Millie, dans l'espoir qu'il lui donne de l'argent.

Mais il semblait tout aussi probable qu'elle ait d'abord tenté sa chance auprès du père de Millie.

M. Culpepper m'avait menti. Il *devait* forcément savoir que Millie était sa fille.

S'il avait menti à ce sujet, sur quoi d'autre avait-il menti ? Avoir poussé Pearl par-dessus le balcon après avoir découvert qu'elle lui avait dissimulé l'existence de Millie toutes ces années ? Ou parce qu'il ne voulait pas lui verser d'argent pour subvenir aux besoins de l'enfant ? Ou avait-il fini par perdre la tête, rongé de jalousie à cause de ses autres amants ?

Il avait le mobile *et* l'occasion. Il était arrivé rapidement sur les lieux du drame. Après le cri d'effroi de Pearl, on l'avait vu sortir par la porte de secours qui donnait directement sur le balcon des premières loges.

Je devais l'affronter, mais j'aurais été bien imprudente de le faire seule.

CHAPITRE 14

Je trouvai M. Armitage en train de passer une seconde couche de peinture sur les murs de son bureau. L'air froid qui entrait par la fenêtre ouverte diluait les vapeurs, mais la pièce était glaciale. Je gardai mon manteau en le saluant.

Il descendit de l'échelle et posa le pot de peinture et le pinceau.

— Il semble que vous ne puissiez rester éloignée, Miss Fox.

— Peut-être devriez-vous installer un second bureau ici pour moi.

— Et ajouter votre nom sur la porte ?

— Quelle excellente idée.

Il grommela et s'essuya les mains sur le chiffon maculé de peinture jeté sur son épaule.

— Que me vaut le plaisir ?

— Je voudrais vous demander de m'accompagner pour interroger un suspect.

Il fronça les sourcils.

— Un suspect violent ?

— Il pourrait devenir violent lorsque je l'accuserai de meurtre.

— Si vous êtes inquiète, peut-être ne devriez-vous pas y aller. Dites à mon père ce que vous savez et laissez la police s'en occuper.

— Vous avez dit qu'il me fallait davantage de preuves ou qu'il était inutile d'aller voir la police.

Il commença à retirer son bleu de travail, ce que je pris comme un signe qu'il avait déjà décidé de se joindre à moi.

— Et je suppose que vous avez trouvé ces preuves.

— Ce ne sont encore que des spéculations.

Je lui racontai que j'avais vu le nom de M. Culpepper sur l'acte de naissance de Millie et comment il m'avait menti en prétendant ignorer son existence.

— Je n'ai aucune preuve qu'il a menti, mais j'ai de forts soupçons. Et s'il a menti à ce sujet, sur quoi d'autre a-t-il menti ?

— Il y a un monde entre le mensonge et le meurtre.

— C'est pourquoi je veux le confronter. J'ai besoin de réponses, et, très franchement, je ne vois personne d'autre qui pourra m'en fournir à ce stade. J'ai écarté Lady Wrexham et je suis également presque certaine que Lord Wrexham n'y est pour rien. Elle a un alibi et lui se trouvait très probablement ailleurs au moment du meurtre. Culpepper est mon seul suspect. Alors, viendrez-vous avec moi ?

— Je ne serais pas un gentleman si j'ignorais une demande d'une dame.

J'essayai de trouver une réplique mais mon regard fut attiré par ses avant-bras. Ils étaient vraiment très musclés. Et la façon dont sa chemise épousait ses épaules était tout aussi révélatrice. Je savais qu'elles étaient larges, mais sans gilet ni veste, je pouvais voir à quel point elles l'étaient.

Soudain, il leva les yeux et je dus faire semblant d'étudier quelque chose sur le bureau. Malheureusement, il n'y avait rien sur le bureau à portée de main hormis un crayon. Je le pris, l'examinai, et le reposai.

Il décrocha son gilet et sa cravate du portemanteau puis saisit sa veste. Avant de l'enfiler, il sortit un étui de cuir et un revolver du tiroir inférieur du bureau.

Je laissai échapper un hoquet de surprise.

— Pourquoi cette surprise ? demanda-t-il en attachant l'étui. Vous m'avez demandé de vous accompagner parce que vous soupçonnez Culpepper de représenter une menace.

Il prit le revolver et chargea des balles dans le barillet.

— Juste au cas où vous auriez raison.

— Je pensais que vous utiliseriez vos poings contre lui.

— Je ne suis pas surhumain, Miss Fox. S'il sort un revolver, mes poings ne seront d'aucune utilité.

Il avait raison, ce qui ne fit rien pour me rassurer.

— En avez-vous un autre pour moi ?

— Heureusement, non.

— *Heureusement* ? Je serais très responsable, et ne l'utiliserais qu'en cas d'absolue nécessité.

— Avez-vous déjà tiré avec un revolver ?

À mon signe de tête négatif, il glissa le revolver dans l'étui.

— Alors laissez-moi m'occuper de tirer.

— Votre père sait-il que vous avez cela ?

Il me précéda dehors et verrouilla la porte.

— Qui croyez-vous qui m'a donné cela quand j'ai lancé cette affaire ?

— Votre mère le sait-elle ?

— Me croyez-vous fou ?

Il me suivit en bas de l'escalier, mais au lieu d'ouvrir la porte d'entrée, il tendit la main au-delà de moi et posa sa main sur la poignée pour m'empêcher de la saisir.

— Ne lui dites pas.

— Je garderai votre secret.

Après quelques minutes de marche, nous trouvâmes M. Culpepper à son bureau au Playhouse. Il leva les yeux du registre qu'il étudiait puis, me voyant, le referma rapidement. Je présentai M. Armitage et M. Culpepper nous invita tous deux à nous asseoir. Je le fis, mais M. Armitage demeura debout à mes côtés. J'étais très consciente du revolver dans son étui. Il avait laissé sa veste déboutonnée pour pouvoir y accéder rapidement, mais je fus plutôt soulagée de voir que les mains de M. Culpepper restaient bien en vue, posées sur le bureau.

— Que puis-je faire pour vous, Miss Fox ? demanda-t-il.

— Vous m'avez menti.

C'était risqué de l'accuser alors que je n'en étais pas absolument certaine, mais le risque s'avéra payant lorsqu'il ne parut pas surpris.

— À quel sujet ? demanda-t-il avec un calme surprenant.

— Vous saviez depuis le début que Millie était votre fille.

Il se renversa en arrière, abaissant ses mains sur ses genoux, hors de vue. J'espérais que M. Armitage pouvait les voir depuis sa position plus élevée.

— Pourquoi m'avez-vous menti ?

— Parce que j'ai paniqué et j'ai agi par réflexe, dit-il. Je mens sur ma paternité depuis des années, et ça me vient naturellement maintenant. Je savais de quoi cela aurait l'air si vous appreniez que j'étais au courant pour Millie, et que vous m'accuseriez d'avoir tué Pearl pour m'avoir privé de ma fille.

— Donc Pearl est venue vous voir au moment de Noël et a

demandé de l'argent pour subvenir aux besoins de Millie. Pourquoi à ce moment-là ? Prévoyait-elle de reprendre Millie et de l'élever elle-même ?

Il secoua la tête et se pencha de nouveau en avant.

— Elle ne m'a jamais rien demandé, et ne m'a pas parlé de ses projets pour la petite. Pour autant que je sache, elle était contente de la laisser chez les Larsen.

— N'avez-vous jamais proposé à Pearl de l'épouser et d'élever Millie ensemble ?

Il ricana.

— Bien sûr que je lui ai proposé, quand j'ai appris qu'elle était enceinte. Mais Pearl n'était intéressée ni par le mariage ni par la maternité. C'est pourquoi je ne crois pas qu'elle voulait reprendre la petite pour l'élever. Pearl et moi aurions fait de terribles parents. Nous sommes tous deux trop égoïstes et, pour être tout à fait honnête, indifférents aux enfants.

Je n'étais pas certaine que cela me rassure à son sujet ou non. D'un côté, il était bon qu'une personne puisse reconnaître son égoïsme et confier son enfant à un couple mieux préparé à la tâche parentale, mais de l'autre, comment savait-il qu'il serait un père épouvantable avant d'avoir essayé ? Il aurait pu s'attacher à sa fille s'il avait passé du temps avec elle.

— Si Pearl ne prévoyait pas d'élever Millie comme sa propre fille, pourquoi avait-elle besoin d'argent ? demandai-je.

— Je l'ignore. Comme je l'ai dit, elle n'est pas venue me voir. Je n'ai pas menti à ce sujet.

— Elle savait que vous aviez des difficultés financières, n'est-ce pas ?

M. Culpepper jeta un coup d'œil à M. Armitage. Celui-ci acquiesça légèrement.

— Alors elle est allée voir Lord Wrexham et a pensé que si elle lui disait que Millie était sa fille, il serait enclin à lui donner de l'argent.

Je réfléchissais à voix haute, à présent, espérant qu'une idée me viendrait. Je n'attendais pas de réponses.

— Mais il s'en est moqué et a refusé. Mais pourquoi avait-elle besoin d'argent *maintenant* ?

— Sa sœur reprochait à Pearl d'oublier l'enfant.

Je le regardai en clignant des yeux.

— Comment pouvait-elle oublier son propre enfant ?

Il haussa les épaules, soupira et se frotta la mâchoire.

— Je ne veux pas que vous pensiez du mal de Pearl. Ce n'est pas qu'elle ne pensait délibérément pas à Millie, mais…

Il haussa les épaules.

— Elle ne faisait tout simplement pas partie de son monde. Loin des yeux, loin du cœur, comme dit le proverbe.

— Comment savez-vous que Mme Larsen reprochait à Pearl d'oublier Millie ? Pearl vous l'a-t-elle dit ?

— Je les ai entendues se disputer. Je n'ai pas pu entendre grand-chose, mais j'ai entendu cela avant qu'elles ne s'éloignent hors de portée. Je sais que Pearl envoyait un peu d'argent à sa sœur chaque mois pour l'entretien de Millie, alors elle avait simplement probablement oublié ce mois-là.

— Mais elles se sont vues le jour de Noël. Elle aurait confronté Pearl à ce moment-là au sujet du non-paiement.

Je me frottai le front, agacée par mon erreur d'avoir supposé que cet homme avait tué la femme qu'il aimait.

— Quand se sont-elles disputées ? demanda M. Armitage.

M. Culpepper fit la moue en réfléchissant.

— Je ne me rappelle pas exactement. Mme Larsen est venue au théâtre un jour…

— Quoi ?

J'abaissai ma main et le fixai.

— Êtes-vous sûr qu'elle est venue ici ?

— Oui. Elle n'était jamais venue auparavant et semblait émerveillée par l'endroit. Elle a demandé à Pearl de lui faire visiter.

Lorsque j'avais rencontré Mme Larsen pour la première fois, elle m'avait dit qu'elle n'était jamais venue au Théâtre de Piccadilly. Elle avait menti. Et la seule raison pour laquelle elle aurait menti était que sa présence au théâtre l'impliquait dans le meurtre.

— Quel jour Mme Larsen lui a-t-elle rendu visite ? demandai-je.

— Je vous l'ai dit, je ne m'en souviens pas.

— Était-ce le jour de la mort de Pearl ?

— C'est possible.

Il claqua des doigts.

— Perry doit savoir. Il a une bonne mémoire pour ce genre de choses. Il est excellent pour se souvenir des répliques de tout le monde, pas seulement des siennes.

Il nous conduisit hors de son bureau et dans le couloir où nous trouvâmes Perry Alcott aidant la doublure de Dotty Clare à répéter ses répliques. Lorsque M. Armitage réalisa que nous étions entrés dans la loge des actrices, il ressortit aussitôt, bien que la doublure fût la seule femme présente et qu'elle fût entièrement habillée.

M. Alcott confirma qu'il avait vu Mme Larsen dans le théâtre, en train de visiter les lieux avec Pearl.

— C'était la veille de la mort de Pearl.

— Êtes-vous sûr ? demandai-je. Pas le jour même ?

— Certainement la veille.

— Savez-vous à propos de quoi elles se sont disputées ?

— J'étais sur scène et je pouvais les voir dans les premières loges, mais je ne pouvais pas les entendre. Cela semblait houleux, mais Mme Larsen semblait être la seule à parler. La pauvre Pearl restait simplement là et se laissait sermonner par sa sœur.

Nous les remerciâmes et quittâmes le théâtre. M. Armitage héla un fiacre et je donnai au cocher les indications pour la résidence des Larsen. Plus j'y réfléchissais, plus je savais que Mme Larsen avait menti pour me détourner de la piste. Elle m'avait dit qu'elle n'était jamais allée au Théâtre de Piccadilly. Elle n'avait jamais admis que Millie était la fille de Pearl. Et elle avait tenté de rejeter le meurtre de Pearl sur un amant jaloux.

Nous descendîmes à l'entrée de la cour, mais M. Armitage me saisit le bras et me retint. Il désigna du menton la charrette abandonnée où M. Larsen se tenait près de Millie, nous tournant le dos. Millie était assise sur la charrette, ses petites jambes se balançant dans l'air. Il semblait lui parler tandis qu'elle fixait simplement le vide devant elle. Il était impossible de dire si elle écoutait ou non.

— Son travail lui permet-il d'avoir ses samedis libres ? demanda M. Armitage.

Je l'ignorais. Maintenant que j'y pensais, M. Larsen était également chez lui lorsque j'étais venue la dernière fois, et c'était un mercredi. Il avait aussi réparé ses propres bottes et Mme Larsen avait fait de la pâtisserie, peut-être pour joindre les deux bouts si son mari était sans emploi. S'ils avaient des difficultés financières, cela expliquerait pourquoi ils avaient besoin d'argent de la part de Pearl.

— Il semble dévoué à Millie, dit M. Armitage.

Oui, en effet. Là où Mme Larsen n'avait aucune patience pour sa fille, M. Larsen en avait en abondance. Il l'adorait. Donc s'il pensait que Pearl allait lui enlever Millie, il aurait pu faire tout ce qui était nécessaire pour l'en empêcher.

J'eus la nausée.

M. Armitage ouvrit la marche, ses enjambées longues et déterminées. Je le suivis à contrecœur, mais finis par arriver au même endroit. Je présentai les deux hommes. À la fin, j'avais la bouche sèche.

— Êtes-vous déjà allé au Théâtre de Piccadilly ? demanda M. Armitage.

M. Larsen souleva Millie de la charrette et la posa par terre.

— Non. Pourquoi ?

— Pourquoi n'êtes-vous pas au travail aujourd'hui ?

La mâchoire de M. Larsen se crispa.

— Je ne vois pas en quoi cela vous regarde.

— Contentez-vous de répondre à la question.

M. Larsen prit la main de Millie et l'emmena.

Je me plaçai devant lui.

— Je dois vous parler, mais je ne pense pas que Millie doive entendre ce que j'ai à dire.

— Alors ne le dites pas.

— Je le dois, et je le dirai ici même si vous ne vous éloignez pas.

Il jeta un coup d'œil à la fillette.

— Reste ici, Millie. Tu comprends ? Ne bouge pas.

Je m'éloignai de quelques pas et il me suivit. M. Armitage nous rejoignit.

— Nous savons que Millie n'est pas votre enfant. C'est la fille de Pearl, et M. Culpepper en est le père.

M. Larsen se frotta la nuque et ses épaules s'affaissèrent. C'était un homme vidé, vaincu.

— Elle est devenue la nôtre. Nous l'avons élevée. Personne ne sait qu'elle n'est pas à nous, seulement Pearl, Culpepper et maintenant vous.

Il haussa les épaules.

— Et alors ?

— Pearl allait-elle la reprendre ?

— Non !

— Aviez-vous besoin de plus d'argent pour l'entretien de Millie ?

— Je peux subvenir aux besoins de ma famille, gronda-t-il. Ce n'est qu'une petite fille. Elle ne représente pas une grosse dépense.

— Mais vous avez perdu votre emploi, n'est-ce pas ? insistai-je. Avez-vous pris des pensionnaires ? Est-ce pour cela que votre salon est fermé, parce que vous y dormez pendant que vos pensionnaires louent votre chambre ?

— Je n'ai rien à vous dire. Bonne journée.

— Alors je parlerai à votre femme.

— Elle n'est pas là.

— Nous savons qu'elle s'est rendue au Playhouse, qu'elle y a affronté Pearl au sujet de l'argent, et qu'elle m'a menti à ce propos. En effet, elle m'a dit qu'elle n'y était jamais allée. Je pense qu'elle a mémorisé la disposition du théâtre puis y est retournée le lendemain et a attiré Pearl aux premières loges sous un prétexte quelconque avant de la pousser par-dessus le balcon.

Il secoua la tête, mais son regard ne croisa pas le mien.

— Mme Larsen détestait sa sœur, n'est-ce pas ? Elle la détestait d'être plus belle, plus populaire, plus talentueuse. Elle détestait qu'elle ne prenne pas la responsabilité de son enfant. Une enfant que votre femme n'apprécie pas particulièrement. Une enfant qu'elle qualifie de simple d'esprit.

Il s'avança, les mains serrées en poings. Il découvrit les dents en grondant.

— Elle n'est *pas* simple d'esprit.

M. Armitage lui saisit le bras et le tira en arrière, loin de moi.

— Non, elle ne l'est pas.

Je regardai la fillette, qui faisait un pas hésitant en avant, une main tendue devant elle.

— Elle a un vrai talent musical. Malheureusement, votre femme ne pouvait le voir, pas plus que Pearl. Mais vous, vous l'avez vu. Vous l'aimez et voulez cultiver son talent. Mais cela demande de l'argent.

— Elle peut développer ses capacités musicales ici, sans instruments ni professeur. Elle est assez satisfaite et il y aura du temps plus tard pour qu'elle ait de vraies leçons. Je les paierai dès que j'aurai retrouvé du travail. Je paierai ses leçons de musique même si je dois travailler jusqu'à l'épuisement. Nous n'avions pas besoin de l'aide de Pearl.

Il avait raison. Millie était jeune. Ils avaient le temps. Alors pourquoi avaient-ils besoin de l'argent maintenant ? Il était clair qu'il adorait sa fille, même si sa femme n'était pas aussi aimante. À ses yeux, Millie n'était pas tout à fait normale. Mais il m'apparaissait clairement qu'elle n'était pas simple au point qu'elle ne puisse vivre en société. Avec un peu d'amour et de patience, elle pourrait devenir comme les autres filles.

Millie fit un autre pas hésitant en avant.

— Papa ?

M. Larsen pivota.

— Millie, attends ! cria-t-il en se précipitant vers elle.

Je les suivis, observant Millie qui tâtonnait, ses mains effleurant ce qui l'entourait, avant de s'immobiliser.

— Elle est aveugle, murmurai-je.

M. Larsen s'assura qu'elle tenait d'une main le bord de la charrette avant de la lâcher.

— Oui. Depuis sa naissance, bien que nous ne l'ayons pas su pendant des mois.

Une femme comme Mme Larsen, quelque peu égoïste et certainement impatiente, considérerait un enfant aveugle comme un fardeau. Particulièrement si elle n'aimait pas la fillette comme une fille au départ. Lady Wrexham avait qualifié Millie de *déficiente*, alors je soupçonnais que Pearl avait parlé à Lord Wrexham de la cécité de Millie et que sa femme avait entendu. Lady Wrexham et Mme Larsen avaient la même opinion sur la cécité. Pour Lady Wrexham, Millie était un fardeau social. Pour Mme Larsen, elle était un fardeau financier.

Mme Larsen avait exigé que Pearl lui donne de l'argent pour Millie le jour de Noël, et je soupçonnais qu'il s'agissait d'une somme supérieure au montant mensuel habituel. Et je savais pourquoi.

— Il y a une école pour aveugles où vous voulez envoyer Millie. Elle y a fait allusion quand j'étais ici. Mais cela coûte de l'argent, n'est-ce pas ?

M. Larsen s'adossa lourdement à la charrette en soupirant.

— L'école elle-même n'est pas coûteuse, mais elle nous oblige à déménager dans un quartier plus cher. Nous ne pouvons pas nous le permettre, pour le moment. Pas avant que j'aie trouvé du travail.

— Et votre femme ne voulait pas que le fardeau financier vous incombe à tous les deux, alors elle a demandé à Pearl de financer votre déménagement. Comme Pearl n'a pas payé tout de suite, Mme Larsen est allée la trouver au théâtre et elles se sont disputées. Peut-être que Pearl lui a dit alors qu'elle essayait d'obtenir l'argent. Mais votre femme a perdu patience et est revenue le lendemain. Savez-vous s'il s'agissait d'un accident ? Ou Mme Larsen l'a-t-elle poussée volontairement par-dessus le balcon ?

M. Larsen se passa une main sur le visage. Quand elle retomba, sa peau était livide.

— C'est ma femme. La mère de mon enfant. Je ne peux pas vous dire ce qui s'est passé. Je *refuse*.

Je m'approchai, mais M. Armitage tendit le bras, me bloquant. Il secoua la tête pour m'avertir.

— Est-ce la femme que vous voulez voir élever Millie ? demandai-je. Une femme capable d'assassiner sa propre sœur sans le moindre remords ?

Il ferma les yeux avec force et enfouit son visage dans ses mains.

— Dites-moi ce qu'il s'est passé le jour où Pearl est morte, dis-je doucement.

Des pas martelèrent les pavés derrière moi. Je pivotai pour voir Mme Larsen brandissant une bouteille en verre au-dessus de sa tête. Je reculai en trébuchant, les bras levés pour me protéger, tandis qu'elle l'abattait.

M. Armitage lui attrapa le poignet, la bouteille à quelques centimètres de ma tête.

Elle poussa un hurlement rauque de rage.

— Arrête de leur parler !

M. Larsen se plaça devant Millie, les mains prêtes à maîtriser sa femme si elle se libérait de M. Armitage. Mais celui-ci la tenait fermement. Il lui arracha la bouteille et me la donna puis força ses deux mains derrière son dos. Elle cracha et rugit, nous maudissant ainsi que sa sœur.

Une voisine dut entendre le tumulte et sortit de chez elle. M. Armitage lui demanda d'aller chercher un agent de police. Elle s'élança sous le porche, passant devant le panier que Mme Larsen avait déposé par terre.

— Nellie méritait de mourir ! cria Mme Larsen. C'était la personne la plus égoïste et la plus inconsidérée que vous puissiez rencontrer. Elle ne se souciait pas de sa fille. Elle oubliait de nous payer pour son entretien certains mois.

— Nous n'avions pas besoin de cet argent, dit M. Larsen.

Il semblait épuisé, mais ni surpris ni en colère. Il avait su depuis le début que sa femme avait tué Pearl.

— Tu as perdu ton travail ! C'est à moi qu'il est revenu de faire des tourtes juste pour gagner assez et mettre à manger sur la table. Nous serions morts de faim sans moi. Nellie s'en moquait. Et puis tu as parlé de cette fichue école à Millie. Une fois qu'elle s'est mis cette idée en tête, elle n'a plus parlé que de ça, chaque fois que cette idiote ouvrait la bouche. Encore et encore, tous les jours. Ça me rendait folle !

— Elle n'est pas idiote.

Elle ricana.

— J'aurais aimé que Nellie la reprenne. Je l'aurais vue partir avec plaisir.

— Tu ne le penses pas.

Il prit Millie dans ses bras et la serra contre lui, mais la fillette semblait indifférente aux événements qui se déroulaient autour d'elle.

— Vous admettez l'avoir fait ? demanda M. Armitage. Vous l'avez poussée par-dessus le balcon ?

Mme Larsen tenta de se libérer de sa prise, mais ce fut inutile. Elle grogna de frustration et me lança un coup de pied, alors que je me tenais juste devant elle. J'esquivai son pied et ripostai, la frappant au tibia avec le bout de ma botte. Elle hurla de douleur. C'était le seul moyen de l'empêcher de recommencer.

— Je ne le regrette pas, cracha-t-elle. Nellie a eu tous les avantages dans la vie. Tout lui tombait tout cuit dans le bec. Dès sa naissance, nos parents l'ont adorée, leur petite fille chérie. Ils lui donnaient tout ce qu'elle voulait, la laissaient faire ce qu'elle voulait. Et elle les a remerciés en leur attirant la honte quand elle est montée sur scène. Le monde se porte mieux sans elle, et je ne m'en excuse *pas*.

Deux sœurs, si différentes l'une de l'autre, et pourtant l'une jalousait l'autre sauvagement au point que cela la consumait et la transformait en quelque chose de méconnaissable. Ma mère et ma tante Lilian étaient-elles ainsi avant que ma mère ne parte épouser mon père ? Tante Lilian m'avait dit qu'elle avait été jalouse de la nature affable et chaleureuse de ma mère, de son élégance naturelle et de son intelligence. Si elle pensait que ma mère avait reçu tous les avantages, aurait-elle pu, elle aussi, être consumée par la haine si ma mère n'était jamais partie ?

Mais ma tante n'était pas comme Mme Larsen. Elle avait bon cœur et admettait regretter sa jalousie. Ma mère n'était pas non plus aussi égoïste que Pearl. Les deux paires de sœurs ne pouvaient être comparées.

La voisine revint, amenant deux agents de police avec elle. M. Armitage leur fit un bref récit en leur remettant Mme Larsen. Ils lui passèrent les menottes, notèrent nos coordonnées puis l'emmenèrent.

M. Larsen les regarda partir, le regard fixe. Il avait l'air pâle et ses mains tremblaient lorsqu'il reposa Millie par terre.

Elle se mit à fredonner, le tirant de sa stupeur.

— Que va-t-il se passer maintenant ? murmura-t-il.

— Un inspecteur de Scotland Yard viendra vous parler, dit M. Armitage. Soyez honnête avec lui et vous n'aurez rien à craindre.

— Oui, mais… que va-t-il se passer maintenant ?

Il baissa les yeux vers Millie, qui lui tenait la main et fredonnait doucement pour elle-même.

— Je n'ai plus de travail et Nellie n'est plus là pour nous donner de l'argent chaque mois. Et l'école… je n'ai pas les moyens de déménager plus près.

— Et les affaires que votre femme a prises dans l'appartement de Pearl ?

— Déjà vendues pour payer des dettes.

Je lui saisis le bras, mais rien de ce que je pourrais dire ne l'aiderait. Il était en état de choc. Il avait perdu sa femme aujourd'hui. J'éprouvais de la compassion pour lui, mais je ne pouvais lui offrir que de vaines assurances que tout finirait par s'arranger.

Je partis avec M. Armitage, heureuse qu'il ait proposé de me raccompagner à l'hôtel. J'étais moi aussi en état de choc. Je n'avais jamais aimé Mme Larsen, mais je ne l'aurais jamais crue capable d'assassiner sa propre sœur.

M. Armitage m'aida à monter la marche du fiacre, une main au creux de mes reins, l'autre soutenant mon coude.

— Merci, dis-je tandis qu'il me rejoignait sur le siège. Je suis heureuse que vous m'ayez accompagnée.

Il ouvrit la trappe au-dessus de nos têtes pour donner des instructions au cocher puis la referma.

— Vous avez tout fait, Miss Fox. C'est vous qui avez tout compris.

— Mais vous avez empêché Mme Larsen de me fracasser le crâne avec cette bouteille de cordial.

— Cela aurait fait un sacré désordre.

Je ris doucement, malgré mon cœur lourd.

Je m'installai pour le trajet du retour, nos bras se touchant dans l'étroitesse du petit fiacre. Sa présence était un réconfort, mais je ne pourrais jamais le lui avouer.

Une fois de retour à l'hôtel, et après que M. Armitage fut reparti, je dis à Frank, Goliath et Peter que je voulais les voir dans le salon du personnel pendant leur pause de l'après-midi. L'un d'eux prévint Harmony et Victor, si bien que nous nous retrouvâmes tous dans le salon à 15 h 30.

Autour de tasses de thé, je leur racontai comment l'enquête s'était terminée.

— Grâce à votre aide, la meurtrière de Pearl a été arrêtée.

— Nous n'avons rien fait, dit Peter. C'était tout vous, Miss Fox.

— C'était un peu nous, admit Goliath.

— Beaucoup même, en fait.

Harmony lança un regard en coin à Victor.

— Certains ont toutefois contribué plus que d'autres.

Victor étendit ses jambes et les croisa aux chevilles.

— En effet.

Elle ouvrit la bouche pour répliquer, alors j'intervins avant qu'elle ne se laisse provoquer.

— Quelqu'un sait-il si Lord Rumford est dans sa suite ? Je devrais lui annoncer la nouvelle.

— Il a quitté l'hôtel ce matin, dit Peter.

— Je croyais qu'il restait jusqu'à demain.

Peter haussa les épaules.

— Il est parti vers 10 h.

Je m'affalai dans le fauteuil. Toute possibilité d'être payée pour tout notre travail venait de s'envoler.

CHAPITRE 15

'enquête et sa conclusion me tournaient dans la tête, et j'eus du mal à m'endormir. Je commandai une tasse de chocolat chaud par le tube acoustique à 3 h du matin, mais comme elle n'arrivait pas, j'enfilai ma robe de chambre et descendis à la cuisine.

Ma bougie vacillait dans les courants d'air qui tourbillonnaient dans la cage d'escalier, créant des ombres dansantes sur le mur. Je serrai ma robe de chambre contre ma gorge, mais cela ne suffit guère à arrêter le froid. J'aurais dû rester au lit.

Lorsque mon pied se posa sur le palier du deuxième étage, une silhouette émergea du couloir. Nous nous arrêtâmes toutes deux et nous dévisageâmes. À la lumière de sa bougie, je pus voir ses lèvres rouge rubis, ses joues roses et ses yeux fardés. Son châle flottait autour de ses épaules nues, révélant une robe extrêmement décolletée et une poitrine généreuse.

Ce n'était pas l'une des élégantes maîtresses que j'avais vues au bras de messieurs, traitées comme si chacune était leur épouse. Cette femme n'était pas du même monde, et son protecteur la traitait comme une prostituée, la faisant partir au milieu de la nuit. Elle n'était pas le genre de femme que mon oncle voudrait voir entrer et sortir de l'hôtel.

Elle pressa un doigt sur ses lèvres et gloussa, puis me dépassa et se précipita dans l'escalier. Je la suivis à distance et attendis à la base de la cage d'escalier tandis qu'elle traversait le hall. Il n'y avait pas d'homme au nez crochu cette nuit-là, pas de M. Hirst, seulement James, le portier de nuit. Il ouvrit la porte pour la femme et elle partit sans un regard en arrière.

Je vérifiai les environs puis m'approchai de lui. Il déglutit péniblement en me voyant, puis lui aussi jeta un coup d'œil autour de lui. Je soupçonnais qu'il cherchait une échappatoire, ou quelqu'un pour venir à son secours.

— Bonsoir, Miss Fox, dit-il, un tremblement nerveux dans la voix.

— Bonsoir, James. Qui était-ce ?

— Quoi ?

— La femme qui vient de partir. Qui était-elle ?

— Euh… une cliente.

— Une cliente qui part seule à cette heure ? Voyons, James, ne me prends pas pour une sotte. Je l'ai vue dans l'escalier. Ce n'est pas une cliente.

Il cligna rapidement des yeux, remua les lèvres sans qu'aucun son n'en sorte.

— Je sais ce qu'elle est et pourquoi elle est ici, continuai-je. Elle et les autres femmes n'ont pas été discrètes, et je soupçonne que cela dérangera davantage mon oncle que leur présence effective dans l'hôtel.

— Vous allez le lui dire ? glapit-il.

— Il le faut. Je ne peux pas fermer les yeux sur quelque chose qui touche à la réputation de l'hôtel. Oncle Ronald ne me le pardonnerait jamais s'il découvrait que j'étais au courant et que je n'avais rien dit. Mais je peux t'épargner le pire, si tu me dis qui orchestre les allées et venues de ces filles.

Même dans la lumière tamisée, je pus voir son visage blêmir.

— Je ne peux pas. Ils s'en prendront à moi si je parle.

Même si James devait assumer la responsabilité de ses actes, je ne pouvais pas trop lui en vouloir. Il était probable qu'on ne lui avait laissé aucun choix. Il aurait été menacé s'il n'avait pas obéi aux ordres.

— Alors nous devons prendre les responsables sur le fait pour qu'on ne puisse pas t'accuser d'avoir vendu la mèche. Sais-tu où se trouvent M. Hirst et cet autre homme en ce moment ?

Il pinça sa lèvre inférieure entre ses dents et la mordilla. Il la relâcha finalement en hochant la tête.

— Il s'appelle Tucket. Les filles sont à lui.

— Elles lui *appartiennent* ?

Il haussa les épaules.

— C'est ce qu'il dit. Ils sont dans l'hôtel, à l'étage. Il y a eu un problème avec l'une des filles dans la chambre 124 et ils sont allés apaiser le client qui avait réclamé ses services.

J'espérais qu'ils y resteraient encore un peu. Pour que cela fonctionne, je devais les prendre sur le fait. Mais je ne pouvais pas le faire seule.

Je montai l'escalier si rapidement que la flamme de ma bougie s'éteignit. J'étais à bout de souffle lorsque je frappai légèrement à la porte de la suite de mon oncle et de ma tante. Mon coup fut si léger que je craignis qu'oncle Ronald ne l'entende pas, mais il ouvrit la porte un instant plus tard, les yeux encore embués de sommeil.

— Cleo ? Quelque chose ne va pas ?

— Habillez-vous, et vite. Nous devons prendre M. Hirst et un homme nommé Tucket sur le fait.

— Sur le fait de quoi ?

— De procurer des prostituées et de les introduire clandestinement dans l'hôtel.

Si j'avais été mon oncle, j'aurais insisté pour avoir plus de détails sur-le-champ, mais heureusement il ne me questionna pas. Il avait confiance en moi.

Quelques minutes plus tard, il me rejoignit dans le couloir en enfilant une veste d'intérieur en velours par-dessus sa chemise et son pantalon. Nous descendîmes en courant au premier étage. Au lieu de frapper à la porte de la chambre 124, nous attendîmes. J'entendais à peine des éclats de voix pro venant de l'intérieur, une voix féminine plus aiguë et des voix masculines plus graves.

La porte s'ouvrit soudain et une femme sortit en trombe, suivie de M. Hirst et de l'homme au nez crochu, mais oncle Ronald et moi restâmes dans l'ombre jusqu'à ce que la porte se referme derrière eux. Bien que nous devions les prendre sur le fait, nous ne pouvions pas embarrasser le client. Je m'attendais à ce qu'oncle Ronald l'informe discrètement le matin que le Mayfair ne tolérait pas la présence de vulgaires prostituées. L'hypocrisie de ne pas autoriser ce genre de femmes tout en fermant les yeux lorsqu'une maîtresse arrivait au bras de son protecteur ne m'échappait pas, mais ce n'était ni mon hôtel ni mes règles.

Quand MM. Hirst et Tucket passèrent devant nous, oncle Ronald sortit de l'ombre.

— Venez avec moi. Tous les deux.

L'homme nommé Tucket prit la fuite, ses pas résonnant dans l'escalier. Je soupçonnais que nous ne le reverrions plus, ni lui ni ses femmes, après cette nuit. M. Hirst, cependant, ne pouvait pas disparaître aussi facilement.

— Je vais vous escorter jusqu'à votre chambre, dit oncle Ronald au directeur adjoint. Vous rassemblerez vos affaires et partirez immédiatement.

Les narines de M. Hirst frémirent.

— Recevrai-je une lettre de recommandation, monsieur ?

— Vous avez le culot de me demander cela ? Vous avez de la chance que je n'alerte pas la police.

Les yeux de M. Hirst se durcirent à la lumière de sa lanterne.

— Vous ne feriez pas cela, monsieur. Vous ne voulez pas de la police ici si peu de temps après le meurtre. La réputation de l'hôtel est primordiale.

Une arrogante assurance transparaissait dans chacun de ses mots. Il savait qu'il avait raison. Il se tourna vers moi et je frissonnai sous son regard glacial.

— En parlant de réputation, savez-vous que Miss Fox mène une enquête ?

— Oui, et en quoi cela a-t-il un rapport ? demanda oncle Ronald.

— Savez-vous qu'elle mène cette enquête avec Harry Armitage ? Ils ont été vus ensemble, paraissant *très* à l'aise en compagnie l'un de l'autre.

Il esquissa un sourire en coin.

Mon oncle me lança un regard lourd de sens qui m'avertissait que nous aurions une conversation plus tard, puis il suivit M. Hirst dans l'escalier. Je remontai dans ma suite et ne fermai pas l'œil de la nuit.

* * *

Malgré mes assurances à James, il fut renvoyé lui aussi. Avec le recul, il était inévitable que sa participation au stratagème soit découverte par mon oncle. Sans son accord, rien n'aurait pu se faire. D'après Harmony, qui le tenait d'un des valets de pied, James avait au moins obtenu la promesse d'une lettre de recommandation de M. Hobart, qui avait supervisé son renvoi lorsqu'il s'était présenté pour travailler le matin.

Je racontai à Harmony ce qu'il s'était passé durant la nuit, mais lui demandai de n'en parler à personne. La raison de ces renvois devait rester secrète.

— As-tu entendu comment M. Hirst l'a pris ? demandai-je.

Elle s'assit en face de moi au petit déjeuner, et j'insistai :

— A-t-il dit quelque chose en partant ?

— Il était parti avant même l'arrivée des femmes de chambre. Personne ne l'a vu s'en aller, à part Sir Ronald.

Cela n'avait, à mon avis pas d'importance. Il en avait déjà assez dit pour nuire à ma réputation aux yeux de mon oncle. Oncle Ronald n'aimait pas M. Armitage, et il avait déjà clairement fait savoir qu'il ne voulait pas de lui ici, et encore moins me voir fréquenter cet homme.

Ce n'était toutefois pas à lui d'en décider, et j'étais déterminée à le lui dire lorsqu'il m'interpellerait à ce sujet. Je pouvais voir qui je voulais. J'espérais seulement que cela ne créerait pas de rupture entre nous.

Plus tard dans la matinée, je passai quelque temps avec l'inspecteur Hobart et son brigadier dans le bureau de M. Hobart. Il avait déjà parlé avec M. Armitage mais avait besoin d'entendre ma version des événements qui s'étaient déroulés chez les Larsen. Lorsque j'eus terminé, l'inspecteur se leva.

— Harry m'a dit que vous aviez été tout simplement remarquable, Miss Fox.

— Pas du tout. J'ai abandonné l'enquête plus d'une fois.

— Mais vous l'avez reprise à chaque fois. Vous étiez déterminée, et la détermination et la persévérance font les neuf dixièmes du travail de détective.

— Je n'aurais rien pu faire sans l'aide de M. Armitage.

— Vous formez une bonne équipe.

— Je regrette seulement de ne pouvoir le dédommager pour sa peine. Lord Rumford n'a jamais promis de me payer, et de toute façon il a quitté l'hôtel. Je lui écrirai aujourd'hui pour l'informer des événements, mais je doute qu'il me réponde. Nous ne nous sommes pas quittés en bons termes lors de notre dernière rencontre. Je crains d'avoir été quelque peu critique quant à son choix d'entretenir une maîtresse.

Il m'adressa un sourire poli.

— Harry n'accepterait de toute façon aucune compensation pour vous avoir aidée.

Il me tendit la main et je la serrai.

— Bonne journée, Miss Fox. J'espère vous revoir bientôt.

Je le regardai partir, éprouvant une certaine impatience. J'étais déçue de ne pouvoir le compenser pour le temps qu'il m'avait consacré. Il méritait quelque chose, mais je n'avais rien à lui donner. J'étais sur le point de remonter dans ma suite pour écrire une lettre à Lord Rumford, lorsque Goliath me fit signe de le rejoindre près d'un des grands vases.

— J'ai eu des nouvelles de mon ami au Savoy, dit-il. Celui qui a entendu un client mentionner avoir vu Lady Rumford à l'opéra.

— Cela n'a plus d'importance maintenant que l'affaire est close. La raison de la présence de Lady Rumford à Londres n'a rien à voir avec le meurtre de Pearl.

— Je sais, mais ne voulez-vous pas savoir pourquoi elle n'a dit à personne qu'elle était ici ?

Il haussa les sourcils d'un air suggestif.

— C'est plutôt croustillant.

— Alors je suis tout ouïe.

— D'après la même dame que mon ami a entendue la première fois, Lady Rumford a été vue avec un homme, plusieurs fois.

— Elle a un amant ?

— Il semblerait, mais je ne crois pas qu'il soit de bonne famille. Apparemment, personne ne sait qui il est. C'est ce qui fait jaser toutes ces dames.

Ce qui signifiait qu'il n'était pas de leur monde.

Peut-être Lady Rumford faisait-elle exactement la même chose que son mari : payer un homme pour lui tenir compagnie. Je l'espérais. Si Lord Rumford pouvait s'amuser avec des femmes comme Pearl, pourquoi son épouse ne pourrait-elle pas trouver sa propre satisfaction de la même manière ? J'espérais ardemment qu'elle saurait affronter les commérages qui allaient bientôt l'engloutir.

J'écrivis la lettre à Lord Rumford et la remis à Terence au comptoir du courrier. Au lieu de remonter dans ma suite, je me rendis à pied à l'appartement de Pearl. J'avais toujours sa clé et je voulais rendre la photographie que j'avais empruntée, celle d'elle, de M. Culpepper et de l'acteur principal.

J'introduisis la clé dans la serrure, et mon cœur manqua d'exploser dans ma poitrine lorsque la porte s'ouvrit soudain. En découvrant Lord Rumford, je portai la main à mon ventre et poussai un soupir de soulagement.

— Vous m'avez fait peur.

— Je pourrais en dire autant. Que faites-vous ici ?

Il fronça les sourcils.

Je lui montrai la photographie.

— Je vous la rapporte. Je l'ai empruntée dans le cadre de l'enquête. Puis-je entrer et vous parler ? Il y a eu une arrestation.

Il laissa échapper un souffle convulsif et ferma les yeux.

— Mon Dieu. C'est une… une merveilleuse nouvelle. Vraiment. Merci, Miss Fox.

Il saisit ma main et la secoua vigoureusement.

— Merci d'avoir persévéré, même après notre petit désaccord.

Il m'attira à l'intérieur et referma la porte.

— J'espère que vous pourrez me pardonner cela. J'étais très affecté ce jour-là, et je m'en suis pris à vous.

Je clignai des yeux, surprise. Cet homme me déconcertait à chaque instant. Juste au moment où je m'étais décidée à ne pas l'aimer, je découvris que j'avais envie de lui pardonner. Il venait de subir un coup terrible ; on pouvait comprendre que ses manières de gentleman fléchissent parfois. Cela arrive à tout le monde d'avoir des emportements.

Nous nous assîmes dans le salon de Pearl, entourés de ses portraits. Il était impossible de ne pas sentir ici un lien avec elle, au milieu de ses affaires, même si je ne l'avais jamais rencontrée. Pourtant, j'avais l'impression d'avoir appris à la connaître, d'une certaine façon. C'était assurément une femme imparfaite, et non quelqu'un dont j'approuvais les décisions, surtout lorsqu'il était question de Millie, mais elle avait conscience de ses défauts et s'efforçait de faire le moins de mal possible à ceux qui l'entouraient. Peut-être Millie était-elle mieux avec M. Larsen qu'elle ne l'aurait été avec des parents qui n'avaient pas voulu d'elle. Il l'adorait.

Lord Rumford écouta mon récit sur la façon dont j'avais résolu l'affaire et sur l'arrestation de Mme Larsen. Il pâlit légèrement en apprenant que c'était la propre sœur de Pearl qui l'avait tuée.

— Et tout cela pour de l'argent, dites-vous, murmura-t-il. Mon Dieu, si seulement j'avais su ce qui se passerait, j'aurais donné l'argent à Pearl immédiatement. Penser que j'aurais pu éviter tout cela.

— Ne vous en voulez pas. Mme Larsen était un peu dérangée, je crois. Si cela ne l'avait pas mise en colère, ç'aurait été autre chose. Elle était jalouse de Pearl, et en colère contre elle aussi. À ses yeux, Pearl traversait la vie sans effort, tandis qu'elle avait l'impression de n'avoir eu que des fardeaux et des soucis.

Je secouai tristement la tête.

— Si vous voulez mon avis, elle avait bien davantage que Pearl. Elle avait une adorable petite fille à elle, et un mari dévoué qui était resté de son côté jusqu'au bout. Si seulement elle avait pu voir que sa vie était aussi riche que celle de Pearl, simplement différente.

Lord Rumford prit une photographie où Pearl et lui fixaient l'objectif. Il refoula ses larmes d'un battement de cils en passant le pouce sur l'image de Pearl.

— Elle était si vive et si belle. Elle ne méritait pas de finir ainsi.

Il laissa échapper un souffle tremblant.

— À présent, elle sera à jamais jeune, à jamais belle. À jamais dans mon cœur.

Il embrassa la photographie, puis la reposa sur la table.

Je restai là, me demandant comment aborder la question du paiement. Dans son monde, on n'aimait pas parler d'argent, mais les gens comme moi ne pouvaient se permettre de l'éviter.

— Je suis désolée d'aborder ce sujet, Lord Rumford, mais il y a la question de mes honoraires. Je sais que nous n'avons fixé aucune somme avant de commencer, et c'est entièrement ma faute, mais j'ai eu des frais, vous comprenez.

— Bien sûr, bien sûr.

Il sortit un portefeuille en cuir de la poche intérieure de sa veste et en tira quelques billets.

— Cela suffira-t-il ?

Je souris, le remerciai et glissai l'argent dans mon porte-monnaie. Je lui rendis la clé de l'appartement en échange.

— Merci de m'avoir confié cette enquête.

Je me levai, et il se leva aussi. Je lui tendis la main, et il la serra.

— C'est moi qui vous remercie, Miss Fox. Vous avez été une révélation.

Il m'accompagna jusqu'à la porte, mais je voyais bien qu'il avait autre chose en tête. Enfin, il se décida.

— Savez-vous où je pourrais trouver le beau-frère de Pearl ?

* * *

APRÈS AVOIR PARTAGÉ un tiers du paiement de Lord Rumford entre Harmony, Victor, Goliath, Frank et Peter autour d'une tasse de thé dans le salon du personnel, je me rendis au cabinet d'Armitage et Associés. J'y trouvai M. Armitage les pieds sur le bureau, croisés aux chevilles, un journal à la main. Une des tasses de café de Luigi reposait vide sur le bureau.

M. Armitage abaissa les pieds et posa son journal.

— Vous n'éprouvez donc plus le besoin de frapper ?

— Je pense que les formalités sont superflues.

Je m'assis sur la chaise des visiteurs.

— Je fais presque partie du personnel, maintenant.

— Non.

J'ouvris mon sac et lui tendis un billet de banque.

Il fronça les sourcils.

— Qu'est-ce que c'est ?

— Un tiers des honoraires de Lord Rumford.

Il repoussa l'argent.

— Gardez-le.

Je fis glisser le billet vers lui à nouveau.

— Vous y avez droit pour toute l'aide que vous m'avez apportée.

Il saisit le billet et contourna le bureau. Il ouvrit mon sac et y fourra le billet avant de me rendre le sac.

— Si vous essayez encore de me le donner, je me vexerai. Je vous ai aidée parce que je le voulais, non parce que j'attendais une compensation.

Avant que je puisse protester, il poursuivit :

— Alors Rumford a tenu parole ?

— En effet. Ce n'est pas un si mauvais homme. Il aimait Pearl très profondément, bien que je ne sois pas certaine qu'elle l'ait mérité. Ils étaient tous deux égoïstes, à leur manière, et sans égard pour autrui. Elle envers Millie et M. Culpepper, et lui envers sa femme.

— Elle me fait de la peine.

— Ne vous inquiétez pas pour Lady Rumford.

Je souris d'un air entendu.

— Il semble qu'elle ait trouvé un moyen de se consoler.

— Ah oui ?

— Il paraît qu'il est très beau, et jeune.

M. Armitage rit doucement, nullement choqué. Ancien directeur adjoint du Mayfair, il avait sans doute été témoin d'arrangements similaires entre femmes fortunées et jeunes gens. De tels arrangements devaient se nouer discrètement, contrairement aux événements de la nuit précédente.

— Votre ancien poste est de nouveau vacant, lui annonçai-je. M. Hirst a été renvoyé pour avoir mis en péril la réputation de l'hôtel.

Devant son air perplexe, j'ajoutai :

— Il avait conclu un arrangement avec le proxénète qui permettait aux filles d'aller et venir la nuit, moyennant un pourcentage de leurs tarifs reversé à M. Hirst et James.

Il s'assit sur le bord du bureau et laissa échapper un rire amer.

— Cela explique pourquoi il était si désireux de quitter son précédent emploi.

— Comment ?

— Oncle Alfred se demandait pourquoi M. Hirst voulait quitter un poste parfaitement convenable où il aurait un jour pris la succession en tant que directeur. Il semblait étrange qu'il aille occuper un autre poste exactement identique, sans promotion. Ses références étaient bonnes, cependant, et son ancien employeur parlait de lui en termes élogieux, si bien qu'oncle Alfred et Sir Ronald ne virent aucune raison de ne pas l'engager.

— Mais son ancien employeur a omis le fait qu'il avait été contraint de partir, conclus-je. Très probablement parce qu'ils avaient découvert qu'il avait conclu un arrangement avec l'homme connu sous le nom de Tucket pour faire entrer discrètement ses filles. L'hôtel a sans doute voulu éviter le scandale dans les journaux et lui a donc fourni une référence pour l'empêcher de parler.

— Espérons que M. Hirst ne causera pas d'ennuis au Mayfair.

M. Hirst n'irait peut-être pas trouver les journaux, mais il m'avait déjà causé des ennuis avec mon oncle. Je ne voulais toutefois pas inquiéter M. Armitage avec cela. Je ne voulais pas qu'il se sente contraint de changer la nature de notre amitié.

M. Armitage croisa les bras et les chevilles.

— Deux crimes résolus. Sacrée journée que vous avez eue hier !

— Ce fut une journée des plus satisfaisantes.

Je me levai et lui tendis la main.

— Merci encore, bien que je regrette que vous n'acceptiez aucun paiement pour votre peine.

Il me serra la main. La pression était ferme sans être appuyée, et je pouvais encore la sentir après qu'il m'eut lâché la main.

— Au revoir, Miss Fox.

— Bonne journée, pas au revoir. Je suis certaine que nous nous reverrons bientôt.

— Je ne vois pas pourquoi… à moins que vous ne me cachiez quelque chose.

Je me contentai de sourire et lui fis un petit signe de la main en partant.

* * *

JE FIS un dernier détour par Fleet Street, puis passai le reste de la journée à éviter mon oncle. Je savais que la réprimande était inévitable, mais je voulais la retarder le plus longtemps possible.

Le lendemain matin, Harmony m'apporta mon plateau de petit déjeuner avec un exemplaire du journal que j'avais demandé. Une lettre était posée sur le journal plié. Elle versa le café tandis que je la lisais.

— C'est de M. Larsen. Comme c'est gentil de sa part d'écrire, dis-je.

Je parcourus l'écriture brouillonne, mais mes larmes m'empêchèrent d'en voir la fin.

— Oh. Je ne dirai plus jamais un seul mot contre Lord Rumford.

Harmony prit la lettre et la lut. Le souffle coupé, elle arriva au passage qui m'avait tiré des larmes.

Lord Rumford s'était présenté chez M. Larsen et Millie l'après-midi précédent. Il avait donné à M. Larsen une somme pour payer son déménagement à proximité de l'école pour enfants aveugles. Millie y suivrait des cours toute la journée tandis que M. Larsen travaillerait dans son nouvel emploi de contremaître dans une usine. Lord Rumford, en tant qu'investisseur dans l'usine, lui avait obtenu ce poste.

Harmony cligna des yeux pour refouler ses larmes en repliant la lettre.

— Je n'aime toujours pas qu'il ait entretenu une maîtresse. Mais je peux lui pardonner un peu.

— Je pense que nous devrions le faire. Il semble qu'il aimait Pearl. De toute façon, au dire de tous, sa femme s'amuse bien avec son amant. Si l'arrangement de Lord et Lady Rumford leur convient, qui sommes-nous pour les juger sévèrement ?

Elle me tendit une tasse de café puis se rassit, soufflant sur la sienne.

— Je suppose que personne n'est entièrement mauvais.

— C'est vrai. Même Mme Larsen avait ses bons côtés. Je pense qu'elle voulait vraiment que Millie fréquente cette école, sinon elle n'aurait pas demandé l'argent à sa sœur.

Harmony, pourtant, ne parut pas tout à fait convaincue.

— Je pense qu'elle voulait seulement qu'elle y aille pour ne pas avoir Millie dans les jambes toute la journée. C'était une façon de s'en débarrasser. Tu sais, j'ai remarqué ça chez toi.

— Remarqué quoi ?

— Que tu as tendance à voir le bon côté des gens.

Elle souleva le couvercle du plat, qui contenait assez pour nous deux. Le personnel de cuisine savait désormais en ajouter davantage, sans que leurs supérieurs ne s'en aperçoivent.

— Tu ferais mieux d'arrêter si tu veux te lancer sérieusement dans le métier de détective. Tu ferais mieux de penser que tout le monde est coupable et d'attendre qu'ils prouvent le contraire. Ça te facilitera les enquêtes.

Je fis la moue.

— Non merci. Je préfère ma façon de faire.

Je pris le journal et fus ravie de voir que la résolution du meurtre de Pearl en faisait la une. Je parcourus rapidement le texte à la recherche de noms, puis le relus, m'assurant que le mien n'y figurait pas. Ce n'était pas le cas. Mais il y en avait un autre.

Je souris largement en buvant dans ma tasse, mais Harmony le remarqua.

— Tu ne saurais pas, par hasard, qui a dit au journaliste qu'Armitage and Associates avait aidé la police à résoudre l'affaire, n'est-ce pas ? demanda-t-elle d'un ton faussement innocent.

Je bus une gorgée pour éviter de répondre.

— Étrange que le seul journal qui mentionne Armitage and Associates en relation avec l'affaire soit celui-ci. Le même que tu as demandé à voir ce matin.

— M. Armitage a refusé tout paiement pour m'avoir aidée, alors j'ai dû faire preuve de créativité. Ce n'était pas juste qu'il ne reçoive rien pour sa peine. De cette façon, je reçois sa part des honoraires ainsi que la mienne, et il bénéficie d'une publicité gratuite.

— Je parie que la mention dans le journal lui sera finalement plus profitable que la part des honoraires de Lord Rumford.

Je souris.

— Je l'espère.

Elle me tendit une assiette et des couverts.

— Il va se sentir redevable.

— Ses remerciements me suffiront amplement. Cependant, s'il éprouve le besoin de me remercier d'autres façons, je lui suggérerai de peindre mon nom sur la porte de son bureau. « Agence de détectives Armitage et Fox », ça sonne très professionnel, tu ne trouves pas ?

Harmony fit alors quelque chose de rare : elle renversa la tête et éclata de rire.

La série se poursuit avec :
MEURTRE AU SALON
La troisième enquête de Cleopatra Fox

Abonnez-vous à la newsletter de C.J. pour être averti(e) de la sortie de son nouveau livre. Inscrivez-vous sur son site web : CJARCHER.COM

MESSAGE DE L'AUTEURE

J'espère que vous avez pris autant de plaisir à lire **Meurtre au théâtre de Piccadilly** que j'en ai pris à l'écrire. En tant qu'écrivaine indépendante, j'ai absolument besoin de faire connaître mes livres pour assurer leur succès. Aussi, si ce livre vous a plu, n'hésitez pas à en parler à vos amis et à laisser un avis sur le site de la boutique où vous l'avez acheté.

DU MÊME AUTEUR

À PROPOS DE L'AUTEUR

C.J. Archer aime l'histoire et les livres depuis aussi longtemps qu'elle se souvienne et se sent chanceuse d'avoir trouvé un moyen de combiner les deux. Elle a passé sa petite enfance dans la beauté spectaculaire de l'arrière-pays du Queensland, en Australie, mais vit désormais dans la banlieue de Melbourne avec son mari, ses deux enfants et un chat noir et blanc espiègle nommé Coco.

Abonnez-vous à la newsletter de C.J. via son site Web pour être averti lorsqu'elle publie un nouveau livre : https://cjarcher.com/francais/ Suivez-la sur les réseaux sociaux pour obtenir les dernières mises à jour:

facebook.com/CJArcherAuthorPage

instagram.com/authorcjarcher

www.ingramcontent.com/pod-product-compliance
Lightning Source LLC
Chambersburg PA
CBHW011146070726
47591CB00015B/2273